大鱼

有爱的青春陪伴者

谨以此文，
献给我最思念的谢永英女士。

春迟

惜禾 著

四川文艺出版社

图书在版编目（CIP）数据

春迟 / 惜禾著. -- 成都：四川文艺出版社，2025.
4. -- ISBN 978-7-5411-7197-0

Ⅰ. I247.5

中国国家版本馆 CIP 数据核字第 2025PY3428 号

CHUN CHI

春迟

惜禾 著

出 品 人	冯　静
责任编辑	王梓画
特约编辑	周　贝
装帧设计	Insect　唐卉婷
封面绘制	齐桑树
责任校对	段　敏

出版发行　四川文艺出版社（成都市锦江区三色路 238 号）
网　　址　www.scwys.com
电　　话　0731-89743446（发行部）　028-86361781（编辑部）

排　　版　长沙大鱼文化传媒有限公司
印　　刷　天津睿和印艺科技有限公司
成品尺寸　145mm×210mm　　开　本　32 开
印　　张　9　　　　　　　　　字　数　260 千字
版　　次　2025 年 4 月第一版　印　次　2025 年 4 月第一次印刷
书　　号　ISBN 978-7-5411-7197-0
定　　价　42.80 元

目录
contents

目录
contents

第一章
飘散如烟

S市，冬，冻雨。

程霆立在肃穆的灵堂外，低回的哀乐与家属的哭声如一个不透明的罩子，笼住人世间最沉痛的离别。

特殊时期，来吊唁的人都戴着口罩。其实都是相熟的朋友，但没有人与程霆打招呼。

赵慧站到他身边，收了雨伞，说："我以为你不敢来。"

程霆的目光停在老周的黑白照片上："说话谨慎点。他是自杀，要是和我有关系，我现在应该在警察局。"

"难道不是你非要做EDA（电子设计自动化）？"

相较于赵慧的痛诉，男人的眉眼间没有多余的情感："我和你们谈的时候就已经说清楚了，我做的事跟公司主业务无关。况且，我从一开始就不赞成融资。"

"我们需要钱！"

程霆觉得索然无味，没有再接话。

赵慧有些激动："你说要造中国芯。好，在中国的地盘，用中国人的脑子、中国人的工厂，封装检测全都是中国人，这难道不叫'中国芯'？"

"用外国设备、外国软件？"程霆低下头，第一次看向她。

赵慧："大家都是这么过来的。"

"大家，不是我。"

挽联被寒风轻轻吹起，程霆在胸口别上脆弱的白色纸花。赵慧这才注意到他不伦不类的暗色外套和胸牌，脸色变了变："你什么意思？"

"不玩了。"他无所谓地说。

风过无痕，突然，里头安静下来。

穿麻衣的妇人牵着稚子一步步走到程霆面前，她摘了早被眼泪打湿的口罩，直勾勾地盯着他。

程霆没有避开她哭肿的脸，微微颔首："嫂子。"

妇人拽了拽孩子："记住他，永远不要忘。"

孩子努力仰起头。

程霆闻言，缓缓抬手摘掉口罩，迎上稚童仇恨的目光，让对方认清楚。

一秒、两秒……

稚童啼哭，妇人突然扬臂，以一种狠绝的姿态，重重扇在程霆的脸上，"啪"一声，没有人来拦。

赵慧静静看着，心里有说不出的痛快。她希望这一巴掌能打醒这个自私的人。

程霆被扇得偏过头。周围有人动了动，似乎怕他还手。他从容地扫视在场的人，最后视线重新落在那张照片上。这一隅的一切，都只是黑与白的色块，唯有老周的笑容鲜活。

老周的笑容停止在三十六岁，在他确诊双相情感障碍两年后。

妇人歇斯底里："给我滚，你这个杀人凶手！"

程霆沉默地深鞠一躬，转身走入大雨中。

——"阿道，苹果还是牛啊，新处理器有点意思。"

——"阿道，老一辈做芯片讲情怀，现在它只是一门生意。"

——"阿道，这次我无法赞同你的选择。"

天黑压压的，沉重到几乎要塌下来，雨不停，最后飘散如烟。

程霆刚拦了车，就接到物业经理老汪的电话，语气像火烧眉毛一样:

"301室套内跳闸！你赶紧回来看看！"

他自家跳闸都没这么上心。

程霆换了个新口罩，背着工具箱，按响301的门铃。

门拉开一条小缝，露出一只眼睛。

过道灯灭了，窗外银色闪电劈下，显得场面非常诡异。

程霆突然想起老汪的敲打——"到了那儿别乱瞧……瞧见什么勿要大惊小怪，吓到囡囡，唯你是问。"

高大的男人立在过道上，过长的发尾被雨打湿，一绺绺扫在肩头。他动了动，工具箱撞到墙边。因为他这个动静，门里面的……人被吓得不轻，"嗖"一下，连那只眼睛都藏了起来。

声控灯亮起，程霆看见一个三层小推车，里头满满当当全是饮料，最上面挂着一块用牛奶箱裁的硬纸板，写着挺好看的毛笔字——"需要自取，谢谢"。

相当矛盾的句子。

"老汪叫我来帮你看看。"程霆说。

他话音落了几秒，门缓缓开了。

"请……请进。"

音调很低，闷在口罩里，能听出来是个女生，每个音符都像从黑洞反弹回来的，带着回响。

程霆开了应急灯走进去，留意到她紧紧抠着门的手指泛白。

"配电箱在哪儿？"他问。

只感觉一阵风从身边刮过，女生小跑在前带路，光落在她身上，让她看上去像毛茸茸的小犬，胆小又灵活。

程霆随她走进一间很宽敞的开放式厨房。相较于传统的中式厨房，这里有很多看着就耗电的不锈钢大家伙。房子很安静，空气中有香甜的味道。地板下铺着本市人家少有的地暖，温度从脚下往上蹿，驱除了寒冷。

女生哆哆嗦嗦地从中岛台后探头，看起来无害安全。

点点滴滴，一些完全不重要的东西，以不可思议的速度刻进大脑皮层，程霆打开配电箱，看着那个坏掉的空气开关，一时没有动作。

他突然感觉委屈，大抵是知道在这里，没人会怪他。

电工师傅突然从白胡子爷叔换成陌生型男，对于"超级社恐宅女"林葵来说，是件和突然停电一样大的大事。其实程霆的入职照片早就贴在楼下工作栏里了，但她显然并不知晓。

林葵望着那个背影，握拳，鼓励自己要表现得更自然一点。

"经常跳闸？"

"嗯。"

"以后不要同时开太多电器。"

女孩如实告知，声音微微发颤："我……我开了三层烤箱烤蛋糕。"

没办法，订单实在太多了。

程霆回头看了她一眼。其实他还想问点什么，但在幽幽光影下，女生是再多说一个字就要哭的样子。她确实是有些奇怪的，但程霆接受得很快。

既然这样，也不是非说不可。

他转回身，对她说："写下来，我识字。"

这是一个很新的句子，明明每一个字都听得懂，但因为从没有人对她说过，所以，她反应两三秒才领悟。

慢慢地，程霆感觉有东西蹭过来。

林葵低着头递交手机，上面是她打的字。

——能修好吗？

"将就用，回头给你换个厉害的。"

——你很厉害吗？

"不厉害。"

程霆话音刚落，头顶的灯亮了，所有电器都发出通电的"嘀嘀"声，此起彼伏。

林葵小小地"啊"了一声，惊喜的目光与程霆的眼神撞在一起，又无措地闪开，焦点落在他脸上，这才看到他侧脸有几道抓痕从口罩上缘露出来，很肿，连带着耳郭一片都是红的，在灯下显得格外惊心动魄。

他卷着袖子，头发半扎了个小髻，眉眼泛冷，整个人看起来像个

不学无术的混混。

林葵闻见他身上纸烛焚烧过的味道，伴着一丝清苦。

她道了谢，他淡淡回了句"应该的"，就利落地收拾东西走人。

林葵"咔嗒"一下关上门，带着点如释重负的意思。

从301室出来后，程霆站在楼下没走，静静看着不远处的大树。那是一棵百年银杏，很高，树桩很粗，冰柱挂在光秃秃的枝头。

风一吹，被301室"焐热"的身体立马就凉了，那点委屈也散了。

第二天，程霆扫楼维护，特地看了一眼301室的电表。这个用电量，如果不是见过那些"吞电"的家伙，他怀疑这人很可能会被热心市民举报从事非法活动。

他正想着，门开了。

黑胶唱片机咿咿呀呀，古早的歌曲传来，女生捧着一个包装精美的两层加高生日蛋糕，嘴里跟着轻轻哼唱，不太着调，荒腔走板，却也自得其乐。她毛茸茸的脑袋摇啊摇，丝毫不见前日张皇失措的模样。

说实话，程霆有点意外，也很期待她接下来的反应。

只见林葵放下蛋糕，大功告成般拍拍手，毫无防备间朝角落扫了眼，后知后觉那里有人，立刻跟被施了魔法似的，整个定住，唯有脸颊一点点涨红。

这很有趣。程霆抱臂靠着墙，换了条腿支撑身体，鞋尖点地，好整以暇地看她一点一点往门后挪，顶着他的目光，把自己藏好。白生生的胳膊伸出来想关门，又觉得不礼貌，只好又委委屈屈缩回去。

刚才林葵没戴口罩，程霆算是看清她长什么样了。小头小脸，圆圆的脸上有肉，眼睛也圆，眼尾微微朝下，卷卷的长发很蓬松，让她看起来像一只胖乎乎的纯白棉花面纱犬。

外头诡异地安静着，林葵希望程霆能快点离开，千万不要说话……但脚步声越来越近。

她紧张，紧张就容易脑子里跑马，那叫一个万马奔腾，旷野长啸，全是程霆揶揄的眼神和仿佛一眼望不到头的腿。

丢人！丢死人了，林小葵！

程霆停在门外，拎起蛋糕："我帮你提下去，刚看见闪送那哥们儿在小区门口跟人吵架。"

林葵极不放心，勇敢地探出头要交代几句。

程霆怕她说着说着哭出来，扭头就走。他伺候祖宗似的把蛋糕捧进电梯，细细看了一遍。说是蛋糕，更像艺术品，那上面的小花小叶子跟真的一样，泛着奶油特有的光泽和质感，没想到她还有这手艺。

交接了蛋糕，程霆问老汪："她好像挺怕我，要不你换个人？"

老汪内心平衡了点："啧啧，帅哥也有不顶用的时候。"

两人站了一会儿，老汪嘟囔："我是真搞不懂，你为什么非要来干这个。"

程霆："我爸就是电工，他说我干不了，我得让他心服口服。"

这话程霆随便说说，老汪随便听听。

老汪回想那天自己刚面试完一个经验丰富的老电工，很满意，都准备签合同了，此人往跟前一坐，轻飘飘地来了句"我是 401 业主"。

年纪轻轻，一出手就是注册电气工程师证。

这东西也是能随随便便拿出来的？

老汪严重怀疑是假货。

人家随随便便又一伸手，二级电工证。

好吧，业主是上帝，明天来上班吧！

老汪整理了一下自己的领带，似真似假地问："你那个证花多少钱搞的？"

小年轻亦正亦邪地笑了下。

老汪说："别的我不管，301 你要看顾好。"

S 市连着下了几天冻雨，本以为这就到顶了，毕竟不是正儿八经的北方城市，谁知道一觉起来，整个世界都白了，天空中还飘着雪花。

老汪羽绒服里还是一丝不苟的西装领带，搓着手感叹瑞雪兆丰年。

程霆仰头看那棵老树，树干上积了厚厚一层雪，调皮的小孩子你一脚我一脚踹树，老树似乎来了点"脾气"，将那些雪扑簌簌全抖落进孩子们的脖子里，孩子们嗷嗷叫着救命。

最粗壮的那根树枝的分叉挨着三楼窗边，这时窗边有一抹身影，那人手里捧着马克杯，小口喝着什么，热气蒙了她的脸。

崽子们突然怪叫："鬼啊！"

她嗖一下把头缩回去了。

程霆在下班前五分钟收了个包裹，老汪探头瞧，他不懂这个，又把脑袋缩回去，倒是交代："记得找财务报销。"

程霆没一点要干活的意思，顺手把东西扔进抽屉里。

老汪不满意："怎么？"

程霆抬抬下巴让他看天，这个点，已经差不多黑透了。

大白天的都吓成那样，月黑风高不得真哭出来？小姑娘哭鼻子什么的最麻烦，他不耐烦哄。

老汪觉得，囡囡被这小子吓到哭鼻子，和万一晚上又跳闸，所有订单都不能交付，影响她的信誉而气到哭鼻子相比，还是后者比较严重。

"官"大一级压死人，程霆拿上东西出去时，催促老汪："你提前跟她说一下。"

大概是因为提前预告过，这次见面，女生表现得很平静，平静地开门，递上一次性拖鞋，只是在他看她时，害羞地垂下头，那天荒腔走板唱歌的事，在她这儿显然没过去。

程霆皮笑肉不笑地表扬一句："唱得挺好。"

女生这下不平静了，往后退了两步，壁虎似的贴着墙，开始第一百次怀念之前不爱说话的白胡子爷叔。

"一会儿得把电全断了，你这能行吗？"

"贴墙壁虎"把手机亮给他，问要多久。

"很快。"

程霆看了看正在工作的烤箱，它们泛着暖人的橘黄色光芒，内腔塞满了一个个圆滚滚的模具，蛋糕已见雏形，像是活物，有极强的生命力，"噗噗"往上蹿个子。

他没见过，有些新奇。

林葵检查情况，小东西们已经长好个子，稍微断电一下不要紧，余温能让内芯继续被烤熟，等烤熟了，它们反而还会比现在矮一点。

得到同意后，程霆利落拉了电闸。一瞬间，周遭黑漆漆的。他说到做到，三两下就弄好了，屋子里再次亮了起来，比林葵预期的还要快。

林葵想问他配件多少钱，正敲字呢，"啪"一下，家里突然又黑了。

刚才来的时候，程霆压根儿没想过会有这种情况，没带应急灯，就揣着个小手电，这会儿把手电打开，正对上女孩茫然的圆眼。

他语气非常坚定："不是我干的。"

因为他看见她明显有了情绪，乌溜溜的眼珠子里全是暗示——就是你！你碰一下，啪！坏了！

女孩像是要咬人的软团子，却压根儿说不了狠话，知道自己胆小，胆小到憋屈，脸鼓鼓的，委委屈屈咬着下唇，指了指配电箱，让他再挽救挽救。

程霆："肯定不是我。"

这时，业主群里物业发了最新消息，说是大雪导致大面积停电，电业局的工作人员已经开始抢修，让大家耐心等待。

程霆扫过这句话，关了手机，凉凉地盯着林葵。

小姑娘好一会儿才敢抬头，讪讪地捏着手机，手劲大得差点把手机捏碎了，十分尴尬。

程霆换了个姿势，靠在墙边，轻飘飘地说了一句："都说了不是我，好委屈。"

林葵再次尴尬，希望他赶紧走，她要一个人治愈一下受伤的小心脏。

她在前面开路，程霆慢悠悠跟在后面，手电这时突然灭了，前方漆黑一片。

林葵突然定了定，程霆察觉到，试着再摁了摁手电，毫无反应。他的夜视能力还行，隐约看见女孩抬起手摸索着，没了之前灵活的模样。

"林葵。"他突然喊她的名字，之前查过，301业主就叫这个名字。

已经很久很久没有被谁喊过名字了，那声音如有实质，轻轻刮过她耳边，叫人在这片黑暗里生出一丝眷恋。女孩被这样的想法震撼到，脚下一滑，扑通栽在地上。

程霆弯腰下去，没碰她，伸出胳膊让她扶。小姑娘眼睛挺大，眼神却不好，瞎子似的，没看见。

他作罢，问她："自己能起来吗？"

这下她都顾不上打字了，小声道："能。"她从地上起来，如蚊蚋般开口，"门……门在那儿。"

程霆却不走了，往地上一坐，说："我待会儿。"

林葵有点绝望。

他说："我不是坏人。"

不是坏不坏的事，是她不习惯。

空旷的屋子里，程霆问："你是不是有夜盲症？"

闻言，林葵很意外地朝他那个方向转头，下一秒，看见他点开手机，用一束微弱的光为她指路，还把手机晃了晃，似乎在催她回答。

她不好意思地"嗯"了声，走到他旁边坐下。

等她坐好，程霆递来二维码："加个好友。"

林葵愣了愣。

男人大概也是第一次主动加微信被对方沉默抗拒，莫名来了点傲气，就这么将手机戳在她面前，不肯收回去。

两人僵持着，最终是女孩从兜里掏出了手机。她扫他的时候特别谨慎，大概是他看起来不好惹，所以这件事变得很有仪式感。

加了好友，聊天就方便了，林葵看到私聊窗口里写着"程霆"。

她知道了他的名字，在第三次见面，在 S 市十年难遇的暴雪之夜。

林葵：刚刚对不起。

这是她给他发的第一条微信，很乖的语气，企望得到原谅。

那个灰色头像"冷艳高贵"地回了个句号。

林葵咬着唇打字。

林葵：真的对不起。

手机的光照亮她的脸，跟刚出锅的包子一样，全是弧线，没有一丁点棱角，口罩绳子那里还勒出点肉，小小一蓬，看起来很软。

程霆突然递过去一板咖啡糖，问："吃吗？"

林葵抠了一粒，摘掉口罩，很讲礼貌，吃之前还要先说谢谢，也许是觉得他大概没有生气，稍稍安心了些。糖吃进嘴里，与预期不一样，舌尖第一秒就在排斥，那黄连般的苦涩直冲脑门，女孩顾不得其他，"呸呸呸"吐掉。

林葵：好苦！

程霆盯着手机里小螃蟹的幼稚头像，再看看身边皱成小笼汤包的女孩，他换了个姿势，舒展双腿。他腿太长了，几乎挨着她的脚丫。

林葵往旁边挪了挪，气呼呼地打字。

林葵：你是不是故意的？

林葵：我都道歉了！

有人懒散地道："你看看外头的雪，老天爷都在为我喊冤。"

林葵有些无语。

程霆问她："我昨天刚做了核酸，口罩能摘吗？"

林葵没太介意这个，她自己在家也不爱戴，闷得很。她一点头，程霆就把口罩摘了，然后察觉到这姑娘又僵硬了。

虽然估计电工小哥应该很好看，但帅成这样，林葵是万万没想到的。虽然林葵是个超级"死宅"，重度社交困难，但换个人来面对天上掉帅哥这件事，那也是要小鹿乱撞一会儿的，尤其是这人还直直盯着她。

程霆问："我长得很吓人？"

林葵：你这种想法才很吓人。

程霆往嘴里塞了两颗糖，叫旁边的女孩愣怔地眨眨眼，不明白世界上好吃的东西那么多，他为什么要虐待自己。

他又说："娇气。"

林葵：你是不是舌头坏掉了？

程霆幽幽瞧她，女孩缩了缩肩膀。

事实上，他失去味觉有些日子了。

老周的事闹得很大，遗体在太平间躺了很久，家属要求高额赔偿并道歉。赵慧为了息事宁人，价格任他们随便开，但道歉这件事没谈拢，因为程霆绝不低头。

接着就是一些常见的手段——在门口拉横幅、买新闻报道、买水军操纵舆论方向。

老周媳妇本身就是做运营的，术业有专攻，赵慧玩不过她。

程霆以为自己不会在意，但他开始留意到自己的不对劲。

赵慧与老周家属最后谈妥价格签字那天，程霆去宛平南路600号排队取了个号。治疗效果不太好。一切都没劲透了，万幸胃还有反应，过量咖啡因引起的胃酸过多叫人很不舒服。

程霆捂了捂胃，林葵飞快地看了他一眼。

他问她："你是不是还很小？"

林葵摇摇头，头发磨蹭沙发，沙沙作响。

林葵：我应该比你大一点。

程霆很无语，不知道她哪儿来的自信。

林葵：真的，我三十了！

小姑娘最后一个感叹号敲得很有气势。

林葵：你看起来应该就二十几岁吧！

程霆放下手机，单方面结束这个话题。林葵的手机几乎在同一时间没电黑屏。

这一隅黑了两秒，男人重新把手机电筒打开。这是唯一的光源，林葵想象着，如果小区里家家户户都有这么一盏小灯，那从天上往下看，是不是会成为一条银河。

因为安静，能听见雪簌簌落下的声音。她抱成一团，脸贴着膝盖，偷偷看他，他脸上的抓痕好像愈合了。

程霆："光明正大地看，不收钱。"

"不要打架。"女孩轻轻地说。

程霆用舌尖顶了顶脸，又听她强调："打架不好。"

跟小老太太一样唠叨。

"没打架，被女人揍了。"他说。

林葵怯怯地问："你是渣男吗？"

"正派人。"

"那为什么人家要打你？"

程霆换了个坐姿，林葵以为他不会说了。但夜黑确实会令人放松警惕，程霆想了想，说道："他们觉得我做错了事。"

他们？有好几个人一起打他吗？

林葵蹙起眉，不喜欢这样的事情。

程霆以为她会问下去，但这姑娘不仅有礼貌，还很有分寸，低头抠手，指甲修得短短的，指甲盖圆圆的，很干净。

他们就这样停止了交谈，气氛并不尴尬。

不知是谁站在窗口唱歌，歌声飘散四方，中气十足，声音洪亮，并且具有很高水平的音准，这叫屋里的两人同时想起了什么。

小姑娘屈辱地埋着头，男人的鼻息稍重一些，似乎在笑。

来电的时候，家里电器"嘀嘀"叫的动静成了唱歌邻居的伴奏，那人唱得更起劲了。

程霆揣上手机准备走人，林葵从沙发上跳下来，脸还红着，却不让他走，说："你等等。"她蹿进厨房，抓了个干净的保温杯，装上温开水，跑出来的时候，因为着急差点又摔倒。

程霆觉得这家伙平衡感很差，估计小脑发育不太行。

她把东西塞进他手里，他拒绝："我喝冰水。"

"下雪了！"女孩认认真真地看着他，眼神很固执，在谴责他下雪天居然喝冰水。

程霆掂了掂巴掌大的杯子，杯套上有根绳子，缠着他的手指。他留意到旁边桌上插着的百合花，很普通的多头百合，花下有一个古铜色相框，照片里，一位优雅时髦的老人穿旗袍坐在鹅绒椅上，身边站着个穿旗袍和小皮鞋的小囡。

他道了声谢，站在门口穿鞋，她像小老太太似的，叮嘱他要多喝热水才不会胃疼。

"车呢？"他打断她，指了指空荡荡的门口。

小姑娘眼尾微微耷拉着："坏了。"

"放这儿，回头我帮你看看。"

女孩的眼睛瞬间变得圆圆的，有点惊喜，也有点意外这人还会修车。

程霆补了一句："也不一定能修好。"

但她就是确信他能修好。

他在她眼前亮了下手机，淡淡道："以后有事直接找我。"

她止步于门边，脚尖都不肯探出去一丁点，朝他摇摇手。

他挥了下手，走出门去。

林葵跑到窗边探头，一会儿后，见程霆出去，一身墨蓝制服，工具箱黑漆漆的，唯一的彩色是他肩上的保温杯。她后知后觉这杯子他拿着有点违和，想起他刚才抗拒的表情，忍不住笑起来。

　　老汪发来消息关心，她说家里一切都好。

　　老汪：小程给你换那个配件了吧？不要看他年轻，技术蛮好。他搬来没多久，就住401，以后有事找他。

　　林葵没想到程霆住这么近，回头望了望烤箱里废掉的蛋糕坯，干脆不睡觉，通宵加班。

　　雪下了一夜，一大早便有小孩子迫不及待下楼打雪仗，专门钻雪厚的地方，滚进去挖个坑再钻出来，别提多有趣。

　　林葵伸了个懒腰，把做好的订单拿出去。当她打开门，之前不知被谁弄坏一边轮子的推车完完整整靠墙放着。她想到了程霆那个哆啦A梦口袋似的工具箱。不知道他修了多久，是不是整夜没睡？

　　她趴在窗台探头望，没看见背粉色水杯的男人，又扭头向上看，瞅见楼上卧室的窗户开了一道缝。她把头收回来，斟酌着往微信里敲了个"谢谢"。

　　家里很暖和，女孩光脚踩在地板上搞卫生，"咚"一声，有什么从沙发滚下，一直滚到墙角。

　　林葵捡起那个白色药罐，看了看上面的字，就这么看了好久。

　　小螃蟹头像来第二条消息的时候，程霆刚好掏遍了他的制服口袋和工具箱。

　　林葵：你有东西落在我家了。

　　程霆直接下去，刚洗过澡，头发还是湿的，随便穿了一件黑T恤，看着就冷。林葵赶紧让他进来，觉得他像落水的大狗。

　　程霆没说话，朝她摊手。

　　林葵把那个小药罐轻轻放进他掌心，默默盯着他掌心的纹路。手那么大，药罐那么小。看起来，这个高大的男人明明才是不可摧毁的一方。但她知道，人其实很脆弱。

　　程霆把药随意塞裤兜里，发现女孩正以一种难得的、不躲闪的眼神看着他。

林葵看清了程霆的眼睛，那是一双生病的人会有的眼睛，或者说，只要好好看一看他的眼睛，她就能知道他病了。

"胃药。"他胡诌。

"我知道这种药。"女孩轻轻地说。

不病到一定的程度，医生不会开这种药的。

她的眼睛黑白分明，没有过渡色，黑就是黑，白就是白，眼瞳很大，显得人很幼态。此刻她的黑眼珠里映着他毫无表情的脸。

程霆掂了掂手里的药罐，垂头盯着她："怕我吗？"

女孩斟酌着，但程霆已经不想听下去，扭头要走，却被人拉住了衣角。他很瘦，T恤空荡荡的，林葵捏着那片布料，到底是没放开。

"我不怕。"她说，"你也不要怕。"

程霆其实以为她会被吓哭，说他是神经病什么的，然后让老汪换人。

她仰头问他："你是不是也觉得没意思？"

这其实不是个需要答案的问题，因为她从他的眼睛里得到了答案。

"我理解你。"林葵很认真地说，"这个世界上，让我留恋的东西一点都没有了，只是我觉得外婆会想再看看这个世界，所以我才活着。"

程霆这辈子没这么意外过。他头一回听她说这么长的句子，看起来这么乖这么正派的女孩，笑着说如此绝望的话，这种冲击，令他不知道该如何接话。

她想向他证明，拉着他去看她的储藏室，那里有很多很多面粉袋子，她坚定地告诉他："等这些都用完，我就要走啦。"

程霆沉默着。

女孩严谨地给出第二选项："如果在那之前没人找我买蛋糕了，那我就可以提前。"

程霆还是没说话。

他没走，并且愿意听下去，所以林葵备受鼓舞，小心翼翼地问："你有这个打算吗？"

她提出一个邀请："你想跟我一起吗？"

她好像忘记要松手，程霆也没搡开，他细细看她，这不是生病的

眼睛。

她朝他坚定又腼腆地弯了弯唇角："如果你害怕，我会牵着你的手。"她终于松开了他的衣角，将自己的双手交握，用力攥了攥，"像这样。"

"为什么不是你害怕？"程霆提出疑问。

"我不会。"

尽管她之前表现得那么怕生、那么胆小，但他相信她说的。

他目光深不可测地盯着女孩，林葵以为得到了程霆的答案，一点一点变得轻松和快乐起来，那是一种遇见同类的亲切，甚至多了点大姐姐的味道。

她指了指那个药罐，问："你有什么不良反应吗？"

"没有。"

"你想吃点东西吗？"

程霆直接在中岛台坐下了。

林葵在忙碌的间隙朝他看去。他是她宝贵的客人，那个位置，是她心里很喜欢的位置。外婆曾经站在她现在站的地方为她做荠菜年糕，放了她喜欢的冬笋，鲜掉眉毛。她就坐在程霆的那个位置，边哭边吃完。

林葵很想让程霆尝尝那个味道，但她今年忘记囤荠菜了，于是说："弟弟，下次我一定做给你吃。"

程霆挑起眉："叫这么顺口叫谁呢？"

小姑娘圆圆的脸上有一丝得意："阿汪叔告诉我的！小阿弟！"

"我走了啊。"

"哎呀，我做蛋糕犒劳你。"她抬手。

程霆头一回看林葵工作时的样子，很专注，动作很利落，莫名有点大师风范，与第一次见时那只趴在墙上的"壁虎"，完全是天差地别。

空气中香甜的味道让人安心，程霆在这股甜味中接了个电话，对方是世界排名前三的芯片设计公司。事实上，从他离职那天起，猎头的电话就没停过。

他之前答应了晚上的饭局，现在却轻飘飘地爽约，说什么也不去了。

对方打探是不是还有公司在挖他，让他条件随便开。

程霆懒懒地歪在中岛台上，看了眼小姑娘，说要加班，并在对方一脸莫名其妙时挂了电话。

英俊的男人安静地等着，面庞尚存些许少年桀骜的意味，双眼中有两粒光斑，干透的头发浅浅搭在浓眉间。他抬手抚了抚，修长干净的手指穿过发丝，露出好看的美人尖。

时光的流动似乎变得缓慢，银杏树又开始往下抖落积雪，小孩子们嗷嗷叫。

白瓷骨碟落在他面前，银勺与碟子碰撞，发出清脆的声音。

"这是我自己熬的栗子酱。"女孩的声音也跟着清脆起来。

那是个小切件，她怕他久等，从一个完好的戚风蛋糕上分出来，那么剩下的就成了不能出售的边角料，但她并不在意，用浸了冬蜜的栗子块和自制的栗子酱装饰，外表抹了薄薄一层原味奶油。成品很漂亮，令人不想破坏。

林葵期待着："尝尝看！"

明明是没有味觉的人，程霆装模作样地拈着银勺挖下一块，很喜欢鼻子闻到的栗子味。放进嘴里前，他是不抱期待的，但过程出现了点意外。当舌尖告知他，这个闻起来很不错的栗子味品尝起来到底是一种什么味道后，他一时间以为出现了幻觉，但味觉很诚实地反馈了那种尝到很好吃的东西后渴望的感觉。整个口腔溢满了属于秋冬果实高雅的香味。栗子酱很丝滑，舌尖一抿就散，混在不腻人的奶油里，顺滑地从喉间滚进胃中。

他已经很久没有这样满足的感觉了。

他又挖了一块，这次是贪心的一大口。他咀嚼着，从来不知道这种小女生喜欢的玩意能这么好吃。

在此之前，程霆是个彻底的拒甜人士。作为土生土长的本地小孩，他视本帮菜如洪水猛兽，要是饭局订在老字号，他能不顾所有人脸色，直接让服务员帮忙泡个泡面。

男人目光沉沉地看着女孩，正好逮住她在偷看他。

"想问就问。"程霆又挖掉一角，本来就不大的蛋糕眼见要没了。

林葵："好吃吗？"

"还行。"

林葵朝窗边的相片努了努嘴，十分骄傲："我们马明娟女士很优雅吧？"

程霆认真地看了看照片，点头赞同。

林葵低着头，愿意向他解释："外婆做了遗体捐献，我想带上外婆的照片一起走，这样等我烧成灰，埋在墓地里，我们就有一个小小的家了。"

程霆看着她，觉得她会哭，但事实上，她很好地压制住了自己的情绪。

她看起来很平静，如果不是尾音发颤，真的会骗过他。

程霆咀嚼完最后一口蛋糕。

林葵再次提起："到时候我们一起……"

程霆打断她："你可能误会了。"

女孩抬头。

"我们不过萍水相逢，实在没必要约着一块儿去死。"

他话说得轻飘飘的，很有点翻脸不认人的味道。

很不好的记忆涌上心头，林葵抠着手心，压抑着那股想吐的冲动，强烈的羞耻感席卷了她——

"林葵，你看，那个学长好帅！"

"真的真的！要是能在大学谈一场恋爱就好了！"

"你可以给学长写情书。"

"啊不，我不好意思啊！"

"试一试嘛，你长得那么可爱，一定能成功的，加油哦！"

……

"呵，你们听到了吧，伊要追学长，真是不害臊！"

"一天到晚装可爱，学长能看上她就怪了！"

"作的，想吐！"

……

"春节我爸妈要带我去日本迪士尼！"

"我们一家要回苏州。"

"林葵，你呢？"

"我和外婆一起过年。"

"你爸妈呢？怎么不在一起？"

……

"离婚了吗？"

"不是，他们不在了。"

"不好意思啊，提起你的伤心事。"

"没关系，你们又不是故意的。"

……

"早跟你们说了吧，她是孤儿嘛，我都在家庭联系表看到了。"

"瞧她平时装得大小姐一样，我还以为多厉害呢。"

"啧啧，可怜哦！"

"哈哈哈，你这什么表情？"

"跟她学的，那天她在学长面前不就是这样。你们也学着点，手段高着呢。"

……

有小孩子在楼下争吵起来，你一句我一句，最后号啕大哭。

中岛台边的女孩喘不上气，胸口剧烈起伏，撇过头，低声说："请你离开我家。"

程霆干脆利落地放下银勺，走的时候，冷冷看了她一眼。

林葵久久未动，直到楼下重新安静下来，她才转过头，看着那个被刮干净的碟子，揉了揉干涩的眼。

外婆，为什么每次我主动交付真心都会变成这样？

第二天，程霆站在物业办公室门口，晒着难得的太阳，吃 301 小推车里的黄油饼干。

老汪经过，"咦"了一声。

程霆："怎么，我干这么多活，还不能拿她一块小饼干？"

老汪笑了："好吃就说好吃，没什么可丢人的。"

程霆瞪了他一眼。

老汪："甜吗？"

程霆搓了搓指尖的饼干屑，舌尖全是香甜。记得小时候家里的饼干盒里也有这样的味道，只是那时没觉得这么好吃。

远处走来一拨人，黄的、蓝的、绿的都齐全，安全帽上什么动物耳朵都有，手里拿着小饼干，并且还不止一包。他们过来跟老汪套交情，笑着递烟："汪总，天天进进出出的，就不要查健康码了嘛。"

老汪最近在戒烟，意志不坚定，正要伸手，就有人凉凉地开口："打电话跟你老婆说你藏烟了啊。"

老汪瞪他："你不要瞎说。"

程霆眼神犀利："还是不是男人？"

一旦上升到这种高度，任何男人都不会认输。老汪作势把递过来的烟轻轻推开，严肃着脸教育小年轻："我们是有制度的！你们这样是要犯错误的！下次不要提了！"

几个小哥嘻嘻哈哈走了。

老汪瞅着程霆："你吃火药了？"

程霆冷着脸："都是给301送货的？有几个我没见过。"

"是的呀，你才来几天，没见过就没见过喽！"

程霆盯着那几个人手里的东西："这是打劫呢？"

"囡囡的一点心意嘛，现在没电梯，快递小哥都不愿意上楼的，不然你要她怎么办？"

老汪等着程霆接话，原本以为他会好奇301的事，但人家压根儿不关心。

老汪不满意："小葵以为你在楼上租房，上次还拜托我帮你跟房东压压价，担心你一个小年轻压力大，你能不能有点人情味？"

程霆"哦"了声："费心了。"

老汪："你以后不要吃人家的小饼干！"

程霆这才笑了一下。

老汪突然叹了口气："小葵小时候很爱笑嘞，生下来九斤多，是远近有名的福气宝宝，我还抱过的。"

程霆慢悠悠把最后一块饼干放进嘴里。

老汪突然有点不乐意："你不要笑她胖。"

程霆也不乐意："我说话了吗？"

老汪兀自回忆："长大瘦了，亭亭玉立的。小囡脾气好，放学好多男同学送她回家。我们和她外婆一个厂的，外婆以前是千金大小姐嘞，可惜成分不好，一个人带她，吃尽了苦头。马阿姨人很好的，再难，每年春节摊蛋饺都要送我们一份。后来下岗了嘛，日子差点过不下去，幸好，地皮征用了。"老汪遥想当年，"侬晓得吧，那时候住浦前要被瞧不起，喊阿拉乡下人，小陆家滩那一带全是烂房子，地皮便宜得要死，哦哟，哪能想到一朝变天了。"

程霆玩笑道："眼拙。老汪你可以啊，分了几套？"

老汪紧了紧领带："家底还是可以的。"他指了指三楼，"马阿姨也分了两套，喏，门对门。这样也好，小葵平时也能自在点。"

老汪抬头看看身边的小年轻："搞不懂你们年轻人为啥买这里，几十年的老房子，没电梯、没花园，学区嘛，也没有很好。"

"我喜欢那棵树。"程霆目光放远，只见三楼的窗关得紧紧的。

"小葵也喜欢。"老汪有点骄傲，"你现在看不出来，她小时候能爬那么高，坐在上面吃蝴蝶酥，一点不害怕。"

程霆很给面子地"哟"了一声。

老汪安静了一会儿，程霆以为他说完了，抬脚要走，忽然听他喃喃："你说那些人为什么欺负我们小葵啊？"

其实老汪不指望程霆能说出什么高见。

"我们这样的粗人，不敢打扰她，有时候想想就气，那么好的孩子现在成了这样。最严重的时候你是不晓得，天天在家哭，也没地方找人说理去，坏人都长命。"

"后来呢？"程霆看着自己的脚尖，神情捉摸不定。

"后来马阿姨就不让她上学了。要我说，不学也罢，她就做她喜欢的事。去学校接她那天，哦哟，加长大轿车，私人司机，马阿姨派头大，震得那帮人尿裤子！"

程霆想起了门口被恶意损坏的小推车，想起她似乎习惯了这样的

恶作剧，还想起她有一点点难过的样子。她是个很特殊的女孩，他从一开始就知道。那个表达谢意的推车，几乎是她与外界唯一的联系。她遭遇了很不好的事，却依旧愿意用最大的善意对待别人。

程霆往嘴里塞了两颗苦涩的咖啡糖，还是尝不出味道，吃什么都像在吃橡皮泥，唯独 301 的蛋糕和小饼干不一样。

他仰头望着树，目光渐渐有了些偏移，幽幽地盯着树枝旁边的窗户。

那天……肯定把她气哭了。

活着确实没意思，但死解决不了任何问题，有些人选择逃避，而有些人厌恶这样的逃避。

男人抿了抿唇角，带了点莫名其妙的倔强，心想自己也没说错什么，不过是厚脸皮蹭了一块蛋糕。

深夜，401 的灯还亮着。

靠窗有一排长桌，上面看似杂乱无序地堆了很多配件，有人伏在桌前，专注地做着什么东西，不用抬头就能伸手摸到自己想要的工具。头发垂到了鼻尖，他轻轻吹了口气，发尾在灯下扬了扬，又重新落回去。

这件事对他来说应该没有难度，他表情很从容，又因为某些原因多了些耐心和细致。

3D 打印机一点一点打出模型，他修长的手指进行最后组装，桌角静静立着一个粉色保温杯，与周遭单调的深色格格不入。

成品进行测试，意料之中的毫无瑕疵，男人直起背，鼻息轻轻一喷，带着点小菜一碟的得意。

最后，他关灯，但房间依然亮着，光源来自他手里的那个小玩意，很简洁的圆柱体，无线充电，旋转无极调光，倒立自动开关。

第二天，这盏小夜灯神不知鬼不觉出现在了 301 门口的推车上。

林葵打开门，看着发光的小玩意，不高兴地关上门。一会儿后，她再开门，捧着小灯摆弄几下，把灯灭了，放回原位，"咔嗒"关门。

程霆扫楼，特地过来溜达一圈，见那盏灯孤零零的，没被收留。他也不着急，把灯摁亮。

第二天，他再过来看了一眼，灯还是被人熄灭留在门口。他抱臂盯着墙角，又望了望门，没再折腾，扭头走了。

其实，从头到尾，门后都趴着一只"大壁虎"。

穿到破洞都不愿意扔的衣服被紧紧揪住，花生豆似的脚指头抠着地板，小姑娘连呼吸都快没有了，猜不到程霆接下来会做什么。见他走了，她小马似的奔到窗边，撅屁股趴在窗沿上，用外婆的古董望远镜观察"敌情"，看见他背着她的小水杯，有点不高兴。

程霆单手推着自行车，莫名觉得后脑勺麻麻的，回头望了眼。

三楼没人。

他把目光收回来，跟老汪抱怨三楼的小姑娘："脾气很大。"

老汪就不乐意听了，张口要讲大道理，小年轻也不乐意听，跨上自行车快快离开。

三楼冒出一颗脑袋，圆圆的眼睛盯着车屁股，那辆车看起来像凤凰牌的，框架很大。

她转头跟外婆嘟囔："不知道哪里搞来的老古董，我腿那么短，坐上去根本踩不到地板。"还生气地"哼"了声，"我才不要坐他的车。"

冬日的太阳一收，那股子阴冷就直钻入裤脚，热闹的小区一下子空荡荡的。有人从门口摇摇晃晃走进来，胆量惊人地穿着薄丝袜和筒裙，嘴里呢喃着什么，好不容易碰见个正要下班的物业新人，揪住不放，闹着要找程霆。

老汪最常说的一句话是"嘴上没毛，办事不牢"，他就不爱招小年轻，小年轻最会闯祸。

物业新人像是要验证汪经理的理论，没头没脑指了指 301，说刚才还看到程霆在那儿。

这事过去十分钟后，此人一个激灵，想起老汪的入职警告——"没事你不要去三楼，有什么事先跟我说。"

而此时，来者已经抵达三楼，哐哐拍门，喊着程霆的名字。

林葵紧张地握着她的刮刀，从猫眼看到一个很精致的女生，醉醺醺的，要找电工小弟。她不敢开门，脸颊被门板震得很疼，手里的刮

刀都被掰弯了。

"我是小慧啊……"门口的女生开始哭，哭也哭得漂亮，哭了一会儿开始发狠，"王八蛋，你给我出来！"

林葵"咔嚓"一声，掰断了刮刀，从门后跑开，地上留下两枚小巧的脚印，热气散去，很快就没了形状。

另一边，老汪得到消息，一边疾走一边骂，恨不得把小赤佬的脑壳打开，看看里面是不是装了糨糊。

倒霉蛋一边赔不是，一边跟着疾走，巴巴地问领导怎么办。

老汪嗓门很大："给我把人拖走！"

等他们上了三楼，发现情况比想象的更为棘手。

门被拉开一条小缝，露出一只眼睛，乌溜溜的，看到老汪身边的陌生人，害怕地躲起来。

老汪拉住闯祸的倒霉蛋，冷着脸："我们先下去！"

倒霉蛋："啊？不是说……不行吧？"

老汪："让你走就走！"

两人退到台阶上，老汪低头翻手机，接通就骂："赶紧给我回来！看看你做的好事！"

听到女人尖锐的哭声伴着老汪的愤怒，电话对面的人什么都没说就挂了。

很快，赵慧的手机响起，她接起来听了两秒，蛮横道："我就不走！我还要进去！你怕什么？你也有怕的时候？"

男人呼吸略急，说话充满杀气："等着。"

虽然说要进去，但是赵慧并没有付诸行动。她望着那道门缝，其实害怕里面有女人，程霆的女人。

门缝里又出现了那只眼睛。当赵慧的哭声变得虚弱时，门开了。

——他不住这里。

赵慧盯着女孩手机里的这五个字，肉眼可见地松了口气。

——你走吧。

赵慧却不肯，呢喃："他要我等他。"

林葵在门后为难地转了个圈。

老汪一个箭步要冲上来，但接下来的发展让他惊掉下巴，或者说，没有他想象的糟糕。

——你吃蛋糕吗？不要哭了。

林葵胳膊伸出来，手里是一块草莓蛋糕。切件的侧面做得很漂亮，丝毫没有奶油堆积的刀痕，顶端的草莓相当大颗。

没有女生能拒绝这样一块冬日草莓小蛋糕。

赵慧突然打了个嗝，止住了眼泪。她接过盘子，谨慎地尝了尝奶油，然后就不矜持了，挖掉一大口，边吃边问："你跟他很熟吗？"

门后的人不说话。

赵慧挖掉最顶上的大草莓，糖分让她获得短暂的愉悦，蓦地问："他很帅吧？"

林葵鼓着脸，不想承认讨厌的小阿弟卖相好。

"没什么不好意思，他要是不帅，我也不会追他。"

——你们吵架了？

林葵紧紧贴着门板。

"是。"

——他的脸是你抓的？

"他活该！"赵慧恶狠狠地说。

她话音刚落，那条圆滚滚的手臂突然伸出来，收走了盘子。

赵慧："我还没吃完！"

——你不要打人。

赵慧："心疼啊？"

林葵没有回应。

赵慧掏了掏包，翻出一板咖啡糖，和程霆吃的那种一模一样。她抠出两颗塞进嘴里，蛋糕细腻的甜味瞬间被霸道的苦味逼走，心情也跟着变得很苦。

赵慧靠在墙边："你不要以为他真的就只是个水电工。"

门后的人没有出声。

"我们是做 IC（芯片设计）的。"

——我知道 IT。

赵慧眉心皱起来："芯片，芯片知道吗？手机里，电脑里，工业级别的，航天器里也有。"

林葵把手机翻过来，直勾勾盯着，想象不到程霆究竟是在做什么。

"你觉得程序员厉害吗？就是那些做 IT 的。"赵慧问。

小姑娘在门后点点头。

赵慧冷笑一声："他们给程霆提鞋都不配！"

林葵一愣。

赵慧仍然骄傲："他是最好的架构师！"

林葵其实听不懂这个，但不妨碍她领悟到赵慧的骄傲，再把这些与她的新电工联系在一起，就变得有点神奇。

谁？那个吃了她的蛋糕还要羞辱她，嘴巴很厉害的讨厌鬼？

赵慧告诉林葵："这是一条很新的赛道，我们拿到了入场券，但我们……不，应该说是程霆放弃了。"

赵慧咬碎糖，突然变得刻薄："你看他现在像不像被拔了毛的鸡？"

林葵一愣，果然是一家人，一模一样的嘴。

赵慧胸口起伏，最终化成一句："他就是个傻子！"

——你不要骂人。

"骂他怎么了？他就是个彻头彻尾的傻子！"

嘴笨的小姑娘无法回击。

"我们盼了那么多年才盼到这一行的黄金期，那么多投资商捧着钱等着进场，可他非要去做那件根本不可能完成的事！是他把自己的路走死了！"赵慧盯着门，企图得到一份陌生人的支持。

但是那台该死的破手机伸出来，说的话令人讨厌。

——他要做的事是一件错的事吗？

赵慧哽了哽，无法昧着良心说是错的。

——那为什么要怪他？

程霆冲上来时，看见的就是 301 "大壁虎"简单且灼灼的两句话。

他要做的事是一件错的事吗？

那为什么要怪他？

他突然低下头，表情看不清。

赵慧没想到有被质问到无法回答的一天,懊恼地伸手,推开了那扇门。

风带起女孩蓬松的头发,赵慧看清了林葵的样貌,这个神神道道的女孩长着受惊小鹿般的双眼,穿着很肥大的T恤。简而言之,就是作为同性,没有丝毫的赢面,不需要警惕。

几乎是同一时间,程霆上前用肩膀完完全全挡住了林葵。

"阿道!"赵慧唤着。

"你很没有契约精神。"程霆目光凌厉,"既然收留了你,就得遵守别人的规则。"

赵慧红了眼眶。

"道歉。"他冷声命令。

"我就好奇想看看。"她试图蒙混过去。

程霆盯着她:"道歉,别让我说第三遍。"

身后有细小动静,程霆回头看了眼,里头的小姑娘息事宁人地摆摆手。她总是这样,这让他心里很不痛快。

赵慧将程霆的脸色看得很清楚,知道他的脾气,只能低低道了声:"对不起。"

从来不曾奢望过道歉,也不曾得到过,所以林葵此刻并不知道该怎么反应,她连一句"没关系"都说不出来。她僵硬地想关门,想躲开这些跟她没关系的事情,但程霆用脚后跟抵住了门。

门口的两个人默默较劲,林葵只好从猫眼里偷看他。之前就注意到了,这人肩膀好宽。

"你来这里干吗?"程霆有些不耐烦。

赵慧攥着那板糖:"我听说你之前答应和高通的人吃饭,你是想回来吗?如果你有一点点愿意,剩下的交给我,我们可以重新开始。"她说着说着,忍不住啜泣,"跟我回去吧,现在还来得及。"

"你哭什么?"程霆有些愣怔,认识这些年,他一直以为赵慧是铁打的汉子,流血不流泪那种。

赵慧无力地道:"我不仅是你的合作伙伴,我还是个女人,是女人就会哭。"

程霆突然转头，对上那个黑洞洞的猫眼，莫名其妙想到门后的"大壁虎"，如果论哭，那"大壁虎"肯定比赵慧厉害。

林葵被他这一眼看得莫名其妙。

"哭完了吗？"程霆换了个站姿，没耐心。

赵慧崩溃："你只会说这个？"

程霆一脸理所当然："我是什么人你很清楚。道不同不相为谋，你走吧，我知道有地方挖你，以你的能力，去哪儿都能做得很好。"

赵慧的脸色突然变得很难看，像是被人揭开了遮羞布，她不知道程霆究竟知道多少，依旧挣扎着："只要你开口留我，我会为了你……"

"别为谁。"程霆告诉她，"人不为己，天诛地灭。"

赵慧仰头看他，这一句话让他与此前的纷纷扰扰都断得干干净净。她知道，他不会后悔，他从来就是这么干脆的人。

寒风呼呼地吹，震得玻璃发出响声。

赵慧垂头走出走廊，看见警惕地等在台阶下的老汪和年轻人，突然笑了，笑着笑着便哭了。

老汪不好再说什么责怪的话，眼不是眼鼻子不是鼻子地把人送出小区。

赵慧转头，身后空无一人，她坐上一辆出租车，车带着她离开这里，越来越远。

阿道，你一定不知道，我和老周都是你最忠诚的信徒，但有时候，我们也希望你不是那个神，没有那么多不切实际的幻想。如果你还在，一切就不会那么糟。

赵慧走后，程霆转身进了301，并且笃定要不是自己提前预判了这姑娘的预判，这会儿他在门外叫破喉咙她也不会开门。

林葵沉默地洗盘子，连个眼神都不给，程霆突然就有点失望。

他往前一步，水池边的姑娘默默缩了缩肩膀。

他又往前一步，几乎是把人困在自己与水池之间，问话并不温馨："你是没我电话，还是没手不能拨电话？"

圆滚滚的小姑娘心里不乐意：我还生气呢，为什么要打给你？

"还敢给人开门，你有几个胆子就开门？"

说着，程霆低头，看林葵不服气地咬着下嘴唇，嘴唇肉嘟嘟的，一咬一个牙印。他之前那点责备收敛了，人突然矮下去，对上她的双眼，语气沉沉地问："怕不怕？"

三个字直接叩在林葵心门上，发出回响。

程霆仔仔细细把人打量一遍，确定没缺斤少两，目光也算镇定，心里提着的一口气终于松懈。他拉了一下她的短袖："以后有什么要跟我说。"

"她刚刚哭了。"林葵小声解释了一句。

程霆："哭就让她哭，你又不认识，别滥好心。"

这一句话把原本稍显缓和的气氛又说僵了。林葵气鼓了脸，觉得他没有绅士风度。

程霆把不知什么时候从门口提进来的小灯放在她手边，语气里带了点笑："再生气的话，会气成小胖子。走了。"

走的时候，他顺手把鞋柜上那个掰断的刮刀带走了。

一会儿后，小区里进进出出的人都能看到程霆和今天闯祸的倒霉蛋排排站挨骂，老汪的骂声被寒风卷得很远很远。

三楼，开窗，露出一个白净的脑门。林葵举着望远镜偷看，觉得阿汪叔真是厉害，骂人都不带重复的！

程霆又有那种麻麻的感觉了，扭头扫了眼，什么都没发现，但这回他确信自己的预感，不顾老汪的怒火，掏出手机拉近镜头，逮着了偷看的小姑娘。他优哉游哉地朝窗户的方向痞痞笑了一下，把小姑娘吓得嗖一下躲起来。

两秒后，手机"嘀嘀"两声。

程霆：偷看我？

林葵：我学学阿汪叔怎么骂你。

程霆：你学不会。

林葵：你为什么叫阿道？

程霆：网名。

林葵觉得他小时候一定是个很挑剔的"中二少年"。

林葵：你女朋友喝了好多酒。要不要问问到家没？

程霆：前。

林葵：什么？

程霆：和前女友保持距离是一种值得被夸奖的素质。

林葵：……

程霆：空窗很久了。

老汪暴跳如雷："程霆！你还敢开小差！不要以为我不敢拿你怎么样！这个月奖金没有了！"

程霆瞥了他一眼，继续发消息。

程霆：不生气了？

林葵：刚刚你保护我，抵平了。

程霆：在你这儿做买卖可真划算。

等老汪骂痛快了，被夫人喊回家吃饭，冷风中，程霆问身边的倒霉蛋："你叫刘德？"

倒霉蛋点点头。

"以后机灵点。"

倒霉蛋泪眼汪汪："不好意思，程哥。"

程霆挥挥手，一溜小跑回家，爬到三楼停了停，特地看了眼推车，上面没有可怜巴巴被扔出来的小灯。

林葵关了家里的灯，遥遥望着水池边的那盏小夜灯，灯光暖融融的，招人喜欢。她往前蹭了一步，又蹭了一步，小心翼翼摸了摸，又怕摸坏了，弯着腰看它。

也不知道是在哪儿买的，怪可爱的。

家里浮动着冷香，林葵扭头问："马明娟女士，你有没有觉得我胖了点？"

照片里，外婆在灯下笑吟吟的。

小姑娘撒娇地眯眼朝外婆笑，抱着电脑坐在照片旁边，抬手搜了搜新闻。IC圈和烘焙圈隔着十万八千里，她什么也不懂，就看网上的报道都感觉特别正能量，充满希望。

那么，他为什么要放弃呢？

第二天，有快递送了一车水果要寄存在门卫那儿，老汪跟人掰扯："师傅，您看咱们一起把这些给人家送上去行不行？"

送货师傅十分高冷："我要来不及了，你让她自己下来拿嘛，我们没有送货上门的服务。"

老汪不爽地嘀咕："你是不是新来的啊？"

送货师傅："是啊，怎么？"

老汪："你这是推卸责任！你把客服电话给我，我倒要问问是不是送货上门！"

老汪是很有底气的，他知道囡囡办事牢靠，绝对不会选没有送货上门服务的店家。

送货师傅一下红了脸："你怎么说话呢！"

老汪腰板挺直，正要"再接再厉"，横插过来一条长臂，拦住了他。程霆说："算了，就放这儿吧，以后来了也都放这儿，找人签收。"

等人走了，程霆看了看收件人的名字，问老汪："她一直这样？"

老汪："你不要管这么多。"

程霆弯着腰，把东西一箱一箱扛去推车上，想起 301 的小姑娘那天说的话——"我觉得外婆会想再看看这个世界，所以我才活着。"

而程霆手里这箱水果的收件人，正是马明娟女士。

"我给马女士送上去。"他淡淡道。

三楼不算高，但东西很沉。

门留着缝，露出一双眼睛，似乎在等他。见到他，林葵呼啦一下敞开门，帮忙取走最顶上的两箱，光脚往里跑。

程霆脱了鞋，跟在后面，听她灵活小跑的动静，笑了一下。他把东西放下，直起腰，一回头，就看见她站在窗边，阳光投下她的影子。

"谢谢。"她表情真诚。

程霆忽然感觉到了一种不真实，好像面前的人不叫林葵，而是马明娟的影子。

他靠近，想看得更清楚。

看见她脸颊泛着绒毛，像个小孩。

看见她今天穿了一条背带蕾丝围裙，头发用一条三角巾严严实实捂住，这样一来，脸部线条就圆润得像个苹果，下颌有些厚，能挤出一蓬小肉。

看见她随手放在桌上的望远镜，很早的舶来品，嵌了大颗宝石，宝石不闪，泛着时光的陈旧。

看见中岛台上多了台笔记本电脑，小夜灯静静靠在旁边……

突然，一袋曲奇挡在眼前，比门口推车上的那种更大，黄灿灿的。

他已经闻到香味，一点没客气，伸手去拿。

林葵躲了一下，磕磕巴巴的："小、小胖子什么的，你收回！"

男人笑了，真是年轻，笑起来，眼角一点纹路都没有。他摊开手，什么都不说，什么都不保证，但女孩还是乖乖把小饼干放了上去。

"谢礼。"她指了指小夜灯。

程霆坐在那儿，捧着黄油曲奇，一口就是两个，满意地点点头。下一口，他只咬了一半，仔仔细细看内里的夹心，他尝到了奶油葡萄酱的味道。

女孩捧着小灯，问："你哪里买的？"

"自己做的。"程霆说得很随意，随意到林葵以为自己听错了。

她虚心求教："这个，为什么倒过来就关灯了？下次倒过来又开灯了？是沙漏吗？"

"沙什么漏，水银开关。"

"水银开关也是你做的？"

"那玩意直接买就行。"

"那这个灯罩呢？"

"3D打印。"程霆叼着一块曲奇，起来找水喝，留下一脸迷茫的小姑娘，一会儿后，又说，"你那个刮刀修不好。"

林葵很意外："你还想修刮刀？"

"嗯。"他应得理所当然。

"不要紧的。"她赶紧摆摆手，"那个很旧了，也该换了。"

"下次赔你一个。"程霆淡淡道，目光停在电脑上。他撇开眼，不想去看这些掩耳盗铃的文章，相关的话术，他已经听了太多太多。

什么我国已经完成产量突破，什么全世界资源共享，互利共赢……事实上呢？就程霆所知，国内整个汽车行业已经缺芯到无法生产的地步。车企高管们蹲在晶圆厂门口抢产能，晶圆厂厂长也蹲在设备商门口催设备。这一行不管上游下游，全都盯着一个名叫 Veldhoven（费尔德霍芬，荷兰的一座城市）的卫星城。

在那里，有光刻机。

林葵站在那儿挺害羞的，支支吾吾："我……我就看看。"

"你要想看，去专业论坛，多的是开帖骂我的。"程霆无所谓地敲了一串网址，按下回车。

林葵听了很不舒服："他们怎么可以随便骂你？"

程霆表现得很淡然。

林葵凑近了些，想从他的淡然里找到难过的痕迹。

程霆闻见她身上有很重的甜饼干味，当她要离开时，他拉住了她的衣领，几乎可以算提溜着："听说你以前被欺负哭了？"

女孩挣扎着，程霆这才注意到她的睫毛很长，扇子一样，一副笨拙的眼镜遮住了她的好看。

林葵放弃挣扎，却不肯说话，自然，程霆也不肯松手。罕见地，他心里很闷，为她遭受过的那些。

他试图确定什么："他们打你了？"

林葵轻轻地摇摇头。

程霆松开她，她忙躲到安全的水池边，怯怯地回头看他，看到他又坐在她最喜欢的位置，长手长脚，一大包曲奇快吃完了。

"程霆。"她试着叫他的名字。

"嗯？"

"你……你喜欢这里吗？"

程霆没有给出答案。

林葵并不了解他经历过什么，不知道他的人生停留在这里意味着什么，但事实可证，他明显不愿意回到过去。

"不喜欢就不要勉强，外婆说的。"

程霆回头看了看老太太，老人家有大智慧，她就是这么教导小外孙

女，为她搏了一条生路。他随手拿起林葵的软头毛笔，在水果箱上写字，没她写得好看，干脆作罢。

女孩扯了扯身上的围裙，因为这个动作，勒出了些许起伏，浑圆又柔软。她的声音也软："或许，你可以去上学。"

总觉得他还这么年轻，为人处世有些离经叛道，应该好好学习才不会走歪路。学校是林葵憧憬的，也是她害怕的。

处在男人与男孩之间的那个人，因为室内太热脱了外套，坐没坐相，黑色 T 恤因为驼背而绷紧，拉出一条明显的背脊，从肩膀开始往下收，到腰的位置变成窄窄一把。他好看的手指转着笔，阳光落在指甲盖上，成为一点光斑，时间仿佛都变慢了。

"我是博士，还学什么？"

林葵缓缓张大嘴。

"你这么惊讶，让人感到冒犯哦。嘴巴闭上，苍蝇要飞进去了。"

"不……不要乱讲，我这里很干净的！"

他淡淡"嗯"了声，表示赞同，手指摸着大理石桌面，很光滑，纹路很漂亮。

"你真的是博、博士？"

"我们这行工厂拧螺丝的都是硕士。我这个岗位，如果不是个博士都不好意思跟人打招呼。"程霆往后翘了翘板凳，单手撑在耳下，看着林葵。

她掰着手指算数，然后问道："你很小就上学了？"

"嗯。"

"哪个大学？"

"最好的那个。"

小姑娘的嘴巴又变成圆形。

"你很厉害吗？"

"还行。"

"那就是很厉害了。"

程霆笑了，没否认。

林葵看着他，忽然很轻地问："你现在就想待在这里，对吗？"

"嗯。"

"我知道了。"

这是一场很平淡的交谈，但林葵记了很久很久。

程霆走后，她打开电脑刷完了那个论坛的前十页，知道了发生在他身上的事。有人质疑他的人品，有人后悔曾经的仰慕，他跌下神坛，众人唾弃。可这十页的帖子里，谁又真的知道真相呢？

她看到了老周出殡的照片，看到了老周家属扇他的那一巴掌。

那天，他们第一次见面，她闻到过他身上纸烛焚烧的味道。

他其实可以不去的，不去就不会挨打了。

小姑娘从窗口冒出头往上看，看见四楼窗户紧闭，幽幽叹了口气。

老树调皮，落下一块碎冰，冻得她直打哆嗦。她伸手摸摸树杈，望着灰暗的天，知道又要下雪了。

今年的冬天格外漫长，似乎永远都等不到春暖花开。

第二章
公主与勇士

平安夜那天，整个小区异常浮躁，各个平台的外卖小哥举着健康码进进出出，要送东西给马明娟女士，他们脸上的笑容明显很不一样。门卫处也堆了一堆收件人是马女士的水果箱，这次的数量更是惊人。

程霆扭头问："她是要干吗？这么多吃得完吗？"

老汪："你不懂。"

说着，他和一帮人自发扛箱子，胳膊不疼了，腰也灵活了。

程霆在这混乱间接了个电话，来电显示很有意思，是从"疯人院"打来的。

对方笑着："阿道，生日快乐！"

程霆耐着性子"嗯"了一声。

疯人院："出来庆祝？"

程霆："没空。"

疯人院："那我去找你？"

程霆："婉拒。挂了。"

再不挂，老头老太太都快把他的活抢光了，平时也没见他们这么积极。

"你们想干吗？"他问老汪。

老汪神神秘秘地打开一个微信小程序，给程霆看一张下面显示已经售空的图片，说："侬看看，这个糖果好不好看？"

程霆莫名其妙地看了眼，棒棒糖上面嵌着戴帽子的小雪人，怪精致的。

老汪很神秘："售空，但不要紧，这个世界上还有一个地方有。"

老汪从兜里掏出跟图片上一模一样的棒棒糖，笑着说："我每年都要给我家乖囡抢的。哦哟，她说带到学校有面子，要送给喜欢的学生会会长。"

程霆愣了愣。

老汪扛起水果箱："你不要挡路，我还要上去一趟。"

程霆："你不是有了？"

老汪："我囡有两个心上人，做人要公平嘛。"

程霆："她是去上学的！"

老汪："话不能这样讲，做人目光要放长远，现在谈谈恋爱，毕业就能结婚嘞！大家都是本地人，我放心的。"

程霆："所以你们今天抢了我的活，就为了名正言顺拿人家的棒棒糖？"

老汪："嗯啊！"

程霆二话不说一路小跑，上楼一看，那一车糖没了，最后一个被保洁阿姨拿走了，保洁阿姨殷勤地把小推车擦得锃亮。

程霆叉着腰，很无语，在老汪万般可惜的目光中直接上前敲门。老汪拦不住，赶紧带着闲杂人等消失。

门轻轻拉开，小姑娘白净的圆脸露出来，安静地看着来者。这一幕，颇有点白雪公主与深山恶龙的意思。

"恶龙"指了指空车，"公主"眨巴眨巴眼。

"我累死累活给你做那么多事，不值得一根棒棒糖？"

"你自己不早点来。"小姑娘细声细气的。

"我也要知道才能来啊，那帮人捂得严严实实！"

换作平时，捧着棒棒糖求他吃，他还嫌幼稚，但现在气氛烘托到这里，他就是非常想要。

林葵无辜地眨巴眨巴眼睛："真的没有了。"

程霆扭头就走："以后别喊我。"

下一秒，他的工作服被拉住了。

林葵一直拉着他，把他的衣服都扯变形了，他顺着力道半推半就地进去，捂着胃坐下，很有脾气地背对着她，对上老太太带笑的眼睛。

这一刻，程霆心里有了预感。

他转头，看见凑到鼻尖的蛋糕，确切来说，这是一个镜面巧克力生日蛋糕，与外面那种谁都有的棒棒糖完全不是一路货色。

"生日快乐哦，弟弟！"

忽略最后两个字的话，程霆是很满意的。

"你怎么知道？"他着急找勺子。

"问了阿汪叔。"她倒是诚实。

程霆握着勺子，仰头看她："现在能吃吗？"

林葵有些忐忑："其实我没尝过，我以前也不做巧克力蛋糕。"

程霆看着那个块头不小的黑圆圈，更满意了。

"这是我第一次做。"

他笑得有点张狂，又问："你巧克力过敏？"

女孩点点头："我觉得你应该爱吃。"

巧克力的微苦与咖啡糖有些相似。

程霆看着她："今天爆单还给我烤蛋糕啊？"

她脚指头抠着地板，看着他，不说话。他放过她，低头认认真真挖了一块蛋糕，放进嘴里，闭上眼，很有诚意地品尝。他咀嚼的时候，下颌线条变得更加锋利好看，嘴角有一点点奶油花，被粉色的舌尖飞快舔掉。

林葵捂着耳朵，那里快要烧起来了。

程霆睁开眼，没有给出评价，但他的行动给出了最好的评价——他一次性吃掉了一整个八寸加高蛋糕。

她顿时很羡慕："你都吃不胖的。"

程霆嘴里咬着新鲜樱桃，总算知道这家伙一天到晚买这么多水果干什么用了。原来小姑娘们吃的蛋糕里会有各种各样的水果，还有水果熬的果酱，不得不说，和柔软的蛋糕搭配在一起，非常完美。而最上面一层的巧克力酱简直是神来之笔，略显厚重的微苦融合了水果的清甜和奶油的细腻，将整个层次拔高到不可思议的境界。

他从宽大的制服里，靠近胃的位置，变魔术一般掏出一个巴掌大的小树，轻轻放在桌上。这是一个姜黄色的用树叶贴成的小小圣诞树，上面甚至还挂了一圈小灯泡。

她小小地欢呼："从哪儿来的？好可爱！"

他双手插兜："不难。"

"现在哪里还有银杏叶啊？"女孩高兴地捧高小树。

"之前存了点。"程霆吃饱喝足，很好说话。

女孩眼睛亮晶晶的："你好厉害！"

程霆变得更好说话一点："老板满意就行。"

对两人来说，这原本是很普通的一天，但因为有了林葵的独家偏爱，程霆的这个生日显得格外正式，而林葵有了这棵充满仪式感的小小圣诞树，再也不羡慕能聚在市中心看零点点灯的人们。

程霆看着忙碌一天略显疲态却又很柔软的姑娘，目光一不留神，停在人家嘴唇上，那张红润的嘴一张一合。他克制地挪开视线，有些毛躁地捋了把头发。

林葵问："你说，现在哪里最热闹？"

"新天地。"

她好奇："你以前平安夜去那儿玩吗？"

程霆打开手机，摇了摇头："挤死了，我一般回家睡觉。"

他顿了顿，忽然问："你想出去看看吗？现在。"

林葵慌张地摆摆手："不要不要。"

程霆作罢，在朋友圈发了张照片，仅对老汪可见，炫耀自己的专属蛋糕。

老汪：你小子坏透了！呸！

林葵抱着什么东西，踮脚凑近猫眼看了又看，确定没有人，快快开门，把最后一袋棒棒糖倒在推车上，然后"砰"地关上门，仿佛外面有老虎。

程霆挑眉："给谁？不是没了？"

"给小朋友，我每年都给，平安夜本来就要送糖的。"

程霆现在谁也不羡慕，顺手打开林葵的小程序，摆弄了一会儿，问："你这个有点单调，找谁弄的？"

小姑娘有些得意："网上下单。网上什么都有！"

对于林葵来说，她经历了一个时代质的飞跃，大概不会有人比她更能体会这种飞跃带给某些特定人群的益处。她可以足不出户就做很多事；便利的购买渠道，让她在家也不会饿死，甚至她还可以用自己的一点点特长做生意，用劳动取得报酬，养活自己。

程霆问她弄这个小程序花了多少钱，她报了个数。

"被骗了吧？"

"已经很好了。"小姑娘不自觉地凑到他身边，"能用就行。"

"你是做生意，功能很重要。"程霆教她。

"可是这样都快忙不过来了。"

"难看。我帮你重新弄一下，密码多少？"

林葵老老实实交出密码，看小阿弟写代码，代码的每一个字母她都看得懂，但连在一起就成了天书。最后，只见程霆一个回车，很舒服地往后靠。她看着全新的界面，很震惊，眼珠子都要掉出来的震惊。

这么厉害的人为什么要挨骂啊？那些人为什么不珍惜他？他就是个宝啊！全身上下哪里都能用，并且非常好用的大宝贝啊！

程霆问："单调吗？"

小姑娘连连点头。

"还是能用就行？"

小姑娘赶紧摇头。

"说谢谢。"

"谢谢！"

"林小葵，我刚刚许了个愿，你能帮我实现吗？"

"嗯！"

"他们怎么欺负你了？"

这是林葵不愿意提起的话题，但这又是程霆的生日愿望。寿星最大，善良的女孩安静了一会儿，低着头，如蚊蚋般开口："他们说我偷钱。"

她又飞快地解释，"我没有！"

程霆"呵"了一声，总算知道老太太为什么要开豪车去接孙女回家了。

"老师也觉得是我偷的……"

"老鼠一样的胆子能干这种事，也算你有本事。"

林葵分不清他是夸是贬，哀怨地瞪着他。

程霆扯了下她的辫子："还有呢？"

"她们在宿舍不跟我说话，我去哪儿都一个人。"

"还有呢？"

林葵委委屈屈地瘪嘴："你到底有几个心愿？"

程霆低头看着她，手指绕着人家的辫子。

她想了想，挑最不难受的说："其实我的钱也被偷了，我看到他们拿我的钱包和护肤品。"

程霆："现在找得到人吗？"

"你想干吗？"她警惕。

他"哦"了声："能干吗？随口问问。"

女孩盯着他，觉得大家萍水相逢，阿弟真的只是随便问问，于是指了指台子上还在等快递小哥的蛋糕，说："这是他们跟我订蛋糕的第三年。"

程霆又有了点震撼，以至于他一时没说话。

"虽然收件人没有写真名，但他们的手机号码都没换，所以我认得出来。我没有拒单，这么做没有意义，我靠手艺吃饭，他们是客人。很多时候我都会想，如果我厉害一点，他们也欺负不了我。"

"你被道德绑架了？"他不怎么高兴地听她说这番话。

"我不在意了，我只是很想外婆。"林葵瘪了一下嘴，眼尾耷拉。

屋子里一时很安静。程霆盯着她，不忍打破她的思念，觉得她肯定要哭了，不知道该怎么哄，只好拉起袖子，准备借给她擦眼泪。

像面纱犬一样可爱的女孩子躲了躲，斯斯文文地说："我才没有要哭。"

"想哭就哭。"

她摇了摇头："不是，我不是哭包。"她吸了吸鼻子，强调，"真的哦。"

程霆想了想，这姑娘好像是没怎么哭过，她只会被人类吓得发抖。

这时有人敲门，林葵果然抖了抖，推推他，让他帮忙转交那个精心准备的蛋糕，眼神里有一种时过境迁的力量。但程霆不愿意，他坐着不动，直到门铃响了三次才站起来，面无表情地捧着蛋糕出去。

闪送小哥默默倒抽一口冷气，好多年了，头一回看见这家有男人。

程霆关门前，发现推车里的糖已经神不知鬼不觉地被分光了，并且被卸掉了车轮，手法跟上次一模一样。

第二天，程霆将情况上报给老汪，老汪气得飙了一串本地话，嘴巴快得很，很多词程霆听着都新鲜。老汪振臂一呼，要搞个比武大会，找最强壮的勇士保护 301 公主。刘德立马响应，想弥补上次的失误，卷起袖子展示自己的肌肉。

老汪啪啪鼓掌："阿德壮！"

程霆在旁边一直没作声，这时候才走出来撸下阿德的袖管，轻飘飘地说："费心，已经有人了。"

阿德一头雾水："谁啊？"

"我。"

老汪第一个不同意："你我不放心，万一你前前女友，或者前前前女友来，那还得了！"

程霆不理他，颇有点一锤定音的意思，溜达出去买早点。

十里洋场，东方明珠，甭管名号吹得多响，最好吃的总是家门口多年屹立不倒的早餐摊。程霆排了好一会儿队，提着一套全家福走进小区，掠过老汪径自上楼。

301 公主是个狗鼻子，门一开就笑了，乖兮兮问道："是不是门口阿婆的杂粮煎饼？"

人很有礼貌，不随便乱伸手，就是眼神过于渴望。

程霆问："你多久没吃了？"

小姑娘盯着他手里的袋子："上次有拜托阿叔带，不过也不好一直麻烦人家，我这人平时已经够麻烦了。"

他把早餐递过去，听她咋咋呼呼地说："甜面酱好香！你是不是有叮嘱阿婆多放酱？"

"还想吃什么？"

"阿婆下午的葱油饼！"小姑娘眼睛亮亮的，满怀希望。

程霆垂眼看她脚尖，真是分毫不差，规规矩矩站在门框里。他突生反骨，嗤笑一声："不给你带，馋死你。"

他说完就走，一点商量的余地都没有。留下林葵一脸莫名，不知道他又在气什么。

楼上的公主并不知道自己多了个很不好惹的贴身护卫，只是一日日的，开门看见他的次数多了点，其次，家里总是乱响的门铃少了点。

程霆逮着"贼首"的那天早晨，物业例行早会，他从老汪放得很大声的短视频里听说了国内某巨头手机公司老总在海外被逮捕的消息。

老汪："哦哟，不得了，怎么突然被抓呢？泄密？泄什么密？"

事实上，此公司掌握了全球最先进的 5G 技术，并且拥有国内综合实力最强的芯片公司。

程霆听着网上评论员一通乱分析，觉得吵，抬脚出来了。

他的手机也在响，一些来不及退的群，以及尚保留联系的人都在找他。他无动于衷，直到遥遥看见一串小尾巴钻进了小楼。

今天是周末，周末的小区是崽子们的最佳游乐园。

程霆抱臂靠在台阶上，堵着了一帮肆无忌惮踹门踹推车的熊孩子。为首是个小胖墩，傲娇地扭开脸，非常不服管教。但不要紧，小孩不吃饭，饿几顿就好了。不服管？罚就好了。

程霆对小胖墩说："带着你的兄弟下去跑圈，我不喊停不准停。"

熊孩子们不服气，程霆拿出手机，说要告诉家长，一个个就乖了，也知道自己闯祸了，排队下楼跑圈。

程霆背着粉红色的小水杯，蹲在绿化带边，一口一块小饼干配手冲美式咖啡，把崽子们看得眼冒怒火。偏他吃得极慢，非常残忍地勾起孩子们的馋虫。这饼干的滋味，小区里的每一个孩子都知道。

终于，他朝小胖墩勾勾手，其他孩子见状，立马放弃哥们儿义气，散了个干净。

胖墩很没面子，涨红着脸，小南瓜似的肚皮起起伏伏，热得满头是汗，最终忍不住冲程霆大喊："你是谁？凭什么管我们？那个阿姨是怪物！她没有男朋友也没有爸爸妈妈！"

程霆笑了，轻轻抓住小胖墩的领子，十分和煦且有耐心："这些话，再让我听到一次，嘴给你缝起来。我不讲究，粗针大线的，那你以后不仅胖，还很丑，没有女朋友……"

他话还没说完，小孩"哇"一声哭了，哭得那叫一个天崩地裂、不管不顾、毫无男子汉气概，还要找妈妈。

程霆放他回家找妈妈，一点不怕事。没多久，家长领着孩子到物业要说法。

老汪其实心里很解气，可面上不敢表露，想着各打二十大板这事就过了，但家长不依不饶，扬言老汪和稀泥就立马报警。

程霆点头同意："报吧，谁是惯犯谁心虚。"

小胖墩的妈妈哽了哽："汪叔，你说话！"

老汪："是胖了点，跑跑能减肥。"

小胖墩一听，"哇"的一声又哭了。

小胖墩妈妈又说："一码归一码，这是两码事，你伤害了他幼小的心灵，小孩子懂什么了，不过是开个玩笑。"

物业办公室里不知什么时候多出一个"不明生物"，此人仗着一米九的身高，一个箭步蹿到小胖墩妈妈面前，非常具有学术姿态地推了推酒瓶底厚的眼镜，说道："这位家长，你说得不对，一是一，二是二，但一加一不等于二，这涉及伟大的哥德巴赫猜想，我国著名数学家陈景润先生在……"

程霆翻了个白眼："闭嘴吧你。"

"疯人院"摇摇头："阿道，你让我说完。"

于是接下来的时间，成了此人的科普秀，把小胖墩妈妈说得头昏脑涨，只能不断重复："我们就是开了个玩笑，你先道歉！"

程霆："我也开了个玩笑。"

老汪："对对，他没有真的要把小胖的嘴巴缝起来！"

小胖墩妈妈尖叫："什么小胖？我们叫吴帅帅！"

程霆"嗤"的一声，笑得十分轻蔑。

"疯人院"则精准找到了目标，拉着小胖的手："不帅帅同学，你也喜欢数学吗？我们来做数学题吧！"

可怜的孩子疯狂哭号："我最讨厌数学题啦！呜呜呜……对不起对不起对不起！我再也不敢了，呜呜呜……"

事情交给老汪善后，程霆带着从号称四大疯人院之首的数院跑出来的疯头头找了个清静的地方说话。其实他是有点意外的，这家伙常年不出数院，被人尊称为"数院定海神针"，上一次踏出校园还是出国参加比赛。

"你也听说了？"程霆问。

"疯人院"点点头："你的预判成真了。"

程霆沉默了几秒："已经不重要了。"

他曾经想让同行看清的真相，已经失去了意义。

"接下来还会更糟糕吗？"

程霆盯着脚边的野草，缓缓说："EDA阉割，IP被禁，国内芯片被迫降级，够不够糟糕？"

芯片降级，是一个国家科技的倒退，是使用这种芯片的各个行业的倒退。在此之前，大家都不觉得这种情况会发生；在此之后，也无计可施。

"疯人院"劝道："你想继续这样吗？在这里看孩子？"

"少管我。拉黑你信不信？"

"疯人院"很受伤："你不能拉黑我，我微信只有你一个朋友。"

程霆不信，打开"疯人院"的手机，这家伙果真只有他一个微信朋友。可是，这家伙的"企鹅号"很热闹，尊敬的教授一个群，带的研究生一个群，工作琐事一个群，甚至有食堂阿姨的群，喊他到点吃饭，另外还有叮叮当当各种小群无数。

只用一种社交软件活到现在的人，十年如一日，只穿格子衬衫，可以说是与世无争，也可以说是没有入世。

程霆保留了这个特别的微信好友，送他出去拦车。当他跨上车，程霆看着那刺眼的格子衬衫，突然"喂"了声："你自己心里有点数，别真疯了。"

上一个疯了的人，已经死了。

"疯人院"笑着："我觉得数学真的很有趣，阿道，你还喜欢吗？"

程霆没有给出答案。他走入小区，抬头看见三楼窗口冒出的小姑娘。小姑娘朝他招手，瞧着很不高兴。等他进了门，她还是那样严肃的表情。

"都知道了？"

林葵点点头。

程霆说："算了，那些糖喂都喂了，下次你就别……"

林葵像蘑菇一样，突然就出现在他脚边，气鼓鼓地问："他们为什么一直欺负你啊？"

程霆愣了愣。

"我都看到了！那个格子衬衫是不是也来凶你的？"林葵的眼睛炯炯有神，"你现在给他打电话！"

"你确定？"

"快点！"

"哦。"程霆真的给在路上的"疯人院"打视频。

对方还很高兴，对着镜头"喂喂喂"，看着傻里傻气的，然后就挨骂了。

画面里，毛茸茸的小姑娘叉着腰质问："你为什么欺负程霆？"

一米九的傻大个茫然地看着小姑娘后面的男人，此生没受过这种委屈。

小囡要哭了，跟"疯人院"大眼瞪小眼，脸越来越白。

程霆要把手机挪走，她不肯，抓住他的手腕，手指很凉，很用力。他垂眼看着她，她把眼紧紧闭上，话说得很有条理："程霆说想待在这里，请你们尊重他！如果你们担心他，那请放心，我会好好照顾他。如果你们是想从他这里拿走一些东西，包括但不限于快乐、梦想、自由和健康，那么我会保护他，直到我离开为止。"

话音刚落，程霆就切断了视频。

气势很足的女孩突然委顿了下来，面对墙壁蹲在了角落里，两小时都没缓过来。

其间，程霆先是一言不发地看着她的背影，没有错过她红扑扑的耳朵和连着耳朵的一点侧颜，肉嘟嘟的，像是小孩子的婴儿肥，一点点涨红，再一点点白到发青，随着她一次次想起自己刚才的"壮举"，再次红成番茄。

这很有趣。

程霆控制不住地追问角落里的重度社恐患者："你要怎么保护我？"

女孩天灵盖要冒烟了，颤悠悠地"嘤"了声，缩成更小的一团。

然后程霆就不问了，盘腿坐在她身边，两个小时后，点了一份外卖。

那个霸道的味道，叫企图逃避现实的人从她用脚指头抠出的"宫殿"里支棱起小脑袋，回头望了一眼。

看到打包袋上的商标，林葵咽了咽口水，颤悠悠爬起来，默默坐到桌边，扒拉袋子，捧出一碗加料的酸笋螺蛳粉，自我设置遗忘程序，默认刚才什么都没发生过，开始吸溜她得到的礼物。她有点感动，跟站在窗边深呼吸的小阿弟说："你这么挑剔，肯定吃不了这个。"

"趁我没后悔，赶紧的。"

"臭吗？"她还挺美，想开罐冰可乐。

程霆的脸比粉还臭，给她拉开可乐拉环，又站到窗边，狂吃咖啡糖。

林葵美滋滋地吃完，见后台狂加库存，她穿上围裙，戴上包头巾，准备大干一场。

程霆没见过这么逃避现实的人，凑近了低头看她。他眼里有六角星星，亮得不得了。小姑娘推开他的脸，嫌他烦。

他从工具箱拿了扳手，修好滴滴答答漏水的水龙头，还是觉得有趣，走的时候，伸手捏了捏她的脸蛋。

他的手臂抬起，袖管中有风，带着男生清爽干净的味道。于资深独居少女来说，这是一种很新鲜的味道，不甜美，但很好闻。

她的脸上留着他手指的温度，一直不散。外婆的眼睛能看穿一切，她不好意思地说："是弟弟呢……"

夜已深，林葵开始刷那个专业论坛十页之后的帖子。

她总是会看见有人提到程霆，时间往前追溯，他们会叫他道神。论坛上有许多关于他的小八卦，他的好友、他的恋情、他的公司，传得真真假假，假假真真。

她无意间点开一个小视频，看见了今天隔着手机放肆骂过的那个格子衬衫男。

程霆和他坐得不算近，一动不动地看着面前的数学题，整整一个小时，相互不说话，看起来不熟。一个小时后，两人同时站起来，握了个手，分道扬镳。

镜头一转，他们的小迷弟们眼冒红心，叽叽喳喳——

"我刚刚激动得不敢呼吸！这是什么神级场面！"

"道神和数院最强扫地僧！智商悍匪！"

"好感谢自己在一个月前报名了志愿者！"

"我也是！"

"果然高手跟高手都是靠意念神交！"

"他们刚刚握手了！磕一个不过分吧？"

"实不相瞒，本人还有他俩小时候一起出国比赛的照片！那时候道神嫩得跟电视里拍广告的小明星一样！"

林葵简直不敢相信，又看了一遍视频，确定自己被耍了，赶紧给程霆发消息。

林葵：今天那个人真的欺负你了吗？

程霆：没有。

倒是承认得很爽快。

啪！林葵拍上电脑，朝外婆告状："我再也不要和他说话了！"

平时很稳重的孩子，只有在外婆面前才有了点活泼。

而程霆正拿着手机，等着这只小螃蟹张牙舞爪地朝他喷火。可他等了很久，始终没有等到。

第二天，开完早会，老汪说："程霆，你等一下。"

老头子背着手，上下打量大雪天要风度不要温度的小年轻，问道："跟小葵吵架啦？"

程霆不说话。

"人家都不要你了，刚刚跟我说要换个电工。"

"又跳闸？"

老汪摆摆手："机器坏掉了。哦哟，声音那个委屈，我估计是哭了。"

程霆摇头："她不爱哭。"

老汪瞅他："你就嘴硬吧！"

"她要换谁？"

"我还没想好，别人技术不如你，但小葵讨厌你。"老汪说完，哼着小曲，不知道去了哪里。

程霆蹲在物业门口，气压很低，一会儿后，小区有了孩子们玩闹的动静。他掀起薄薄的眼皮，叫住了背着书包要去补习、远远见了他就绕道走却还是没逃过被"恶霸"点名的小胖。

男人面无表情地勾勾手，小胖垂着脑袋瓜，认命地蹭着雪靠近，两手捏着一把扭扭棒，被冻红的脸蛋上弥漫悲伤，好像下一秒就要哭出来。

程霆不知说了什么，小胖没哭，气氛还算和谐，然后小胖撒丫子朝外跑，仿佛后面有狼要叼他。程霆站起来，背上他的工具箱，才不管老汪要换谁，径直上了301。

敲门，没人开门，再敲，那扇门依旧安安静静的，仿佛没人在家。

程霆阴沉沉地看着猫眼，那枚猫眼后的人也在看他。

"恶霸"叫嚣："再不开门，把你套内电拉了信不信？"

一句话精准命中要害——门被拉开一条小缝，这画面似曾相识。

程霆刚要说话，就见林葵风一样跑掉，只来得及看见粉红色的一小团。他推门进去，家里没了那种香甜的味道，一时间显得冷清，这是从来没有过的。

他张了张口，到底什么都没说出来，目光停在中岛台上，台面一角露出几绺毛茸茸的鬈发，被雪光打出了亚麻色。他将腰弯得很低，看见了抱团坐在地上的小姑娘。

空气中，只有一声叹息。

程霆伸手拉她，女生的胳膊滑不溜秋，小鱼似的躲开了。他又扒拉她，她急了，低着头，胡乱推他，一掌推在男人平坦的小腹上。

林葵瓮声瓮气："不要你。"

有人的心软得一塌糊涂。

程霆想看清她的脸，她偏偏不给瞧，又来推他，方向有点偏，朝着下面去。程霆赶紧捉住她的手，顺势把人一拉。

林葵顺着这个力道被他带起，脸仰着，藏不住一双发红的眼。

程霆想回到昨天，狠狠捶自己一顿。

林葵眨了眨干涩的双眼，这个动作有些稚气，又藏不住悲伤，说话的时候一颤一颤的："我以为我们是朋友，朋友为什么要骗人？"

男生的喉结滚了滚，手指头很痒，上面还有昨天摸过的触感，林葵的脸颊肉像果冻一样。

他不说话，她就不让他碰。她挣扎着，又挣脱不开，觉得自己很丢脸。

"你原谅我好不好？"此刻，程霆成了世界上脾气最好的人，他收敛了一身反骨，唯独对她低声下气。

林葵低头，还是不要他。

程霆将双手送到她面前："再有下次，你一根根敲断我的手指头好不好？"

她舍不得，在她心里，他有全世界最厉害的手。

女孩并不擅长宣泄悲伤，她心里闷闷的，还有点生气，顾不得说出来会丢人，只是想告诉他："你不要骗我，我会担心你。"

程霆的眼神里有很深奥的情绪稍纵即逝，好脾气地点头，也只把心里话告诉她一个人："你维护我的时候，我感觉很新鲜，从没有人对我这样，所以，我舍不得告诉你实话。"

恶狼突然变成温驯大狗，而且是朝你吐舌头撒娇的大狗，是个人都抵不住。林葵胸口起伏，怒气少了点。

程霆看出来了，清俊的眉眼间含着笑意，陪她坐在地板上，长腿几乎圈住了她，"啧"了一声："而且，那个神经病，骂了就骂了，不要紧。"

林葵眉心皱起来："你不要这样说人家。"

程霆学舌："人家。"

"程霆！"

她很少喊他全名，即使生气也带着吴侬软语的调调，没有一点威慑力。男人心跳快了两拍，直接从地上把人打横抱起来，毫不费力。悬在半空的林葵立刻安静，半点废话没有，生怕多动弹一下就会把他的腰折断。

"你……你……"

"你再喊一遍。"程霆笑着说。

林葵很无措，她真的要哭了，为了自己三位数的体重。

程霆却似乎没有感受到重量，稳稳抱着她走到沙发边。沙发足够软，他在足够安全的高度把人松开。女孩落在沙发上，立刻将自己塞在缝隙里，企图与沙发融为一体，只有露在外面的耳朵泄露了她的羞耻。

人高马大的小伙子变魔法似的从胸前兜里变出一个四叶草发夹，夹在了她头顶。

他扫视一圈，问："灯呢？"

企图装死的小姑娘不理他。

他凑近了，几乎贴着她的耳朵："林小葵。"

"收……收起来了……"她更往角落缩，企图躲过他，但沙发已经没有地方让她躲，只能一骨碌爬起来，头发乱糟糟的，头顶的绿色四叶草一下一下点着脑袋。

"不生气就把人家放出来，体现灯的价值。"程霆弹了弹四叶草。

林葵把发夹摘下来，这才看清是什么。扭扭棒用途广泛，她喜欢用来给包装袋扎口，也见过楼下的小女孩们凑在一起编花样。

她对程霆说："四叶草代表幸运。"

程霆回头看她，总听老汪叫她"囡囡"，还真是小乖囡，一个发夹就能哄好，从不奢求更多。他收回视线，状似漫不经心："送你一点幸运。"却又忍不住转过头去瞧她，瞧见她把四叶草捧在手里。

她歪头问："你在哪儿买的？"

他不回答，就这么悠闲地靠在桌边。

林葵就知道了，换了个问题："你哪儿来的扭扭棒？"

程霆光明正大极了："刚才找吴帅帅抢的，就是一直捣乱的那个小胖。"

林葵惊呆了，这确实是此人能干出来的事。

程霆睨她一眼："不好看？"

那是不可能的，出自程霆之手的东西，就没有不受欢迎的。

林葵重新把发夹夹在头上，顺手从橱柜里摸出那盏小夜灯，放在最显眼的位置，叮嘱他："你不要抢小朋友的玩具，下去的时候，带包饼干给人家。"

程霆："我还他个更有用的。"

此刻，名叫吴帅帅的小朋友还不知道，不久之后，他将收到一套全册华罗庚金杯少年奥数辅导教材，并且每个周末被爹妈送到物业办公室跟那个不好惹的恶霸叔叔学习两小时"有趣"的算术题，从此，他只能透过物业的玻璃窗，回忆往昔"峥嵘岁月"。

程霆脱了外套，卷起袖子，摊开工具箱，问林葵："什么东西坏了？在哪儿？"

女孩的情绪突然低落，指了指烤箱旁边的一个机器，圆滚滚的，容量很大。缸体因为长久的使用，有了些磨损，细细密密的，无意间给原本光滑的不锈钢描绘了神秘的纹路。

"这是什么？"程霆实在猜不到。

"多功能打面机。"林葵小心地抚了抚，像是在抚慰老友的伤口。

程霆合理猜测："打奶油？"

"还可以打蛋白霜。"

"这么厉害？"

"外婆买的。"林葵眼眶红红的。

程霆拿着螺丝刀，突然就少了点罪恶感："你刚才要哭的样子，是因为这家伙吧？"

她很认真："你不要耍赖。"

程霆的那点罪恶感又上来了，有点无语，活了二十几年，从不知自己道德感这么强……

林葵还跟他详细介绍："我刚开始学烘焙的时候，外婆买的，外婆说要买就买最好的，它叫米老头。"

"为什么还有名字？"

"因为珍贵。"

程霆听了，拆主机的时候比平时更小心。把整个机头拆开的时候，他特地看了看林葵，她吸了吸鼻子，像是在目睹家里某位长辈上手术台做开颅手术。

"要不你别看？"

林葵不肯，往他手臂上贴了贴，细声细气地："我陪着你。"

都是从小玩到大的，谈不上什么难度，到最后，程霆拈着一块从机头上拆下来、型号很老的主板，一时竟有些恍惚，仿佛自己还在那个冰冷的办公室盯着 AE（芯片测试工程师）做样品评估。

到底还是有些不一样，胳膊上有柔软的触感，鼻息间是女孩的甜味，这里，是林葵的安全屋。

"马女士眼光不错。"程霆撬开最上层的转接板，用螺丝刀点了点其中一个很不显眼的金属小方块，告诉林葵，虽然科技发展日新月异，但在几年前，这东西其实很少用在小行业的流水线产品中，一个是后期维护风险高，一个是在当时的理念里，完全属于画蛇添足。

小姑娘胸脯挺得高高的，浑身上下透着一股骄傲。

程霆把那块东西撬下来，攥在手里，凭外观就知道大概是几代，功能极限在哪儿。

林葵莫名觉得这东西有点眼熟，却怎么都想不起来在哪里见过。

她问程霆："这是什么？"

"芯片。"他淡淡道。

尽管他说得很平静，但林葵心里还是咯噔一下，想到他挨的打，想到他吃的药……

"块头有点大。"大佬开始挑剔。

林葵没说话。

"应该是进口的。"

林葵依旧没吱声。

"就这点水平。"

林葵还是很安静。

他突然转头看她："你知道摩尔定律吗？"

林葵一脸茫然地摇头。

"摩尔认为，集成电路上的晶体管每两年就会增加一倍。"他顿了顿，"我也这么认为。"

"摩，摩尔是谁啊？"

"英特尔老板。"

她努力想接他的话茬："英特尔我知道的！"

"嗯。"

"那这里面有很多晶体管吗？"

"大概几亿个。"

林葵心想，这得是多小的管……

"现在翻了好多倍。"程霆把东西放兜里，开始查看其他零件，"齿轮磨损得很严重，不知道还能不能找到原厂配件。你到底是怎么用的？一般不会这么糟糕……哦，皮带也快断了。"

一旦开始倒腾这些东西就变得很专注的男人扭头看着女孩，叫她有点心虚："就……我图快，总用高速，估计……米老头太累……"

"没看说明书？"

她有点着急："说明书说最高五档，五档勿来赛（不行），蛋液都要变成蛋花汤。"

现在换成程霆听不懂了，但他也不强行要懂，打开手机搜索配件："不敢给你保证，我先试试……"

"程霆。"林葵却拦住了他，摇摇头，"还是算了吧，别修了。"

他敲字的手一顿，觉得她反常。

林葵摸摸米老头："让它退休吧。"

"真不修了？"

林葵绞尽脑汁："天天要用的，耽误不了。"

"也行。"程霆点了下头。

"你帮我选一个好不好？"她把电脑推过来，一脸"我指望你"的模样。

他也没谦虚，工科的东西，一通百通，上网刷了几个宝贝详情，心里就有数了："我算过你的出单率，贵一点没问题吧？"

"当然！我有钱！"林葵底气十足。

程霆瞅着这姑娘穿到破洞的衣服，要不是之前听老汪说过，还真一点都看不出来是个拆三代。

然而，很久之后，程霆才知道自己今天有多轻率。

拆三代？呵，马家老祖宗能把棺材板掀他脸上。

但此刻，一个不知情的人和一个低调惯了的人有模有样地凑在一起为了几千块钱的机器精打细算，务必要让花出去的钱物超所值。

"你选这种直流电机，比交流电机安静，皮带压力也小，还省电，功效也高。"

"我刚刚看到一个更贵的，那个会不会更好？"

"那个有点虚标。"

"造假吗？"

"也没有，就吹了点，欺负你们这些小姑娘看不懂。"

"我就不一样！"

"是谁刚才还不要我？"

圆滚滚的小囡迅速转移话题："那我就买这款？"

程霆睇她一眼，手指在触控板上滑了滑，说："再看看。"

林葵不吵不闹，乖乖点头。

"这个也还行，有霍尔传感器。"

"那是什么？"林葵一头问号。

"你就想象成是检查组，有它和无刷电机成套，能控制速度减少磨损，相当于节约成本。"

"哇！"

程霆把页面详情快速过了两遍："没说是什么芯片，我帮你查查吧。"

他退出页面，光标点在搜索引擎上，人突然停住，不知道开了什

谢谢你，救住了等待的我。

么灵通，突然问林葵："米老头你要卖掉吗？最近废铁涨价了。"

林葵一脸被冒犯到的表情："卖什么卖！我要好好保管的！"

"占地方。"

"我储藏间好大！"她圆圆的眼珠子瞪着他。

程霆拿开电脑，一副不准备继续干活的架势，幽幽地盯着林葵。

"我告诉你哦，不准碰它！小阿弟！"

程霆收了那股子探究，懒懒地说了一句："翻脸了啊！"

"本来就是小弟弟！"

有人浑不吝："你□□□□□□□□□□□□

林葵弗□□□□□□□□□□□□□怎么拆招，兀自站在那儿赌气。

□□□□□□□□□□□□□□□声："原来你也不是什

□□□□□□□□□□□□□下她的脸颊肉，然后仗着腿比

□□□□□□□□□□□□□到门口了，走后还发来消息——

□□□□□□□□□□□□□作电脑，记不清上一次打开

它□□□□□□□□□□□□□需要的程序，只留专业软件，

干净利落□□□□□□□

从米老头上□□□□□□□放在一个透明盒子里，电脑屏幕

上是一个之前作废的电路图。

第二天一早，程霆夹着电脑敲开 301 的门，一边在老位置坐下，一边说："我今天休息。"

林葵正在用一个相较于米老头来说十分迷你的家用型小机器，谨慎地搅拌面团，顺嘴问："休息为什么来我家？"

程霆幽幽地盯着她。林葵委委屈屈地说："不是……你休息也可以来，我的意思是，你休息为什么不睡懒觉？我刚刚用小档打面，打烫了都没出手套膜。这可是冬天，下雪的冬天！别人都愁发不起来，可我的酵母提前发酵了！那个面粉好贵的，只能蒸馒头了……"

程霆"扑哧"一声笑出来。

S市私房界有名的小老板不肯轻易言败："现在这锅我提前用了水合法，已经有八成面筋，再搅五分钟，我们拿出来看看……"

她面朝一身黑T恤的男生："会成功的，对不对？"

程霆真的要笑死了："你现在是真不怕我，话很多，有点怀念第一次见你那天，当时我差点以为你是自闭症儿童。"

林葵："所以你到底来干吗？"

"来给老板打工。"程霆按亮电脑，掰着手指关节。

老板？谁？林葵有点顾不上她的面团。

程霆看着呆呆的小姑娘，往后一靠，语气很嚣张："林小葵，你那个机子，除了我，谁都修不好，话我放这儿了。"

她懵懵懂懂的："我不修的。"

程霆垂下眼，噼里啪啦敲键盘："是我想让它继续陪着你。"

迷你厨师机搅着面团，声音不算小，但除此之外，家里再没有一丁点动静。

太阳出来了，一道金光洒在小年轻身上，他好像喜欢，顺手在桌上摸了根林葵的皮筋，将头发全束在脑后，让后颈的皮肤也能被阳光照顾到。

林葵一点点蹭过去，觉得他这样也很好看。

他分神看她一眼："我在你心里，是那种遇到点事过不去的人吗？"

"我怕你不愿意想起那些事……"

"分人。你可以把自己想得更重要一点。"

程霆说这话的时候没看林葵，操作台上，迷你厨师机"哔"一声停了下来。

虽然小阿弟总是没个正形，但林葵知道，他这次是认真的。

"程霆。"林葵拉了拉他的袖子，"以后你的心愿我都帮你完成。"

"多少都行？"

"都行。"好像是随口说出的话，林葵开始倒腾她的面团。

程霆依然看着电脑，但老树见证了这个誓言。

雪扑簌簌地落在树枝上，家里渐渐有了小麦发酵的酒香味。程霆停下来，有点意外："你还做面包？"

林葵笑眯眯地说："你要吃吗？不对外出售，我的新作品，榨菜夏巴塔。"

"为什么不卖？"

她望着天花板："忙不过来。"

天知道，被称作西点魔术手的林老板其实有着熊熊"面包魂"，但真的忙不过来。

"什么时候能吃？"失去味觉后，程霆很少会觉得饿，可现在是真饿了。

"漂亮的气孔需要时间和耐心。"林葵趴在电脑对面，捧着脸。她本来就是耐得住寂寞的女孩，现在单纯看程霆敲键盘，都能认认真真看上好久。

她好像有一点理解赵慧——骂他，又无可奈何地被他吸引。

"什么是架构师？"她小声问。

程霆一顿："赵慧说的？"

林葵有点骄傲："她说你是最厉害的架构师！"

程霆吹了声口哨。

"我看网上说，你们随便走出去个人都是高级程序员，但是程序员做不了你们的活。"

"查我？"

"是好奇！可是我也有很多看不懂。"

"看不懂问我。"

"为什么你们更厉害？"

"因为IC说到底是一个很复杂的东西，什么都要懂，物理学、编程、基础科学、生物、材料、数学等等。"

"所以你当电工也比别人厉害。"

"你要这么说也行。"

"所以芯片到底是什么？"

程霆留意到墙上的刮刀桶，塞满了各种颜色、各种样式的刮刀的小圆桶上夹着那个四叶草发夹。

"是从一粒沙开始的童话。"他随口说了一句。

林葵不信，以为他胡诌。

程霆停下来，伸了个懒腰，朝她勾勾手："过来。"

林葵凑过去。说自己三十了，皮肤嫩得跟三岁似的。

程霆拿了张纸，划拉一下，不愧是工科男，手很稳，做了个树状图，跟林葵说："利用氧化还原反应，在沙子里提取高纯度硅，从这些硅中拉出硅晶柱，切割就成了晶圆，然后进行抛光处理。"

林葵似懂非懂地点头，心里偷偷觉得，当他的小孩应该是件很幸福的事，这人的声音好适合讲故事。

"它是整个芯片的底盘，涂上光刻胶，用光刻机光刻图案，注入磷或者硼，填充铜，连接晶体管，基本就有了一个样板。假如做一枚芯片是盖房子，前端就是设计师画设计图，明确使用布局、各种功能，后端就是施工，把前端的要求一一实现，晶圆代工厂就是施工队，拿这个图纸干活。"

林葵的手指在纸上找啊找，有些好奇："你在哪里？"

程霆用笔杆子戳了戳那个短短的手指头，撩起来，放在这个树状图框架的最顶端："在这儿。"

林葵看懂了，他在这个行业天花板的高度，俯视所有人。

"他们叫你神。"她突然有点脸红。

"我只是定调子的人，神什么神，瞎扯。"

她乌黑的眼珠子看着他，有点不习惯他这么谦虚。

"夸你嘛。"

"小姑娘。"程霆轻轻扯了下她的辫子，"做一块芯片很贵的，有能力的领头人能最大可能确保项目的方向正确，只是这样。"

林葵掩嘴笑，问："所以做芯片到底要多少钱？"

"这么说吧，一个亿在芯片初创公司一年半就能烧完，并且不保证项目落地。"

"啊？"

程霆嫌她皮筋绑得不好，想扯下来重新绑，说的时候很随意："所以赵慧他们一心想融资。"

"融资不好吗？"

"世界上没有送钱上门的好事，那个合同很苛刻，期限是三年，三年没有实现盈利，公司就得易主。"

"怎么这样！"

"高投入高回报。"程霆习以为常。

林葵想抢回自己的辫子。

"没事，我轻点。"程霆低语着，扯下那条皮筋，"三年对于赚快钱的人来说或许很长，但对于这行来说才是个起步，我用脚指头都能知道最终的局面，不是公司关门，就是随便弄个东西糊弄人，然后继续拉投资，继续糊弄人。"

林葵看着那张纸，问："这个道理，赵慧……还，还有老周，他们想不到吗？"

"他们知道。"程霆说，"至于他们怎么想的，我不知道。"

他终于弄好了，觉得顺眼，笑着拍了拍林葵的脑袋瓜。

"你好熟练，是不是跟我一样，小时候也玩过家家？"林葵歪着脑袋问他。

"没有。"

"你当爸爸还是妈妈？"

"当你个头。"

"那你肯定当宝宝。"林葵一锤定音。

"好了好了。"程霆实在受不了，一把拖过电脑，把人拘着，"给你看个东西。"

然后，林葵就看见了满屏的线条。

"它叫 EDA。"

林葵静静看着程霆，她从没有听他用这种语气谈起过什么，很慎重，好像两人是相识多年的朋友。

林葵的目光移至外婆的照片上，忽然懂了这种感觉，这是对程霆来说，最重要的东西。

"真好看。"她真心地夸赞，好奇上面的纹路，"这个是什么？"

"逻辑门。"

"这个呢？"

"寄存器。"

"你说想做的事,就是这个吗?"

"嗯。"

她抬头看了看电脑:"可是,已经有了啊。"

"这些都是别人的,随时能收回。"

"赵慧说这是一件不可能完成的事,所以老外真的比我们厉害吗?"

"国外研发岗位的中国人不少。"程霆开了句玩笑,"感谢应试教育,让中国人的数理化打遍天下无敌手。"

"很难吗?"

"有点。"

"很难,所以他们才阻止你吗?"

"因为明知道会失败很多次。"

"要多久?"

"保守估计二十年。"

"一个软件?"林葵瞪大了眼,不敢相信。

"还有相应的IP,如果没有成套完整的IP,就没有优势。"

林葵有好一阵没说话。她离开程霆身边,把黄灿灿的面包拿出来,这个刚出炉的叫夏巴塔的面包样子很像拖鞋,被她斜切成一指厚的片状,袅袅散发热气。她手脚麻利地调了油醋汁,用扁柏板当容器,端到程霆面前,整个过程没有给出评价。

程霆以为,她大概也觉得不可能。可这个女孩,拈着烫手的面包,忽然说:"如果从现在开始算,二十年也不算太久,那时你才四十七岁呢。"

程霆深深地看着她。

他很意外,没有人这样算过时间。

林葵不知道自己刚才说了多么有力量的话。

下午新机器被送来,没电梯要加收运费,老汪在楼下跟人家打商量,说这边多出个人手,费用就不必扣了。

见阿德开始卷袖了，程霆穿着一件单衣站在门口穿鞋，叮嘱林葵："进房间去，好了我叫你。"

小姑娘嗖一下躲进了卧室。

外头一阵嘈杂，林葵隐约听见阿德憨憨地问："程哥，为什么这里有这么多橡皮刀和打蛋器？一个不够用吗？"

程霆似真似假地说："因为我们马女士有八双手。"

阿德："她是蜈蚣吗？"

程霆："你真幽默。"

林葵在里头忍了又忍，终于等到外头重新安静下来，程霆敲门："出来吧。"

她开门瞪人："你不懂，它们的形状和大小都不一样的！"

程霆很敷衍地"哦"了声。

女孩两根手指头分开，示意："八线和十二线打蛋器虽然都是小朋友，但是是两个不同幼儿园的小朋友！"

"林小葵，要不要帮你检查一下？"

接下来，程霆耳边就没有小老太婆的唠叨了，她成了他的小尾巴，一副很有指望的样子，还很乖，会递螺丝刀。

程霆喊渴，她去磨粉冲咖啡，甚至在下雪天放了半杯冰块。

程霆看着她满是信任的样子，不愿意去想这几年她一个人是怎么过来的。

这一天剩下的时间，他把电脑抱到了沙发上，给林葵腾出足够的空间试用新机器。

屋里终于又有了香甜的味道。

他们分头做自己的事，互不打扰，等程霆再一抬头，天黑了，中岛台上挤满了包装好的蛋糕盒，确切地说，是这个家被蛋糕大王占领，连放老太太相册的那张桌子都没放过。

"你这是……"据他所知，今天小程序并没有开链接。

林葵忙得脚不沾地，浑身冒汗，湿漉漉的，像刚从水里捞上来。但她精神头很足，递给程霆一盘围着透明围边的香缇茉莉奶油蛋糕，有些歉意："不介意边角料吧？我怕你饿，但来不及给你单独弄了。

你相信我，这是最甜的阳光葡萄，奶油里的茉莉花也是今年福州产的最好的！"

程霆压根儿没注意听她说话，拿过来就是一口，满足地眯着眼。三口解决后，他帮忙把东西一个个放到外面走廊上。

夜已经很深了，几十个闪送小哥来来往往，一人提走高高一摞纸盒，顺手摸一包小饼干。

程霆和林葵趴在窗台上，看小哥们说笑着出去。

他问她："送去哪儿？"

林葵小声说："天亮后，这座城市的每一个孤儿院都将收到一个香缇茉莉奶油蛋糕。"

看她这熟练程度，绝对不是第一次干这种事。

她说："以前打仗，外婆也是这样分面粉给人家的。"

第二天，程霆在老汪的早会上公然打哈欠，被老汪训："现在的小年轻什么精神面貌？想当年阿拉……"

"301。"程霆打断。

老汪立刻止住话头："干吗？"

"301以后还归我管。"

"哦哟！"

"你说得没错，小乖囡，招人疼。"

这是老汪第一次听程霆夸谁，很稀罕，竖起耳朵还要再听听。

小年轻也难得地配合他，想了想："我以后也要生女儿。"

老汪实在忍不住吐槽："还生女儿，你连女朋友都没有！"

"会有的。"

"什么时候？"

程霆走神，耳边响起林葵的那句话——

"二十年也不算太久，那时你才四十七岁呢。"

他望着三楼的窗户，林葵站在那里，捧着一杯热咖啡，笑着朝他挥挥手机。

林葵：下班请你吃饭！谢谢你教我买机器！好好用！

隔着屏幕，程霆感受到了她的快乐。

这个姑娘，有世上最巧的手和最干净的心。

她这么聪明，却想不通自己的问题。

第三章
芯片是从一粒沙开始的童话

　　傍晚，程霆跟老汪知会了一声，提前十分钟走，背着小水杯溜到门口，光顾卖花的婆婆。

　　"小伙子，我便宜一点，你都拿去好吧？"婆婆的花不那么时髦，到了下午有些打蔫，卖相不好。这么冷，她却不舍得走，手上破了口子，随意贴着胶布。

　　程霆点点头，从比他年纪都大的红桶里把花抱走，回到办公室细细挑拣，幸好百合都是好的，送出去也不至于不体面。

　　花丛中有一株海芋，他觉得好看，也一起包好。

　　"机器好用，你得请机器吃饭，是它自己争气。"充满人间烟火气的屋子里，有人很大度，不抢功劳。

　　在灶台前忙碌的小姑娘回头，眼珠子乌溜溜的，明亮又干净，缓缓"哦"了声，放下切鱼的刀："那算了。"

　　"葱烧鱼不要葱。"

　　"小孩才挑食。"

　　高高大大的男人走过去，把花塞她怀里。

　　"啊！"她被花簇拥，发出小小的欢呼，仰头看着他。

　　"我看你挺喜欢百合。"程霆指了指另一边。

　　林葵顺着看过去，看见相框旁边的花瓶，小声说了句："是外婆

喜欢百合。"

这就有点出乎意料,马屁拍到了马腿上,他微微弯着腰,问:"那你喜欢什么?"

"咦!"林葵从巨大的花束中发现了独一无二的海芋,"这个是……"

"我喜欢海芋。"女孩飞快低下头,小声说着,"外婆喜欢百合,我喜欢海芋。"

程霆慢慢扬起笑,很阳光,又有些得意。

她余光看见他的表情,被火烫着似的躲开,不好意思再看。

程霆拿走花,承包插花的工作,征用了家里所有的花瓶。他插花也像在修电路,表情很认真,将最新鲜的留在老太太旁边,其余的均匀分配给每张桌子,最后只剩下一株海芋。

"林小葵,这个放哪里?"

"这里。"林葵将海芋留在了自己的工作台上,一天到晚,她站在这里的时间最多。

"为什么只有一株?"女孩眷恋地看着那朵漂亮的花。

"去晚了。"

"你在哪儿买的?"

"门口有个阿婆,每天都来。"

林葵手一顿:"我都不知道……"

"不卖完不肯走。"

"可是下雪呢……"

"老人家赚钱不容易。"

林葵忽然说:"以前外婆晨练完都会带一束百合花,如果是夏天,还会摘路边的喇叭花送给我……后来,我只能上网订,说好了会帮忙送上来。"她问程霆,"门口阿婆卖什么花?"

"大多是最普通的,康乃馨、小雏菊之类的。"

林葵喃喃:"小雏菊也好看。"

"你想照顾阿婆生意?"

她不说话。

程霆说："以后就在门口买吧，我帮你送上来。"

"可以吗？"

"阿婆的花，不那么新鲜，你也愿意吧？"

"当然当然！"

"笑一个。"

"嘻！"小囡听话，圆圆的脸蛋绽放一抹乖巧的假笑，露出一排小米牙。

"我看你挺像喇叭花。"程霆跟着笑了。

林葵一点没觉得像路边的野花有什么不好，还很认同地点点头，捧着刚出锅的鱼，问程霆："我们要不要喝点酒？你会喝酒吗？"

"还能有我不会的？"

"我不会。"林葵眼睛很亮，充满期盼，"我以前就想试试，但是我不知道我会不会酒精过敏，网上说酒精过敏呼吸不上来会死掉。"

程霆有点想捂她的嘴。

"我这样的情况，死掉一个月也未必有人知道，还要麻烦人家上门收尸，真是不好意思。"

"能不能说点好的？"他不怎么乐意听。

林葵却无所谓，继续凑在他身边叽叽喳喳："或者我有可能喝醉，一头栽浴缸里淹死，我查过的，巨人观好可怕！外婆一定会生气。"

程霆实在受不了，沉着脸狠狠戳她脑门："你还怕外婆生气？"

林葵捂着戳红的额头躲闪。

"你上次跟我说什么？你储藏间那些面粉是什么倒计时闹钟吗？你就不怕老太太从医学院跑出来打死你？"

林葵胸有成竹："我下去以后跟外婆撒娇，她就会原谅我的，你不知道，我很会撒娇。"

程霆的脸色阴沉得可怕，不说话，反正说什么这家伙都听不进去。他的"一阳指"很厉害，准准戳在她额头上。

"别……别戳啦……"女孩软兮兮求饶。

他开始挑剔："说了不要葱。"

林葵好脾气："我帮你剥鱼肉，保证没有葱，你不能为难我，烧

鱼不放葱会腥，不好吃，到时候你又不肯吃。"

程霆被她这样软软地说话说到无法反驳，只能坐在那里，很气闷。

"那我们……喝酒吗？"林葵挺执着。

程霆无法拒绝，因为知道她有多想试试，还想到她是多么不容易，等了多么久，才等到可以一起喝酒的人。

"有酒吗？"

闻言，林葵的笑容变得灿烂："有泡果干的朗姆酒！"

"来点。"

"等我找杯子！"林葵突然扑到地上，撅着屁股不知道在翻什么，不一会儿丁零当啷抱出来一竹筐玻璃杯，有大有小，有不同颜色，有喝威士忌的方杯、喝红酒的高脚杯、喝香槟的郁金香杯……

一口酒没喝过的人，装备倒是齐全。

"你用哪个？"她兴致勃勃地问程霆。

程霆扫了眼，选了个干干净净普普通通的。

林葵说："你不要看它普通，这个最贵，老贵老贵的！"

"正常发挥。"

程霆喝了口酒，脸色变幻莫测，酒杯放下就没再拿起。

他说："你别喝了。"

"为什么？"

"难喝。"

林葵不肯，咕咚一口，皱眉："真的不好喝。"

"还有别的吗？"

"没有了……"

她明明就喝了一口，脸眼见着红了。她轻轻拉着程霆的衣角，问得乖巧："你怎么又不高兴？"

程霆瞥开眼，又忍不住去看她，把她的酒杯拿走。她也听话，不闹，从兜里摸出一根红绳。

"程霆。"

"干吗？"

"你给它取个名字吧？"林葵摸了摸新机器。

"你自己取。"

"你取一个嘛！"

"不要。"

"那叫它米宝好不好？"

"你给我清醒一点，它和米老头没有血缘关系。"程霆扶额，"不是……我到底在说什么……"

"到底行不行？"林葵看着他，等他定夺。

"行行行，行了吧！"

在老人家身边长大的孩子，耳濡目染，多多少少都有讲究。林葵一脸严肃地把红绳捆在新机器的机头上，又在屁股上贴了一只小壁虎，寓意避祸。

兜里还剩下一张小壁虎贴纸，她送给了程霆。

"给你贴自行车上，路上保平安，不爆胎！"

程霆很无语："拿走。"

她非要塞给他："我上次看见你的车，好旧了。"

程霆一言难尽："你下次好好看看我的车。"

"看了！"

"再看看。"

"为什么？"

"林葵。"

"嗯？"

"其实我和大部分工科男没什么区别，审美很差。"

"他们知道要打你哦。"

"但你是不是觉得还好？"

林葵点点头。

"因为我懂得一个道理，一切外在的物质，贵的总不会出错。你消化一下，理解一下，然后重新验证，就知道我为什么不需要你的小壁虎了。"

只见女孩消化了一下，理解了一下，重新验证，表情渐渐凝重起来。

从认识程霆那天起，她就没见过他用过贵的东西，普通的工具箱、

普通的工具、破破的自行车、总穿的黑色 T 恤……

听说架构师薪水很高，可他一夜之间失去了伙伴，一无所有，隐姓埋名，租住在没有电梯的老小区……

他做错了吗？他只是想做得更好，做得更多。

凌晨，程霆在楼上吃药，收到楼下的消息。

林葵：所以你今天到底为什么不高兴？

他看着那个药罐，很久之后才回复。

程霆：早点睡。

隔天一早，他下楼敲门，塞给林葵一瓶白葡萄气泡酒。

他戴了顶铁灰色的棒球帽，明明是很普通的款式，与身上的制服搭在一起就是特别好看，发尾搭在后颈，有一两撮翘在衣领外面，脸很窄，个子高高的，挡在林葵面前像是一堵墙，遮住了所有光亮。

女孩穿着一件胸口有小熊的睡裙，抱着那个大酒瓶，小熊都被挤变形了。她打了个哈欠，眼睛里湿漉漉的，唇瓣很红，身上有薄荷牙膏的味道，说话还带着刚睡醒的娇气，仰头问他："送给我的吗？"

"嗯。"他垂着眼，看见变形的小熊，只好把目光放在她毛茸茸的头顶。

她接过酒瓶，皮肤接触皮肤的那一刹，她的脸上只有单纯的好奇，反而是程霆后背发烫。

他心想，自己从前也没这么不经碰。

他叮嘱："你这个酒量，还是等我一起喝吧。"

"今天吗？"她很期待。

"这几天比较忙，老汪在后面弄了个大熊灯，我得去调试。"

"灯！很大吗？"

程霆盯着她，明明这份好奇不像假的，可那花生豆一样的脚指头就是规规矩矩在门内，一点要出来的意思都没有。

程霆暗暗磨牙，想着干脆把这排脚指头咬掉算了，反正她也不出门。

林葵没有丝毫危机感，还在好奇："灯，我这里看得到吗？"

"不行。"

"哦。"

程霆将林葵的失落看得分明，莫名更不怎么高兴了。他走出楼道，顺手刷了一下林葵的小程序，发现她换了背景图，是操作台上的那株海芋。

几天后，大熊灯成功在小区后面亮了起来，会一直亮到春节后。一到晚上，小孩子们全都围着大熊，他们眼里有与林葵一样的好奇，但因为亲眼见过，所以他们比她多了一份震撼和满足。

程霆拍了张照片，发给 301 的小姑娘。

她好像一直在等他消息，秒回一个"厉害"的表情包。

程霆：很高。

林葵：有多高？

程霆把手机给老汪，让老汪帮忙拍一张。

老汪一脸古怪："你交女朋友啦？"

"我天天在这儿待着，哪儿来的女朋友？楼上 301 要看。"

老汪叹气："囡囡要是能亲眼看到就好了。"

程霆不说话，长手长脚随便往熊身前一站，摘了帽子，面无表情。

老汪啧啧道："我年轻的时候随便照照也很帅气。"

程霆把照片发给"小螃蟹"。

林葵：哇！原来熊比你高这么多！

林葵：程霆，你好像小朋友哦。

程霆这几天非常高冷，只回了个句号。

林葵举着望远镜趴在后阳台上使劲看，只能透过面前挡住的这栋楼看见一点来自大熊灯的光，黄灿灿的，与众不同。

她学着程霆的样子回了个句号，对面彻底没了动静。

林葵无奈地对外婆摇头："不知道他在气什么。"

阿德问老汪能不能带女朋友来看灯，老汪起初没觉得有什么不对头，隔天看见这人和程霆打商量，想分他一半半价花的时候才痛心疾首："阿拉 S 市男人的名声就是被你们这些小赤佬搞坏的！"

阿德红着脸解释："我妈说我这叫会过日子，我要攒钱结婚的。"

老汪："我要是你女朋友就跟你分手！约会看免费的灯，节日送半价的花，你能有点诚意吗？"

阿德："我还给她做毛毡娃娃的！"

老汪："你好歹带人家小姑娘逛逛百货，买个包买支口红呀。"

阿德很憨："去啦，上次去久光，哦哟，吓得我赶紧出来了。"

老汪无语了。

程霆全程没说话，就这样还是被牵连。

老汪很生气："伊脑子瓦特了（他脑袋坏掉了），侬以后轧朋友（谈恋爱），勿要仗着手上有点功夫，给人家小姑娘送这种美工课作业，很土。"他直呼救命，"我家囡囡前几天收到一罐星星，哦哟，搞得我还要查查垃圾分类。"

程霆换了个站姿，还是不说话。

阿德沉思："我觉得程哥送垃圾袋人家都喜欢，没办法，太帅了。"

程霆："我不送垃圾袋。"

老汪："你还真敢想！"

程霆皮笑肉不笑，一下班就走，上楼洗完澡，捧着电脑在301外敲门，力道很不客气，好像土匪打劫。

里头的小姑娘拉开门，看见他头发还滴水，立刻不高兴了，叉腰："你这样会感冒的！"

程霆双眼像狼一样看着她头发上别着的四叶草。

他拨了拨四叶草，一个比毛毡娃娃更不值钱的东西。

程霆："喝酒吗？"

林葵支棱起脑袋，连带着那棵草也弹来弹去，好像在她脑袋上跳舞。

"不是说了陪你喝酒。"

他越过她往里走，她小跑着跟上来，脸上扬起笑："家里有很好的火腿片，今天的哈密瓜很甜，网上说这个当下酒菜和白葡萄酒最搭。"

程霆停下来看她，她明明把自己照顾得很好，明明比任何人都认真过日子……

"算了。"他抓了把头发，给什么事做了某种结论，毫无原则地放弃了什么。

林葵歪着头："什么算了？"

程霆微微弯下腰，头发搭在眉骨上，眉毛又浓又密，显得目光很集中很深邃。他像一只大狼狗，张嘴就能吃掉童话里的小白兔，周身溢出危险信号，沉沉的呼吸洒在女孩鼻尖，一字一顿："算了就是算了。"

林葵觉得阿弟好像哄不好，又生气了。

她小心翼翼攥着他的衣角，十分乖巧："你不要跟我闹脾气，我不知道哪里惹你不高兴，对不起，但我真心把你当好朋友。"

他的呼吸本就很沉，这一瞬几乎停滞。两秒之后，他才缓缓地吐了口气，鼻息滚烫。看似随意做下决定，实则早已服软，愿意顺着她，只是在跟自己较劲。

程霆无法与如此真诚的林葵提及自己山路十八弯的心事，别扭地转过头，看见了台子上林葵的 iPad。那个 iPad 亮着屏保，屏保是黑夜中的大熊，还有他。

林葵火烧屁股一样地"啊"了一声，扑过去把 iPad 紧紧抱在怀里。

程霆笑了，叩了叩桌台："解释一下。"

"熊……熊好可爱！"女孩的胸口起起伏伏。

某人赢面不小，慢悠悠踱步，去窗边看那株海芋。

林葵拽了下耳朵："真的是觉得熊可爱。"

"我也不错。"程霆抚了抚花瓣，看着她，低声说了四个字。

阿德虽然又憨又抠，但他有句话说对了——没办法，程哥太帅了。

此刻，林葵觉得地板烫脚，几乎要站不稳——没办法，程霆太帅了。

当程霆这样站在大雪纷飞的窗边，像只湿漉漉的大狗狗，专注地望着你时，没有一个女生能不为之心跳加速。

"把好朋友的照片当屏保啊？"

林葵放弃了解释。

程霆笑了："哦，那你真的是把我当很要好的朋友呢。"

见圆乎乎的小姑娘缩成一团圆乎乎的小肉球，程霆不逗她了，过来扯人家的麻花辫："好饿。"

林葵颤悠悠地放下 iPad，严严实实盖住保护壳，化悲愤为力量，

做了一桌饭菜，企图堵住小阿弟那张要命的嘴，然后确定他不生气了，但不知道是什么原因不生气了。

这顿饭，程霆教会了林葵怎么喝酒。

他们将酒冰镇，选了透明的郁金香酒杯，带着下酒菜，挪到铺着地毯的地板上，只亮一盏小夜灯，放一部电影。

林葵经程霆的同意，挑了一部恐怖电影。

没有那些无聊的酒桌文化，程霆说："酒，要慢慢品，像你的面包，急不得。"

他拿着酒杯，轻轻碰了碰林葵的，发出清脆的声响。酒液在杯中晃动，杯壁淌下水珠，浅浅抿一口，让味道充斥口腔，再顺着喉咙滚下。

淡淡的酒精令人微醺，气氛正好，电影里的恐怖画面与气泡一起，令林葵感到了很难言说的满足。原来喝酒是这样的，与她想象的完全不一样。

她学着程霆的样子，举起酒杯，轻轻与他相碰，仰头喝一口，随着电影咯咯笑起来。

电影很吓人，这个女孩却并不害怕，她说她看遍了世界各地的恐怖片。

程霆说她是老鼠胆子，不怕鬼，却怕人。

她不好意思地笑了。

他默默看着她，看她喝完一杯，再给她添上。

他对电影没兴趣，电脑放在腿上，低头看着什么。他时不时拿起杯子，仰头喝酒时，喉结上下滚动，下巴锋利得像刀切出来的。

正在播放的电影被按了静音，林葵凑过来，呼吸已经带了点酒气，娇憨地问他："程霆，你在看什么？"

"论文。"

"你还看论文啊？"她的头发蹭在他的手臂上，很痒。

她不知道，她只是问了一个很普通的问题，但在程霆这里，好像千帆过尽。

"随便找来看看。"

林葵的意识有些混沌，但她很清晰地知道，程霆变得和以前有点不一样了。以前他不会捧着电脑敲代码，以前他不会主动去看专业论文，一切从他说要帮她修米老头那天开始。

她像小动物似的挨着他，不看电影了，看他的电脑。

"信道极化……一种对称二进制无记忆信道构造容量实现码的方法……"她嘟囔着，文字太生涩，眉头不自觉蹙起，摘要都没读完。

而程霆，以一种意外的目光看向她。

因为这是一篇全英文论文。

林葵迎向他的目光，看出了他眼中的赞许，有点骄傲："外婆教我的！外婆上过女校，还留过洋！外婆还会俄语！"

她像只小麻雀，叽叽喳喳的，衣服与他的衣服摩擦，自然卷曲的头发撒娇似的缠着他的手指。等她停下来，唯有雪声簌簌。

他们看着彼此，在心底眷恋对方。

女孩抱着膝盖，小声问："Arikan（埃尔达尔·阿里坎，2019 年香农奖获得者）是谁？"

"不是看得懂？"

林葵烦恼："每一个字都懂，连在一起就是天书。"

"你的手机是宇通吧？"程霆问。

"嗯！支持国货！"

"宇通最近给他颁了个奖。"

"为什么？"

"说来话长。"

"我想听你说。"林葵给程霆端酒杯，让他润润喉再说。

"要从另外一个人说起。"程霆从电脑里调出另外一篇论文。

林葵小声读了出来："A Mathematical Theory of Communication（通信的数学理论）？"

程霆又调出一本书的电子档，她看了看，唯一的不同是标题的第一个单词从"A"变成了"The"。

"The Mathematical Theory of Communication."

"1948 年，香农发表了论文《通信的数学理论》，一年后，当它出版成册时，标题发生了变化，虽然只是一个单词，但意义巨大，从

此以后，它成为所有科学文章中引用最多的论文之一，并由此诞生了信息论。"

"香农？"

"高一数学有提到。"

"我一点印象都没有……"

"你是不是数学不好？"

"嗯……"

程霆笑了一下，说："香农想知道信息是怎么传递的，这篇论文第一章的第六小节，他给出了信息熵的公式，成功量化了信息。"他的讲述深入浅出，"信道就是信息传输的通道，比如光纤、电缆、无线电。我们把信息假想成水，那信道就是水管，信道容量就是水管单位时间内能传输的水量。如果把信息想象成车，信道就是车道，车道拥堵，也就好比上网卡顿，网速慢。"

林葵点点头，表示听懂了。

程霆问她："什么是好的通信？"

"快？"

"是接收到的信息和对方发送的一模一样，不会漏掉哪个词让你听不懂。"

林葵觉得好有道理。

"香农给出了信道容量的公式，我们将这称之为香农极限。几十年来，人们努力想要达到香农极限，但都没有成功，而 Arikan 教授的极化码做到了。"

"极化码？"

"简单来说，就是通过异或的特性，增加信道。当信道足够多，将有效信息都编码在好信道里，舍弃无用的差信道，信息就能无损，而整个通信模型的信道容量刚好就是香农极限。这个通过牺牲部分信道来提高整体传输率的过程，就是极化。"他看着她，"如果你听懂了我的话，我们就是一次好的通信。"

林葵伸手，戳了戳他的手背："接收良好。"

程霆将手翻过来，手掌朝上，似乎要接住她，但在那之前，林葵礼貌地收回手，感叹："Arikan 教授好厉害！"

他的手无意识地攥了攥，思考片刻，给予最公平的评价："在此之前，Robert Gallager（罗伯特·加拉格尔）提出的 LDPC（由麻省理工的 Robert Gallager 教授在 1963 年的博士论文中提到的一种具有稀疏校验矩阵的分组纠错码）几乎达到香农极限，美国高通为主的阵营一直使用这种校验码。相较于高通领先几十年的基础布局，极化码并不是最优选项。"

林葵万万没想到，这人前面铺陈这么久，到最后却跟她说不是最优解。她一时有点不知道怎么办，眼睛耷拉下来。

"确切来说，极化码是宇通的筹码。"程霆笑了，"这个筹码让宇通在 5G 拿到了国际话语权，按照最新的行业标准，和 LDPC 平分江山。"

"所以我现在可以鼓掌了吗？"

程霆低声道："现在回到你最初的问题，这个奖颁给 Arikan 教授，是感谢他对 5G 行业的贡献，其实更多是在弘扬一种精神。"

"什么精神？"

程霆的手在空中画了一条线："发明 LDPC 的 Robert 教授其实是 Arikan 教授在 MIT（麻省理工学院）的老师，同时也是香农的学生。香农、Robert、Arikan，师承三代，提出、论证、超越，半个多世纪，他们完成了一场漫长的接力。信息论在很长一段时间里都是无人问津的领域，Arikan 教授坐了二十年冷板凳，用外人无法想象的执着和热情追到了光。"

林葵永远都不会忘记，这一天，在鬼片影影绰绰的光影下，程霆带给她的震撼。他只是很平静地给她讲了一个故事，但于她来说，她看到了那束光，看到了追光的人。

"程霆。"女孩软软地唤他，"我们会超过他们的，对不对？"

年轻的男人并没有回答，只是凝视着她。

林葵的脸在这样的目光中慢慢红透，酒意上头，她小声问："你害怕失败吗？"

程霆的语气中多了一丝连自己都没察觉到的温柔："我真的见过很多失败，但我不怕。"

他的话像是一根划亮的火柴，烧着了林葵的耳朵，又烫又痒。她在他脸上看到了一种叫作纯粹的东西。

她的眼睛湿漉漉的，带着程霆没见过的娇气，忽然推了推他："我不带你走了，你要好好留在这里。

"你要好好的。"

这句话带着玩笑的口吻，但他知道，她认真做了决定。

"不是说要牵着我的手？"程霆的手总算落在了女孩手腕上，轻轻握住。她的皮肤细嫩，软软的，随便哪里都是一团肉，骨头只有一点点。

林葵坚定地摇摇头："外婆会陪我。"

程霆的喉结动了动，吞咽很困难，很苦。

"我不害怕，真的。"林葵的眼里带着一种与她年纪不符、可以称之为安详的笑。

这个女孩，胆小、害羞、敏感，但只要一谈到生死，她总是有一种解脱的淡然。此刻，她没有挣脱程霆的手，甚至还朝他靠近，忽然说了一句明显不是英文的外语。

程霆感觉嗓子像在沙地上磨过，要求："再说一遍。"

林葵仗着他听不懂，重复了一遍，唇红齿白，目光皎洁，语调带着少女的青涩与甜蜜。

这一夜实在难熬，有人翻来覆去，眼前全是林葵无法无天的笑。

——"我不害怕，真的。"

——"程霆，我会永远记得你，你是我最重要的人。"

——"你是我最重要的人。"

圆圆的眼睛、卷卷的头发、被揉红的皮肤、变形的小熊……当天边泛出鱼肚白，周末来临，401的主人、IC曾经的食物链顶端、方圆百里最帅电工程霆睁开眼，面无表情地感觉一番，烦躁地翻了个身，趴在枕头上，用昨晚林葵说那句话的同一种外语表达了一下此刻无语的心情，发音相当标准。

然后，他赶在早会前拆洗床单被套，将内裤装进袋子里打结扔掉。

小孩子们在楼下嘻嘻哈哈，笑声童真美好。程霆站在窗边，呼吸着凛冽的空气，生平头一次觉得自己真醒醍。

可是他又笑了，觉得今天天气真不错。

在老汪主持下的早会一如既往的积极向上，结束后，老汪留下"哼哈二将"布置任务，从抽屉里拿出两袋高丽参，一人赏一包，让他们晚上早点睡，提起精神好好上班。

程霆从物业办公室出来，将高丽参咬在嘴上，遥遥望见 301 开了窗户，林葵笑着朝他挥手。

他懒懒回应了一下，扭头对老汪讲："晚上电影在这里放。"

老汪："从来都是在后面的！"

程霆："这里。"

老汪："后面有大熊灯，多好！"

程霆："就在这里。"

没得商量的口气。

那还能怎么办？放电影这种活只能听电工的，老汪相信一旦自己摇头，这小子就会罢工。

程霆低头发消息。

程霆：晚上放电影。

林葵：我知道！在后操场！我每次都有听！

程霆盯着那个"听"字，顿了顿才回复。

程霆：可怜虫。

小螃蟹头像好一阵没回话，他有点担心，怕她躲起来哭。

下一秒，"小螃蟹"就发来消息了，是一个"哭哭脸"表情包。

程霆收起手机干活。

晚饭前就有人开始搬凳子占位置，301 的窗户关了一天，玻璃上一层雾气，主人忙得不行，以至于忽略了业主群的最新通知。

晚上八点，小区灭了路灯，一时间黑漆漆的。

林葵送出去最后一块蛋糕后，看着黑漆漆的窗外眨巴眨巴眼，以为停电了，再瞅瞅自家亮堂堂的灯，有点摸不着头脑。

她推开窗，想看看究竟，就在这时，幕布亮起，坐在小板凳上的邻居们热热闹闹地鼓掌。她这才扒拉群通知，发现电影改了地址。

有人问为什么改地址，电工大人回了一句："后面有条线坏了，不会弄，只会弄前面的。"

林葵盯着这句话，捂嘴笑出声来，她一个字都不信。

她心里热热的，把外婆的照片捧过来，小心安置在窗棂上。她挨着相框，举着望远镜，静静看着幕布上跑过片名和龙标。

"外婆……"林葵嗓子哑哑的，带了些哽咽，"我看得好清楚哦。"

程霆帮忙给孩子们分热牛奶，回头一望，看见了窗台上长出的小姑娘。

一会儿后，有人敲门，林葵恋恋不舍地去开门，生怕错过了剧情。

程霆站在门口，神态自然地问："老汪说你找我？"

林葵："没……"

他直接进去："哪里坏掉了？"

他步子好大，林葵追着他。忽然，他停下来，回头看她。他明明什么都没说，但她在一瞬间参透。她心怦怦跳，没作声，任程霆装模作样在厨房查一圈，最后站在了窗边。

他问她："看得清吗？"

她递给他望远镜："你试试。"

程霆举着那个秀气的东西看了看，放心了，还给她。

他不提要走，也不打扰她，站了一会儿，嫌累，拖了张高脚凳在窗边坐下，余光一直在看她，看她的嘴角挂着笑，像盼了一学期终于可以去春游的小学生。

程霆胸口捂着什么，掏出来放在林葵后颈。她被烫了一下，伸手去接，接到一瓶热牛奶。

"看电影的小朋友都有。"他一本正经的。

林葵向他强调："我都三……"

"嗯，三岁。"他笑了。

林葵捧着牛奶吸了一口："你今天好像心情很好。"

"有吗？"

"你总是笑。"

"看错了。"

"才没有。"

总是笑，还笑着说她三岁……

林葵捂着心口，幽幽瞅着他："发生什么好事了吗？"

"嗯。"

她没有多问，但因为是好事，所以也跟着开心起来。

她很少看这种爱情片，老套的桥段也看得津津有味，偶尔还会跟程霆探讨两句剧情。程霆陪着她，一直到结束才站起来说要走。

林葵跟着他到门口，忽然说："谢谢。"

程霆："以后就不是可怜虫了。"

女孩笑得眼睛弯弯。

他们一个站在门内，一个在门外；一个不舍得关门，一个不舍得走。

"明天给你带早餐，"程霆说，"想吃什么？"

林葵的回答迅速且非常不客气，像是已经在心里想过很多遍："四大金刚！要菜市场的！粢饭咸的，羊肉粉丝汤一定放姜黄粉！"

某人好脾气："吃得过来吗？以后还给你带。"

林葵明显是选择困难症患者，纠结了一会儿，说："那就生煎，醋我自己有，很好的醋，明天你尝尝。"

那扇门轻轻关上，带着对明天的期盼。

程霆拔腿就跑，人已经散了一半，老汪领导派头地等在那里："去哪儿了？要是突然出问题我找谁啊？你这个小伙子……"

"301 找。"

老汪态度立刻不一样了："噢噢，那是应该去，没事吧？"

程霆摇摇头，走的时候说了句："明天给你带早餐。"

老汪有点迷糊："吃错药了？"

程霆斜眼："吃不吃？"

"吃吃吃！"

老汪怀着半分激动半分忐忑，在第二天早晨等到了程霆从菜市场提回来的刚出锅的鲜肉生煎，带汤，肉皮冻下得足，要先咬一角吹吹气才行。

楼上，301的小姑娘也正鼓着脸呼呼吹气。她是猫舌头，一点烫的都吃不了，咋咋呼呼："哎呀，我的汤！呜呜，我的舌头！"

她嘴唇被烫得艳红，带着生煎的油亮，像是涂了什么高级口红，效果好到不行，叫人挪不开眼，很想知道咬上去有多软。

林葵吃完了那盒生煎包，秀气地擦擦嘴巴，发现程霆还在看她，就有点害羞，但有些观念根深蒂固："外婆说，能吃是福。"

程霆"嗯"了声，无比同意，把滚烫的汤碗推到她手边，无声催促她继续。

林葵捧着碗，手指被烫红了也不放开，小小吹气，吸一口，吐舌头，然后低着脑袋再来一口，这回连眼角都被热气熏红了，满足地叹息。

程霆的手机这时候来了电话，他看了看，走到窗边。

电话那头是第三方流片公司的邱总，从前和程霆有些业务往来，能笑着喊他道神的熟悉程度，说话很油，带着生意人的精明。

"你都不知道我看到邮件有多震惊，以为看错了，再看看，是真的呀！你不是去休假，回来了？"

休假……

这词用得客气，程霆笑了一下："你报个价。"

"生意不好做啊……"

"别跟我演戏。"

"那我骗谁也不敢骗您啊！这年头，要什么缺什么，我要不是有点门路，早喝西北风了，您不也是看中这点才找我的嘛。外头叫得好听，老总老总的，其实就是个捐客，赚点介绍费。"

程霆换了个站姿，靠着窗户，穿着单薄一件薄衣，风吹起他的头发。他笑着问："到底多少？"

桌边，乖乖吸溜羊肉汤的林葵偷偷看过来，觉得程霆这几句话说得很不一般，有一股惹不得的味道。男人也在看她，手抬了抬，让她乖乖吃饭，少操心。

邱总在电话里笑，报了个数。程霆听了，表情很淡，仿佛那就是十块钱能办成的事。

邱总见他没还价，来了点信心，打探："是不是您闭关研发的新技术？要是这样，那我参一股，价钱另外谈。"

"免谈。"程霆一口回绝，还盯着林葵，看她龇牙咧嘴吸粉丝。

"给个机会嘛！"

"送人，没你的份。"

"啥？"

程霆反手把电话挂了，心情很好地叫她："林小葵。"

林葵抬头："嗯？"

"夸夸我。"

林葵一头雾水。

"夸。"

林葵不明白这人莫名其妙哪儿来的底气，脸皮够厚，大清早的，要求很多。

他走过去，按住她的脑袋，弯腰等着。他的眼里有两枚小小的光斑，看得人害羞，女孩想躲，一动，身上裹挟着的食物味道就散发出来了。她像颗咖喱版的生煎包，逃不出某人手掌心。

她扭了半天，老实了，趁机把心里话讲了出来："程霆，你真好。"

程霆满意了，拿走她烤的专属饼干和美式，下去上班。

林葵并不知道自己这句话换得了什么，程霆也永远不会告诉她。他身上沾染的味道被风吹干净，但心里涌动的情绪不会消散。

一个小时后，有人打电话追来，程霆看着那个名字就不太想接，对方又发来消息。

程兰：接电话！否则回家找奶奶泡茶！

程霆"啧"了声，打回去。

程家除程霆外最不好惹的人物——程霆的堂姐，拖着几乎与程霆一样的慢调子说话："听说你做板送人？"

"姓邱的是不是找死，我的事都敢往外传。"

"哦，人类的本质是八卦。"程兰的声音有点粗，电话里听着不像女孩，"是不是真的？我都不敢信，你不是不玩了吗？"

程霆不说话，咬着小饼干。

程兰心里就有数了："谁这么大面子？"

程霆喝了口咖啡。

程兰："你不会被人骗了吧？"

程霆嗤了声："你自己想想这句话荒不荒谬。"

程兰不耐烦："那你倒是说啊！哥们儿，那可是三百万！裤兜里没剩几个钢镚了吧？"

"少管我，敢去我家说些有的没的，我就把你的事全抖出来。"程霆把电话挂了。

但事情显然不会这么结束。

没多久，程兰杀到小区，站在老汪办公桌前要找程霆。

老汪瞅着此人雌雄莫辨的刺猬头，再瞅瞅稍后赶来的长发电工，似乎窥得天机，高深莫测地拍拍程霆的肩："没关系，阿叔我懂，只要是真诚的相爱，都值得被祝福。"

"我姐。"程霆给了确切性别，把程兰带走了。

两人站在小区外，程兰揪着他不放，追根究底："你认真的？"

"嗯。"从头到尾，程霆就给了这么一句实话。

"那个人，我要见见。"

程霆拍开她的手。

"我就看一眼。"

程霆靠着程兰那辆相当拉风的兰博基尼："车不错。"

"少给我岔开话题！"程兰几乎要贴到他身上。

程霆让开一步，指了指车里坐着的妹子："你别靠太近，回头人家误会，要闹了。"

程兰气道："有种你别求到我头上！"

程霆摆摆手，表示此事绝无可能。

程兰带来的新助理趴在车窗边，眨着星星眼："姐，这是谁啊？好带劲，介绍给我！"

"别惦记，刚没听见？有人了。"

程兰将了将短刺刺的头发，站在路边，看着人们进进出出的那扇小门，觉得她认识的那个程霆，永远都不会从那扇门出来了。

助理妹子："姐，走吗？"

"走。"程兰戴上墨镜，一脚油门，"以后谁来谁是王八蛋！"

一天又一天，小区里渐渐有了年味，老汪让人在树上挂满了红灯笼。

程霆拉了电，一圈圈缠绕灯带，将人头大的灯球挂在老树上，有一个几乎是悬在 301 窗边的，晚上灯一亮，就有了张灯结彩的喜庆。

家家户户都去采购年货，南京路、淮海路一逛就是一天，沈大成的糕团、康泰的鲜肉月饼、城隍庙的五香豆、冠生园的大白兔、第一食品商店的熏鱼、杏花楼的八宝饭……数都数不完。

放寒假的小孩们兜里揣着零嘴和摔炮，疯得不想回家。

快递小哥们进进出出，也是大包小包，全都是送到 301 的。

老汪看着看着就叹气："过年嘞，囡囡又是一个人，可怜哦……"

程霆扛着水果上楼，一进门就被林葵的阵仗震撼到，她买的年货比想象的多，不用问，这又是来自外婆的过年之道。

他笑着打趣："家里几头猪要喂？"

要过年了，林葵也跟小孩一样开心，不跟他计较，塞给他一大摞提前整理好的伴手礼，笑眯眯的："阿汪叔说你过年放假到初三，这些你拿回家给你爸爸妈妈，好好休息。

"程霆，过去的一年你辛苦了，新年要继续加油哦！"

程霆看着她，慢悠悠地"哦"了声。

"等你回来，我们一起吃饭！"林葵趴在门后，唠唠叨叨，"我好会做八宝饭，豆沙细细的，你肯定喜欢吃。"

程霆还是那样看着她，慢悠悠"哦"了声。

林葵顿了顿："那……那我们明年见。"

"好，明年见。"

大年三十一早，小区里人声鼎沸，在外的游子都归巢了，笑声、闹声、小孩子被教训的哭声此起彼伏，在这里，唯有 301 格外安静。

老人家的规矩，过年要有鱼，林葵围着围裙炸带鱼，炸了满满一箩筐。

花无声绽放，外婆的照片在花下显得比平时孤寂几分。

下午两三点，楼下没了孩子们的声音，都被喊回了家，年夜饭开始。外头安静了，显得 301 更加空旷。

　　林葵拆了围裙，往胶片机上放一盘老歌，看着满桌菜，不知不觉地驼了背，幽幽叹了口气。

　　忽然，门铃响了。

　　今天这样的日子，绝对不会有小孩子来捣蛋。

　　今天她也没接订单。

　　是谁呢？

　　门被拉开一条小缝，她圆圆的眼珠子看着外面高大的男人。

　　程霆问："怎么没贴春联？"

　　林葵敞开家门，呆呆地"啊"了一声："忘……忘记了。"

　　"我来贴。"

　　程霆在家里找春联，身后有条小尾巴跟进跟出，慢半拍想起来要搬板凳，被程霆拦住。

　　"用不着。"

　　是真用不着，林葵站在门边，看他稍微踮起脚，就把春联贴好了。他手上沾了金粉，进门找水洗手，她小跑跟着他，生怕跟丢。

　　太过安静，程霆回过身，看看她究竟怎么了。

　　她这才反应过来，着急得手绞在一起，责怪他："你怎么也不说一声？我……我来不及做八宝饭……"说完眼睛就红了。

　　程霆哄她："大过年可不许哭。"

　　林葵颤抖着，要强地说："没有哦，都说了不是哭包。"

　　他就那样沾着满手金粉，把手背按在她脑袋上压了压，低声喃喃："娇气包。"

　　她鼻尖酸得不得了，差点没忍住。

　　本来没什么的，因为他在，她就变得很娇气。

　　她不敢去数自己一个人熬过了多少个春节，乖乖站在他跟前，好一会儿说不出话，等缓过来了，问他："你怎么不回家？"

　　某人演技超群："同事找我调班。"

　　她偷看他身上的工作服："那你爸爸妈妈会想你。"

程霆挺坚定地摇头："我不回去,他们还能过个好年。"

"乱讲。"

"喜欢女儿,看我不顺眼。"

"你还有妹妹啊?"林葵顿时很羡慕。

程霆似真似假地应了声,问:"管饭吗?"

林葵顿时振奋了,到处找她的围裙,要给程霆做新利查的西米露布丁。

程霆走进去才看清桌上的年夜饭,基本全是炸好的半成品,唯有一碗排骨面在冒热气。如果他不来,大过年的,她只吃一碗面。

"弄太多也吃不完,浪费不好,这些炸带鱼,明天我要送给阿汪叔的。"林葵解释着,整个人高兴起来,"现在不怕浪费啦!你等着哦,我做大餐!"

程霆靠在一边,单手撑着下巴:"葱姜蒜都不要。"

林葵笑眯眯的:"知道啦!"

然后她拿出榨汁机,当着程霆的面,把姜葱蒜全部打成汁,过滤好,倒进锅里。

程霆到底是听从安排,没再挑剔。

林葵还在好奇程霆的妹妹,问:"有你妹妹的照片吗?看看!一定很漂亮!"

程霆摇头。

"你带妹妹来玩,我烤蛋糕给她吃。"

"不怕啊?"

"是你妹妹嘛!"林葵娇憨地笑着。

"不给看。"他拿乔,"是我老婆才能见家里人。"

林葵搅着豆沙,不说话了。

好羡慕以后程霆的老婆,他一定会对她很好很好……林葵有些恍惚,不知道自己能不能等到那天。很想见见程霆的老婆,一定是很好很好、很漂亮很漂亮的女孩子呢。

豆沙泥打底,煮熟的西米铺在上面,小碗被推进烤箱,没一会儿,家里就满是程霆熟悉的甜味。他的到来打破了孤寂,老太太在花下笑

得慈祥。

别人家开席，301也开席，年货备得多，要什么有什么，就这么短的时间，林葵还弄了个清蒸大龙虾。

她拍拍肩膀，夸自己："小葵厉害！"

程霆端着旁边的生姜红糖茶看，皱眉头："这是什么？"

"驱寒，今天好冷！"

"不要。"

"要。"

"一股怪味。"嫌弃归嫌弃，程霆到底还是捏着鼻子喝完了。

程霆菜吃得不多，倒是捧着那碗甜点吃完，还要一碗。

林葵很开心，自己也跟着有食欲，抱着龙虾钳子啃，啃得像小花猫似的。程霆隔着桌子给她擦脸，下手没轻重，弄得她跟不倒翁似的摇啊摇。

程霆提及那份年礼："我奶奶很喜欢，问我是哪个朋友送的，这么懂事。"

"那……那你怎么说？"林葵眼睛瞪大，怕他乱说话。

"照实说，林小葵送的。"

"然后呢？"

"问我林小葵是谁。"

"然后呢？"

程霆有点无语："不是说我是你好朋友吗？你还想有什么然后？"

林葵被他这句阴阳怪气的话吓到了，赶紧应了声，抱着另外一只大钳子啃。一排米牙看着小，咔嚓一下能把虾钳咬碎，吃东西的时候很认真，一点点碎壳都能抿出来，秀秀气气放在餐巾纸上。吃美了，还伸舌头舔舔嘴，嘴唇染上不知道是什么的汁液。

程霆不知道是什么时候端起那杯姜茶的，看着她，喝一口，又看看她，再喝一口。

那杯水，被他不动声色地喝完。

两个人吃饭其实很快，吃完后程霆要走。有人舍不得，又不好意思说。

"我五点下班。"

"怎么了？"

"管夜宵吗？"

林葵笑着用力点头。

"喝点酒。"

林葵更高兴了，狗腿地说："我买了一瓶好酒，本来想等你放假回来喝！"

程霆站在门外，忽然喊了声："林小葵。"

"嗯？"

"唱首歌听听。"

那张胶片转啊转，正好放到邓丽君的《甜蜜蜜》。雪白一团的女孩揪着手，很为难，但因为程霆摆出一副你不唱我不走的架势，只好紧紧闭上眼，深深运气，跟上了节拍，小声哼唱。

像幼儿园文艺会演，因为艺术天分不够，被老师安排在最后一排的小朋友，蚊子叫一样细的歌声，唱着唱着脸就红了，红成小苹果。当她满脑袋的卷毛都无力耷拉下来，再多唱一句就要哭的时候，外头的观众欠嗖嗖地"哦"了声："原来你唱歌跑调，我还以为上次你是故意的。"

圆脸姑娘哀怨地抬头看了他一眼，默默发出谴责。

程霆逗小狗似的一脸满足，扯了扯她的辫子，低声道："等我回来。"

大过年的，小区里其实也没什么事，程霆顺道去了趟老汪家，帮忙送炸带鱼和蛋饺。

老汪闻了闻，夸道："小葵做蛋饺的手艺不输她外婆呢！"

说完，他瞅了瞅小年轻："听说你找阿德换班？怎么突然这么好？"

程霆："你不懂。"

老汪嫌他乖张："有什么是我不懂的？"

程霆："以后你就懂了。"

老汪："滚滚滚！"

下午有栋楼出了点意外，电业局的人来了一趟，程霆的下班时间

便往后推了两小时。等他洗完澡下来，吃饱喝足的孩童们早把小区祸害了一遍，地上全是黑色的火药灰。

程霆修理小胖的故事已经传遍了小区，当父母的在新的一年张口就是一记警告——"开学不好好读书，就把你送去跟程叔叔学数学！"

简单，但有效。

程霆由此成为止小儿啼哭、治小儿挑食和捣蛋不听话的夜叉。

他一露面，刚刚还作威作福的小崽子们嗷嗷叫着跑了，生怕晚一步就要被抓起来吃掉。

落雪了，鹅毛大雪，万籁俱寂，月初上。

程霆鲜有闲情地站在雪中看树，看301亮着的灯，窗边经过的人影。雪一层层地遮住了那些黑色的丑陋，世界又变得洁白无瑕。

他抓了满手的雪，捏成一个巴掌大的雪人，敲开301的门。

林葵看着门外发抖的人，很不理解："你为什么总是不穿衣服？"

程霆抖落满头白雪，有些溅到了女孩脸上，冻得她哇哇叫。他还把冰棍似的手贴在她颈上，看她像缺氧的鱼儿似的扑腾。她越动弹，皮肤就越贴着他的手，本来他手冻麻了，这会儿一点点回暖，能感觉到女孩皮肤下的肌理，能分辨出有多软多滑。

程霆把丑兮兮的雪人塞给林葵。意料之中，林葵高兴得不知怎么才好，一串小碎步跑过去，闹着要关地暖，怕雪人化了。

"关什么关，我穿短袖！"

"那你回家穿羽绒服。"

"啧，给我。"

程霆托着雪人走到窗边，把它放在挂了灯球的树杈上。这个距离，也只有他长手长脚才能办到。

林葵凑在他身边看了好久，不小心碰到他的手指，他没有主动挪开。他低头看，两人的手指轻轻搭在一起。

"什么酒？"过了一会儿，他问。

林葵作势挠了挠脸，分开与他触碰的手："红……红酒。"

电视里在播放春晚，程霆关掉它，空气中那股若有似无的暖昧更加具体了。

"陪你看电影。"他打开她的 iPad，问她看哪一部。

屏保是他，他倒是很自然，唯有林葵抬不起头，伸手抢过来捂在胸口，想把 iPad 掰断扔掉。

程霆这次没笑她，眼里的情绪很沉。

他选了两个高脚杯，带着林葵下午烤的蛋糕，坐到客厅。男生的皮肤很紧，一点也不柔软，血管在充满力量的小臂里蜿蜒，让他看起来张扬又肆意。

林葵不敢多看，心里好像揣着只活蹦乱跳的兔子，有点负荷不了。

红酒落进杯子里，高脚杯轻轻撞响，宛如悦耳的音符。

林葵捧着酒杯咕咚就是一大口，酸涩的酒液让她稍微缓和了些，可红酒的后劲又让她的脸烧了起来。

程霆冰凉的手指碰了碰她的脸颊，她躲开，小声嘟囔："地暖太热了……"然后抱着她的 iPad 离程霆很远，怕他听见她心里的那只兔子跳。

来了个电话，程霆接起来就笑。林葵本来在挑要看的电影，短短的手指悬在半空，竖起耳朵听他讲话，压根儿就没见他这么对谁笑过。

电话里，程家老太太问孙子："明朝（天）回来伐（吗）？等你一起切（吃）汤圆。"

程霆捂着手机，看向林葵："有汤圆吗？明天我要吃汤圆。"

林葵愣了愣。

老太太："侬跟谁说话？"

程霆干脆开了扩音："我的好朋友。"

老太太："噢噢！你让我跟人家说说话，我要谢谢她的！"

"不要，她会害怕。"

"我又不会吃人！"

"那你凶起来还是挺凶的。"程霆慢悠悠地说，看了林葵一眼。

按照她那个讲礼貌的规矩，这会儿已经慢慢挪过来，要坚强一回。

程霆指了指，让她待着别动。

林葵觉得不太好，起码要道声新年好，可又特别听话，乖乖坐下。

程霆说："明天不回，你安心摸牌，输了我给，赢了存小金库。"

这话犯了老太太的忌讳，大吼："大过年输什么输！不懂事！"

程霆又叮嘱："晚上早点睡，不要关了灯在被窝里刷短视频，眼睛要瞎掉。"

老太太："哦哟，啰唆。"

"少玩那玩意，影响智商，也不要买东西，全是'三无'产品，专骗老宁宁（老年人）。"

"不懂你说什么，我老太婆不会玩手机。"老太太怕他还要啰唆，赶紧挂电话。

程霆发了个超级大红包，对面秒收，还会用自己的脸做表情包发过来，说"谢谢老板"。

程霆笑了声，把手机扔一旁，问林葵："选好没有？天亮了。"

林葵赶紧戳了戳平板，在这个十分值得纪念的除夕夜，播放她最喜欢的恐怖电影。

程霆十分不满意这个距离，往她身边挪了挪，陪着她一起看不知道几几年的黑白电影。

年轻男人身体的热度以空气为介质传导过来，令人十分不自在，林葵默默抱住腿，将自己缩成一小团，用余光观察程霆的反应。老电影从技术到画面质感都不如现在的电影，她担心他会无聊。她脚指头动了动，又动了动，小声问他："我给你讲讲吧？"

"讲。"

她认认真真介绍："这是阿加莎最有名的小说改编的，虽然她有很多名作，但我还是最喜欢《无人生还》。这个故事被改编成了很多版，但我觉得第一版是最完美的。"

程霆晃了晃酒杯，指尖落下一束折射的光，精致到林葵差点忘记自己后面要说什么，磕磕绊绊的："我、我看过原文，如果单单论短篇，我觉得阿加莎的文笔无人能超越，她在营造恐怖气氛这方面有着独一无二的敏锐……"

程霆忽然朝她倾斜，念出一串外语，虚心请教："林小葵，这句话是什么意思？"

林葵呆住了，嘴巴半张着，关于阿加莎的介绍卡在了喉咙里，几乎窒息。

这番话，就在几天前，就在这里，从她嘴里说出来过，一字不差。

程霆的眼梢挑着笑，恶趣味十足，戳了戳僵化的女孩："嗯？"

目前的情况对于只活了短短三十年的林葵来说，十分超纲。

程霆开始逐句翻译："有人说喜欢我？"

林葵的脸红透了。

程霆非常愉悦地"呵"了声，翻译那句外语："我是你最重要的人。"

"你……你为什么会俄语？"偷偷告白的女孩的尾音都变调了。

"研究生同学是俄罗斯人，跟他学了一点皮毛，恰好他泡妞的话你都说了。"程霆笑着，将人圈在臂弯里，"看看，掌握一门外语是多么重要。"

林葵看着他的笑，整个人都很迟钝。在她详尽的人生计划里，这是不可能发生的意外，但就是发生了，而且发生得如此突然。

她回过神，想躲，手推拒着，尴尬到脚指头能抠出一个大洞，然后把自己埋了。

男人的身体看似单薄，实则有力，非但没被推开，反而慢慢凑近。林葵的指尖缠绕他额前的头发，碰到了他的眉眼。

程霆覆上她的手，不让她抽开，高挺的鼻尖抵着她的鼻头，这一刻，她连呼吸都没有了。

他垂下眼，睫毛刷在她嫩嫩的指腹上，吻住快要窒息的女孩。他动作很轻，怕吓到她，可这样却不够，干脆一抬手，把人抱到腿上。

林葵倒在他怀里，脚丫子乱扑腾，滚烫的大手忙握住她的脚踝，带着她踩实。

两人贴得很紧，她一个激灵，土拨鼠似的往上蹿，不知道在怕什么。

程霆把她按住，笑得张狂："想跑？没门。"

他身上好闻的味道袭击了林葵，无尽地压缩她肺里的空气，让她觉得自己马上要死了。

程霆看着近在咫尺的大眼睛，啄了一下，感觉到她全无反抗能力，肆无忌惮地含了含她肉嘟嘟的下唇。

"林小葵，换气。"

身体发出求生警报，林葵颤颤巍巍张嘴，无意识地吸了口气。她

无法分辨电影播放到哪一个桥段了，只听见大家都在惊恐尖叫，那刺耳的声音却打扰不了此刻旖旎的气氛。四目相对，这里正在上演浪漫爱情剧。

"不喜欢？"程霆停住，等她的答案。

林葵头一回这么近地看他，原来他眼下有两颗小雀斑。

这个叫程霆的人身上，有她喜欢和羡慕的一切特质，不知道从什么时候开始，发现的时候，已经控制不了自己的心。

她不如他坦诚，总是很想像他一样，洒脱一回。

程霆能猜到她的顾虑，对她说："我们谈恋爱，不要想太远。"

林葵只是这么任他抱着，没有回应。

程霆晃了晃她，不让她逃避。

林葵红着脸，声音很小，但又格外能辨清："我现在喝酒了，做的决定可能不对。"

程霆说："我是清醒的。"

林葵觉得好像有一面鼓在她耳边叮叮当当敲，吵死了。她胸口起起伏伏，拨开层层浓雾，长这么大，不知道自己能这么勇敢。

程霆摘掉她碍事的眼镜，摁住后颈，把人带进怀里，掌控接下来的一切。

"林小葵，摩尔定律是什么？"

纠缠的双唇间，女孩费力地回答："晶、晶体管每隔两年……翻一倍。"

"再告诉你一个。"

"现在？"

程霆不觉得有什么问题："薛定谔方程是世界上最美的公式。"

长臂收窄，他将带着红酒果味的小姑娘勒紧："汉密尔顿算符是物理系统随时间演化的生成子。"

林葵柔顺地依附他，乖乖仰起头，配合他的吻。

他变得很贪婪，低头撬开她的齿关："薛定谔方程和不含时薛定谔方程都与波函数 ψ 有关……"

他似乎真的想教会林葵，不急不躁的，但林葵一个字都没听进去。

她脑袋昏昏沉沉，感受到的唯有程霆潮湿的唇舌。

接吻原来是一项消耗这么大的活动吗？明明只是坐在这里，就热得满身是汗。

她像条离水的鱼，在他身上艰难换气，胸口起起伏伏。

"我好累……"

程霆"嗯"了声，抱着林葵靠在那儿，等她的呼吸平缓了，低头，舌尖抵进去……

"将物质波和波动方程相结合建立的二阶偏微分方程，可描述微观粒子的运动……"

"呜……"女孩小声抱怨。

程霆轻笑一声，埋头在她耳边。

他的气息很烫，身上也很烫，林葵觉得自己要受不了了，可又不愿意分开。

程霆在她耳边用讲故事的那种声音开始讲当势函数 V 不依赖于时间 t 时，粒子具有确定的能量。

她不小心踢到手机，眯着眼看了眼时间。然后，在接下来的四十分钟里，程霆亲亲停停，讲完了所谓的最美公式。

结束的时候，他问她："听懂了吗？"

林葵把肿肿的嘴唇藏起来，这辈子再也不想听见这几个字。

程霆满足地预约："下次教你用薛定谔求解氢原子波函数。"

程霆走的时候，往林葵兜里塞了个厚厚的压岁红包，又拍了拍她的卷毛小脑袋。

林葵很久没有收到压岁钱了，眼眶发烫，就这么抱着红包，乖乖地看着他。

程霆有些无奈："你这样我怎么走得掉？"

林葵挥挥手，关上门。

一扇门，隔开他们，但谁都没走。

程霆静静在门外站了一会儿，门后则趴着"大壁虎"，踮着脚尖偷偷看他。

天几乎要亮了，401 和 301 的灯依然亮着。

林葵翻来覆去，想了又想，始终想不通，坐起来发消息。

林葵：你不觉得我很奇怪吗？

程霆靠在床头打字。

程霆：现在问是不是迟了点？

林葵：我觉得我很奇怪。

程霆：还行。

林葵：如果我一直不出去呢？

程霆：已经习惯来见你，没什么不好。

林葵：我高中文凭。

程霆：我博士，还不是给你打工。

林葵：我吃很多的。

程霆单臂枕着头，认真回忆了一下。

程霆：还行。

程霆：可爱。

林葵躲进被子里，脸蹭了蹭枕头，心怦怦直跳。

程霆盯着对话框，对面显示"正在输入"了好一会儿。

林葵：你今天好奇怪，一直说好话。

程霆：我一直这样。

林葵：才不是，你嘴巴好厉害。

程霆：接吻也厉害，谈恋爱也厉害。

楼下的小姑娘咬着被角，小牛犊子一样喷气，把这句话看了两遍，实在受不了，烫手似的扔了手机。

天亮了，新的一年来了。

程霆按点起床上班，一个小时后，估摸着给林葵发消息。

程霆：起了没？

对面没反应。

他一小时后再发。

程霆：太阳晒屁股了。

对面还是没反应。

程霆：懂了，昨天被我亲到睡不着。

林葵睡醒，捧着手机，看着这句话，又把自己摔进被子里，哼了哼。被说中了，好丢脸！

她顽强地爬起来，跑到窗边找背粉色小水杯的人，可外面白茫茫一片，只能看见地上有一串脚印。她又小碎步跑到门口，趴在猫眼上往外看。

这一看，惊到了。她要找的人，靠在墙边。

林葵赶紧拉开门，头发被风一吹，在头顶摇摇摆摆。她又穿着那件小熊破洞 T 恤，小小一团，问程霆："你为什么不敲门？"

"怕你没醒。"

"抱歉……"她拉他进来。

"不要轻易道歉。"

"晓得了。"

程霆顺便帮她从信箱拿上来一沓贴着邮票的信，刚刚他稍微看了看，信封上全写的英文，没有寄件地址。

他顺口问了句："谁寄给你的？"

林葵"啊"了声，开心地伸手要拿。

程霆手一扬："哟，林小葵你还交笔友？什么年代了？男的女的？"

"有男有女。"她如实回答。

"小看你了。"

"给我啊……"

"不给。"

林葵跳起来抢，几乎是跳进了他怀里。

程霆搂住她的腰，没再追问，低头看着长在怀里的"小蘑菇"，低声说："亲一下就还你。"

林葵的目光从那沓信挪到他脸上，他在很认真地等一个亲吻，这让她突然温柔得像邻居家的大姐姐，手落在他头上，揉小狗一样揉乱他的头发。

其实很早就想这样了，在他说做 EDA 要二十年的时候，他告诉她

香农极限的时候。

程霆愣怔了，从他第一次跳级开始，家里人包括奶奶都没再对他这样做过。他好像在那天就成为一个大人，过早地成熟，独自踏上求学路，亲情渐渐变得很淡。但在这个新年的第一天，在这个让他感到安定的地方，他突然就眷恋起了这个动作，嘴上说着没下次，却配合地低了头。

女孩的手指穿过他的头发，有很好闻的味道从她手腕散发出来，她的一张小圆脸十分素净，眉毛淡淡的，胆子越来越大，两只手一起在他脑袋上作乱。

程霆看似不耐烦地"啧"了声，默默弯下腰，将下巴垫在女孩锁骨稍下的位置。那里因为她高举双臂而变得很显眼，小熊被夹住一只眼睛，耳朵扯变了形。

程霆更往里挤了挤，喉结能感觉到一团肉。

相比于昨晚，现在这样其实不算什么，但因为天亮了，所以就很容易让人害羞。

林葵克制着自己的敏感，不敢乱动。

程霆无声地收拢手臂，将她勒紧，感觉到了点不同，没有昨天软。

他的手摸到她背后，掌心压着那个搭扣，深深嗅着她衣领的味道，低喃："你给我过生日那天，在这里，我当时就想抱抱你。"

林葵语无伦次："我，我……"

"林小葵。"

林葵不知道说什么好。

"这个时候可以不说话，抱我。"

她圆润的胳膊环绕男人宽宽的肩膀，忍住害羞，将他搂紧。

程霆把信放在桌上，抬起头，指了指自己的左脸。

林葵凑过去，轻轻亲了一下，像春日枝头的小麻雀。

他们一起吃了迟来的早餐，新年第一餐，必须是酒酿汤圆。

程霆抱臂站在储藏间外，看林葵从一个巨大的冰柜里扒拉出一袋芝麻汤圆，佩服得鼓掌。

他发现台子上多了点什么，戳了戳煮汤圆的小姑娘："这是什么？"

"相机！收音器！"

"我是问，它们为什么会在这里？"

吃完饭，程霆知道了它们的来历。

林葵满脸不好意思地刷开某个粉色应用软件，递给程霆。这个软件被二次元网友戏称为全网资料最齐的自学网站、搜索引擎、交友天堂、宅男天堂、美少女聚集地，功能很多，聚集各界大佬，是林葵心里最具情怀与实用的网站。

程霆对这个软件并不陌生，他成年前在此站刷到六级号，与不少大佬互关，后来工作忙就没怎么玩了。

他看到了那个头像是小螃蟹的账号下标注的粉丝数："百万 UP 主？林小葵，你还有什么是我不知道的？"

这话一听就有点内行。她吃惊："你也玩啊？"

"偶尔看同事刷舞蹈区，别说，还挺好看。"程霆笑意盎然。

林葵嘟囔："色狼。"

说完，她赶紧跑，生怕被狼叼走。她跑得远远的，扬声问："你喜欢哪个？"

程霆靠在椅子上。

她急得跺脚。

"腿长的。"

林葵低头看了看自己的短腿……

"裙子短的。"

她扯了扯自己的睡裤……

"会扭的。"

"别，别说了……"

程霆朝林葵勾勾手，她忸怩半天，还是过去了，一过去就被他抱到腿上。

程霆眉眼染着笑意："逗你的。"

林葵抿了抿嘴，突然有了点霸道："你不要看她们，她们没我粉丝多。"

程霆要笑死了："行，我喜欢粉丝多的。"

"程霆，你不要笑，认真点。"

他敛了笑，在她耳边正儿八经地说悄悄话。

林葵低头看了眼自己胸口的小熊，脸慢慢红透了。

所以，恋爱第二天，是可以讲这些话的吗？

林葵不知道，但不讨厌。

她安静了好久，就这么待在程霆怀里。他抱着她，一下一下摇椅子，腿够长，不会摔倒。

她慢慢凑过来，小声说话："以前都是外婆陪我，她走了以后，我再也没更新过。昨天我想了想，你陪我的这一程，我该做点有用的事，能多帮助一些人也是好的。"

她问他："我也会拍日常，可能会拍到你，可以吗？"

程霆玩着她的头发，有一会儿没说话。

她保证："不会拍到脸。"

"拍就拍了，我那么帅怕什么。"他不在乎那些。

"那不行。"林葵飞快拒绝，脸上好得意，"你是我的小宝贝，不能让舞蹈区的美女发现。"

程霆笑她孩子气，心里又觉得很熨帖。

他花一晚上刷光了林葵的视频，从第一个视频刷到最后一个，时间跨度应该是从她大学退学那年到老太太走的那年。她没有入镜，画面最多只到脖子以下，视频的拍摄手法和剪辑技术从一开始的生疏到最后的流畅，有很明显的飞跃。

程霆在这些视频里，看到了在世时的马明娟女士。很洋气的老太太，穿旗袍，白色小鬈发，每一次出现都很精致，有时候会有特写，有时候是在背景里，插花或者喝咖啡。

林葵的视频总是明亮的，她喜欢拍厨房的大玻璃窗，窗户没有竖梁，能听到银杏叶在微风中沙沙作响。夏日翠绿，秋日金黄，冬日掉光叶子，外婆的旗袍从短袖到长袖，从真丝到丝绒。

程霆突然懂了林葵在眷恋什么。

这是一个在人生最应该如花绽放的年纪却受到伤害的女孩，她守着一亩三分地，不闻窗外事，慢慢地舔舐伤口，按照外婆的谋划继续活下去。她的时间静止了，她还是十八九岁的林小葵，这里是她的安全屋，保护她，也禁锢了她。

在很长一段时间里，她的一切喜怒哀乐都围绕着外婆，她最大的底气也是外婆，那个见多识广、强大慈悲、无所不能的老太太。

当老人离世，一切重新洗牌，林葵不得不独自面对这个世界。她或许胆小，或许敏感，或许不会沟通，或许总是钻牛角尖，但她试过了。她小心探出幼嫩的触角，遇到伤害和危险就马上缩回来。她害怕，她想哭，再也不会有人保护她、拥抱她。她的思念成了一个溃烂的伤口，思念不会停止，伤口越来越深。

林葵那个奇怪的想法，程霆完全理解了。

与热闹温馨的视频相比，那天，他第一次敲开门，看见的她和这个家，实在是太孤单了。

那个女孩守着这样的孤单，在世间人人都要经历的生老病死前，能想到的唯一办法就是跟随。

她应该是在期盼死了就能回到她的避风港，就能找到她的外婆。

在这俗世间，她的灵魂无处安放。

第二天，程霆拿出一份五页纸厚的分析报告，朝一脸蒙的小姑娘抬了抬下巴："坐。"

林葵有点被数学老师点名做题的感觉，屁股只敢挨着椅子边。

程老师："我说几个大点。"

林葵同学愣愣的。

程霆看她呆呆的，扯扯她的辫子："眼镜戴上。"

林葵赶紧从兜里把眼镜掏出来，坐得格外端正。

男人瞥了她一眼，觉得这位同学别的不说，最起码态度到位。他修长的手指在熬夜做的报告上轻轻一划，进入正题："首先，你是真想做点东西，这个我看出来了。"

林葵连连点头。

"你之前是把自己工作中遇到的问题和经验放上去，问题很随机，主题也很随机。"

美食区有头有脸的 UP 主、一条视频能带来几十万点击率、如果带货能赚外滩旁一套房但至今没拜倒在"金主爸爸"腿下、被粉丝誉为"最强佛系小螃蟹"的林葵，非但没有不高兴，反而小小地"啊"了声："你说的这个，我以前也有意识到……"

"但你做到这个份上。"程霆把她的粉丝数圈起来，"你最好要将这件事作为一个产品来看。"

他说完了顿，给对方充分发言或者反驳的时间。

但对面的林葵眨着一双闪亮的大眼睛，乖得不得了。

程霆觉得林葵念书的时候，应该是老师最喜欢的那种学生，不惹事，默默努力，考不好哭一场，哭完爬起来继续做卷子，放学了会甜甜地说老师再见。

他忽然伸手揉了下林葵的脑袋："你要有一个 product roadmap（产品路线图），确定你对这个产品的理解和你在短期内的规划。昨天你说想多出一点视频，也会拍日常，那是教学视频多一点，还是……"说到这里，他抬眼看着林葵。

林葵不解地歪了歪脑袋。

程霆戳了戳她的脸："还是记录你初恋的视频多一点？"

林葵满脸问号。他为什么会知道是初恋？

"你那个接吻技术，换气都不会，不是第一次还能是什么？"程霆理所当然的。

林葵羞答答地低下头。

"所以？"他要着笔。

"我要看看订单多不多……"

作为一个项目的架构师、掌舵人，程霆立刻抓住了她话里的小尾巴："你以前更新时间就很不固定。"

林葵苦着脸。

他也不问她了，替她拿主意："暂定以后每月更新两次，一次全天日常，一次围绕主题做教学视频或者创意研发。"

女孩文静地点头，毫无异议。

程霆顿了顿，脑子里闪过一些画面。那时，他还是所有人的主心骨、公司的顶梁柱,做项目很累,但也很开心,克服一个难关,大家庆祝一下,吃一顿,睡一觉,继续下一个。那样的日子,像是一场梦,而此刻,是抓得住摸得到的。

"我知道你拒绝过三次CMC孵化,一次百大盛典,各种产品推广。"程霆朝她没脾气地笑了一下,扶额,"我就没见过谁能随心所欲地单打独斗,还能把项目做成这样的。"

林葵听出点表扬的意思,心里得意,但还是要谦虚:"运气好。"

"也得有实力。"程霆说。

她软软地笑了一下。

程霆夸归夸,严格起来也严格:"我看了下数据,最后几期留存率不是很好,说明如果按照你之前的风格,慢慢会留不住人。我是外行,具体怎么做,需要观摩学习一下。"

他说着,拿走林葵的iPad,屏幕亮起来,他多停留一秒欣赏,然后捏着林葵的手指头过来解锁。刷开某个账号后,他说:"这是网站头部作者,我复盘了一下他的节奏,基本一套动作分三个画面,每个画面1到2秒,整个视频的结构非常好。"

林葵看着侃侃而谈的男人,她是自学的剪辑,学一点用一点,相比之下,同样是第一次接触陌生的东西,程霆的自学能力和逻辑分析能力让她头一次体会到了工科男的世界,不得不说,很有魅力。

"我给你做了些优化。"程霆说。

林葵竖起耳朵。

"教学是第一模块,那么在第二模块,你可以说一下大小项目相关话题,引导评论区讨论。"

"大小项目是?"

"比如蛋糕是一个大项。"

林葵点头。

"从面粉的区别开始,面筋的形成和蛋白质这方面就是小项。"

林葵瞅着他,问:"你到底是什么时候偷偷补课的?"

"有点好奇,查了一下。"

"你们工科男都这样不给别人留活路吗?"

这话问得很纯粹，但听在耳朵里就很令人心情愉快。

"或者你也可以在视频里提出一些你没解决的难题，秉着互相帮助的原则，形成一个良性互动。"

林葵请教："这又是你们的什么绝招？"

"在我们这行，有一个词叫开源。开放源代码，授之以渔。如果你需要，可以自由使用、修改、发行，甚至继承开发者的这份精神。只是一次小小的帮助，或许能成就一个很棒的结果。"

林葵听程霆说这番话，莫名有种灵魂被洗礼的感觉。

"那么我们来说第三个模块。我觉得你可以从怎么创业这个角度出发，在成本、设备和原材料上做一个系列，应该会很精彩。"

林同学举手发言："我可以告诉他们，冷藏发酵在订单多的时候有多好用！"

"很好。"程霆表扬她，低头在纸上写下这个要点。

林葵从椅子上站起来，想看他写了些什么。

他停手，问："要不要过来？"

林葵凑过去，紧紧挨着他，充满好奇："那我的视频有几个模块？"

"这个你可以自由发挥，本来就是记录生活，不需要太程式化的脚本。你不是喜欢阿加莎吗？学学人家的神来之笔。"

"你看过啊？"

程霆笑了："补课。"

他起来找水喝。

林葵将那五页纸挂墙上，风一吹，龙飞凤舞的字飘起来，她捧着脸看了很久。

"上课上傻了？"程霆从后面抱住她，像一张被子，完完整整盖住她。他弯着腰，胸口贴合她的背脊。

有些不一样的感觉，林葵扭头懵懂地看他，小鹿一样的眼神，睫毛上挂着点阳光，让人有了恶劣的破坏欲。

他将了将头发，默默分开了一点，不贴着她，可她还那样扭着头。

"皮带。"程霆说。

林葵"哦"了声，不再看他，留给他一个乱糟糟的后脑勺，可整个后颈都红透了。

程霆看着她耳后的那片皮肤，明明喝过水，还是觉得渴，沙哑道："我走了，老汪很黏人。"

林葵笑了。她也发现了，阿汪叔五分钟见不到人就要找他。

他们在门口道别，林葵真心实意地说："谢谢。"

"要怎么谢？"有人善于落到实处。

"都可以。"林葵仰头承诺他。

程霆幽幽睨着她，脚步不动，有些事不言而喻，窄窄的楼道里暧昧涌动。

他们好像是凝视着黑暗，但他们的眼睛仰望上苍。

"走了。"他往后退了一步，松开她的手。

这扇门，是道天堑。

他的裤脚消失在转角，楼道昏暗，感应灯灭了。

林葵没动，眼前只有指示牌的莹莹绿光。

最终，她缓缓关上门。

第四章
疫情下的暖春

许多人的新年愿望都是希望疫情快点过去，可以如从前那样，摘掉口罩，去旅游、去玩耍，但这个年并没有人们期盼的平安顺遂。

新闻总是令人不安，病毒肆虐，形势严峻，确诊数字疯涨，正月还没过，整个城市突然被按下暂停键。业主群里互通消息，都是些不好的消息，一夜之间，楼里有几户人家被确诊，按照规定，小区封楼。

业主群里人人都在喊无聊，林葵作为一枚资深宅女，这么多年，第一次觉得她的乐园有点无聊。

她趴在玻璃窗上找程霆，看见楼下好多专业人士在消毒，乱糟糟的，没有程霆。她的心提起来。

林葵抖着手给程霆打电话，万幸，那头接得很快。

"你在哪儿？"

"开门。"

林葵举着手机狂奔，猛地敞开门。

程霆背着工具箱，手里还有一个小行李袋。

"封楼了。"电工大人面无表情地宣布，"估计会停电，我住你家。"

林葵满脸疑惑。

程霆弯腰看她，有点不太能商量的意思。

林葵的脚指头抠在地板上，含蓄地道："我有你送我的灯。"

"回头我把它拆了。"他明目张胆。

林葵低着头。

程霆追问："不行吗？"

她红着脸递上一双蓝色毛绒拖鞋。

大过年的，能发货的店很少，好不容易找到款式满意的，加了运费换顺丰发过来，正好在封楼前送到。她在鞋柜里掏了掏，羞答答地掏出另外一双款式一样的粉红色毛绒拖鞋，把脚丫子塞进去。

程霆穿着那双情侣拖鞋，尺码刚刚好，满意地拍拍她的头，低声问："我睡哪儿？"

"睡我房间可以吗？"

程霆很惊喜。

林葵："我睡外婆房间。"

程霆有些泄气："哦。"

两个人站在那里大眼瞪小眼。林葵不太知道接下来的流程，从她有了见不得生人的毛病后，家里就没来过客人，更不要说是这样的住店贵客。

程霆也没指望她能懂，从进门就没碰她，低声说："我可能要先洗一下。"

林葵变得很忙碌，进去给程霆放洗澡水的时候很害羞，不敢看他。

程霆脱了工作服外套，在雾霭蒸腾的浴室里问女孩："放哪儿？"

林葵胡乱指了指脏衣篓，快步出来，砰地甩上门。她等着程霆来锁门，可他一点这样的想法都没有，坦荡极了。林葵在门口热得满身大汗，往旁边躲了躲，仿佛门后有什么大怪兽。当水声响起，她像被炸了耳朵似的，退得更远，贴住一面冰凉的墙，成了一只安静的"大壁虎"。

程霆洗得很快，出来时，林葵还在犹豫晚上吃什么。

热气与沐浴露的香味一齐散出来，她扭头看了眼，刚想问他的意见，突然就说不出话了。

程霆没穿上衣，头发湿漉漉的，水珠从发尾掉下，宛如一颗珍珠打在他的小腹上。他低头扯了下裤腰，这颗珍珠滚进去，不知道去了哪里……

那只好看的大手随意地抹了把身上的水珠，水痕反射着灯光，块块腹肌分明，如他这人一样大方，不躲不藏。

"林小葵，浴室的挂钩有问题，我的衣服掉地上了。"程霆平静地看着"大壁虎"，"我帮你修一下。"

这个人的线条真的很漂亮，身材薄削，但有肌肉，从肩膀开始往下收窄，腰细得不像话。

"你以前是不是没在里面穿衣服？"他"啧"了声，"真能将就。"

林葵腿软，滑到地上，被这幅美男出浴图震得不会说话了。过了好半天，她颤颤巍巍扶墙而起，今晚的菜单有了。她在冰柜里掏了掏，扔出一只小母鸡，宛如救命稻草般捧着那只鸡，一头扎进厨房，再也不肯出来。

她往鸡汤里扔了一把红枣，又扔了一把桂圆，皱起淡淡的眉毛嘟囔着："吃点好的补补……嗯，补补。"

楼下吵闹的动静渐渐停了，天也黑了。

这锅鸡汤，有一半落进程霆肚子里。

他穿着林葵见过很多次的棉布长裤和黑色T恤，不知道从哪里翻出来一个黑色塑料头箍，把碎发全收起来，一张脸清清爽爽，发际线优越得不像个博士，脸蛋漂亮得令人挪不开眼。

林葵鼻息滚烫，差点把筷子掰断。

程家老太太听说孙子住的小区出事，打来电话，急得要哭了，怕他没东西吃饿死。

程霆："放心，我刚给自己找了张长期饭票，不胖十斤不回家。"

老太太："你勿要给我开玩笑！"

程霆："我住林小葵家。"

对面的林葵一直安安静静的，就是脸蛋慢慢红了起来。

老太太挂电话前交代："给我老实一点，嘴甜一点！"

程霆跟奶奶说话也不避讳："怎么老实？"

老太太哽了哽："臭小子。"

"晓得了。"他笑着看向玩手机的小姑娘。

微信里，老汪表达着关怀。

老汪：小葵啊，你不要怕，有什么事就找程霆，他住你楼上，比我们要方便一点。

林葵看着家里多出来的人，没好意思跟阿叔说实话。

老汪：小程这个小伙子哦，人还是蛮靠谱的。

事实上，这已经不是老汪第一次夸程霆了。

程霆今天进楼前，把整个小区检查了一遍，虽然有些不是他的工作区域，但他在物业干了这些天，水平有目共睹。他像颗定心丸，凡是他走过的地方，跟被贴了什么很灵的平安符似的，就莫名叫人放心。

老汪私下里逮着阿德教育："跟你程哥好好学学！"

当然，这话是绝对不会让程霆知道的。

等程霆挂了电话，林葵邀请他去看外婆的房间。即使她没说，程霆也能知道，这对她而言意义重大。对程霆而言，这同样是件大事。虽然素未谋面，但他对马明娟女士满心敬畏，他进去前，对老太太的相片鞠了个躬。

马女士的卧室里有一个步入式更衣间，柜门是磨砂玻璃，里面打理得很整齐，全是旗袍。

林葵再带程霆去看马女士的书柜，整面书柜顶天立地，中文书占一半，其他语言占一半。

最后是马女士的梳妆台，梳妆台旁有一个小冰箱，林葵拉开冰箱门，只见里面摆着瓶瓶罐罐，全都是老太太爱用的护肤品和化妆品。

林葵说舍不得丢，都存着。

一家连着血脉的祖孙，在冰箱这件事上风格迥异。程霆忍着笑，笃定林葵没有梳妆台这种东西。

到了要睡觉的时间，林葵把人送到卧室门口，他们在那里道晚安。程霆看起来一点想法都没有，规矩得连手都没牵。

林葵不习惯他这么乖，盯着他看。

程霆笑着按了按她的脑袋："初来乍到，还是要乖一点，你别招我啊……"

他们分开睡在两个房间，躺在两张床上，明明离得比从前近，心

里对彼此的思念却更甚。

程霆在枕头上捡起一根长发，打着卷，能在他手指上绕好多圈。

外面总有救护车拉响警笛呼啸而过，叫人莫名心慌。

忽然，有人轻轻敲门，小猫一样喊："程霆……"

"进来。"

门拉开一点点，女孩抱着小夜灯，探了个脑袋，嗫嚅："我害怕，能不能跟你说说话？"

程霆喉结滚了滚，在林葵无条件信任的目光中，沉沉地"嗯"了声。

林葵的房间……除了床，没有别的座位。

程霆很自然地拍了拍身边。

一开始，林葵害羞，只沾一点床沿。程霆朝她伸手，她的手落进他掌心。他顺势往自己这边一拉，林葵顺势坐到了他身边。她的碎花睡裤贴着他的棉质睡裤，短短的脚指头往被子里钻，不好意思叫他看见。

程霆拨开她额前的碎发，低声问："怕什么？"

"要是确诊怎么办？"林葵怯怯地发问，满脸忧愁，"死亡率很高的。"

"别的我不敢保证，但可以保证你用这种理由去找马女士，她不会骂人。"

她哀怨地瞪他一眼。

"别怕。"程霆正经起来。

"我不要紧，我是担心你。"林葵握紧他的手。

"好人命长。"程霆的声音在黑夜里低缓平静。

"是吗？"

"当然。"

"那你以后要做个好人。"林葵一脸认真。

"我这辈子没做过亏心事，当然是好人。"

"要再好一点，佛祖保佑你长命百岁。"

程霆看着林葵，没说话。他的目光如有实质，牵扯着女孩的心，她也安静下来，不敢提到未来。

床垫凹下去一块，程霆的手撑在林葵身体两侧，凑过去，亲了她一下。

"晚上在这儿睡？"他低声问，"我什么都不做。"

她埋在他颈窝里，毛茸茸的脑袋点了点。

程霆灭了灯，在被子里搂着她的腰，手脚都很老实。

林葵在黑暗中试图看清他，可怎么也看不清。她窸窸窣窣地伸手摸了摸程霆，摸到他的脸、他的睫毛、他的鼻子、他的嘴唇，像是在确认他很健康，很平安。

程霆本来就忍得难受，被这么一摸，很坏地说："你要是不想睡，我们可以做点别的。"

话音刚落，他就感觉怀里本来软软一团的林葵僵住了，然后乖乖撒开手，闭着眼，顾不上那些多愁善感，打算一秒入睡。

有人却不肯罢休，手指落在女孩肋骨上，睡衣单薄，指腹能感觉到骨头纤细，再往上一点，隐隐约约碰到了柔软的边缘。

林葵的身体瞬间紧绷。

程霆低声笑起来，到此作罢。他躺回去，背对着她。

林葵隐约能辨出人形，她忽然向他挪了挪，手碰到衣角，轻轻攥住。

这一夜，程霆压根儿没睡。

软软的姑娘，香喷喷的，紧紧贴着……能睡着才怪！

虽然后半夜，是他主动把黏人精抱进怀里的。

林葵倒是睡踏实了，醒来后，轻手轻脚爬下床，还给装睡的程霆掖被角。程霆靠在床头缓了一会儿，没听见厨房有动静，站起来，扯了扯睡裤，慢悠悠去找林葵，发现她在浴室里有点忙。

林葵把程霆昨晚戴的发箍拿起来，偷偷戴在自己脑袋上。不得不说，发箍这种东西，真的不适合圆脸，显得她的脸更圆了，看着像冒傻气的小肉包。

她嘟着嘴扯下来，嘀嘀咕咕的，又盯着程霆的剃须刀，想着他那张比小姑娘还干净的脸，不明白拿这个过来干什么。

门边，程霆换了个姿势靠着，等她的下一步动作。

只见林葵好奇地拿起剃须刀，短短的手指头偷偷摆弄，不小心按到开关，剃须刀"嗡嗡"响起来，吓得她一哆嗦，差点掉到地上。

"林小葵。"男人的嗓音带着清晨独有的沙哑。

林葵被抓现行，很窘迫，试图解释："我，我我……"

"放下。"

她盯着几乎与门框齐平的男人。

"我就这一个，现在这种非常时期，你给我玩坏了，我用什么？"

林葵不服气："我就看看。"

"机器杀手。"程霆一针见血，"放下。"

林葵"哼"了声，将剃须刀塞进他手里："小气鬼！"

程霆笑得欠嗖嗖的。他挡在那儿，忽然弯腰，拿自己新鲜出炉的胡楂扎人。

林葵叫了声，简直不敢相信他居然有武器！

程霆把人按住，将她的面皮磨红了一层，在她保证再也不碰那玩意后才肯放开。

这好像是一件比亲吻更加亲昵的事，林葵捂着通红的脸蛋，说不清程霆有没有亲她，好像是亲了，可更多的是那种刺麻麻的感觉。

她变得更黏人了一点，小跟屁虫一枚，程霆走哪儿都要黏着，直到程霆从工具箱里拿出一根灯管。

林葵歪着脑袋，不知道他要干什么，手还攥着人家的衣服。

程霆没好气："我那五页纸是白写了吗？"

说实话，突然封楼让林葵彻底把这件事抛诸脑后。

现在？现在合适吗？

林葵的眼睛里全是不愿意。

程霆和她对视三秒，一声令下："干活。"

他在中岛台上方加了一盏照明灯，林葵在椅子上赖了几分钟，屁股抬起来，去翻程霆写的五页纸，呆呆地问："我们今天录什么？"

程霆在家穿着睡裤也很有风范，他把细长的螺丝刀夹在耳朵上，状似随意地说了句："烤个蛋糕吧，我想吃蛋糕。"

一听他想吃，林葵就多了几分认真地问："你要吃巧克力的还是水果的呢？芝士的呢？啊，对了，你还没尝过我做的芝士蛋糕呢！"

程霆很好说话："有什么吃什么。"

林葵皱着眉："你这样和女生说随便有什么区别？男人千万不能随便的。"

程霆笑起来，手都不稳了，低头问："你平时到底在看什么东西？"

林葵才不会告诉他自己到底看过多少小说。她开始翻冰箱，从角落深处翻出一罐草绿色的油，然后捧出来一袋原味开心果仁。

从这时候起，她就很专注了，站在镜头前也没怎么紧张，还对着黑洞洞的摄像机镜头挥挥手。明明拍不到脸，但她仍旧扬起笑，说着自己一贯的开场白："大家好，我是螃蟹。"

程霆默默做事，摄像、分镜、脚本、灯光、音效、后期剪辑、字幕、特效、艺人助理……都由他一手包揽。

拍摄结束后，林葵捧着"助理"递的水，凑在他身边，看他行云流水地上专业网站找免费素材。她已经不想去问他的一天是不是有七十二小时，怎么可以如此毫无人性地随意点亮新技能。

林葵沉默两秒，开始狗腿地问："你想喝咖啡吗？不加奶，我打厚厚的奶泡，这样口感丰富很多，你应该会喜欢。"她认真极了，"感觉自己抱到好粗一条大腿，要表示一下诚意。"

程霆挖着一个加大尺寸的开心果斯巴克，这是林葵用开心果油和开心果酱制作的杰作，轻飘飘地答道："还可以，不是很难。"

当天晚上，林葵沉寂三年后的复出作品经由程霆的手上传后台，一个小时后，审核通过。

林葵松了口气，抱着衣服去洗澡，锁上门。

程霆靠在门外："人与人最基本的信任呢？"

水声响起，男人笑了一下，突然知晓昨天林葵为什么趴在墙上了。但他没走，就这么靠在那儿，不知道在想什么。

印象里，似乎过了很久，久到程霆觉得这家不止电费惊人，水费也不便宜的时候，水声停了。

他换了只脚支撑身体，以为林葵会很快出来，但是没有。

其实林葵在二十分钟前就已经洗好了，但……出了点意外。此刻，她捧着自己大学报到前买的、目前家里唯一一件带钢圈的内衣，欲哭

无泪。想不通，那么贵的东西，十二年间没穿几次，怎么就坏了？明明她身上这件 T 恤从高一穿到现在，看起来还能继续穿十二年的……

最后，她只能鼓起勇气，遮遮掩掩地捂着坏掉的东西出来。

"这么久，是不是又玩我剃须刀？"斜前方的男人问了一句，带着笑。

"我没有哦。"林葵严肃着脸，"晚安！"

程霆一把拉住她，发出邀请："不是害怕？一起睡？"

她明明昨天还很乖，今天就不行了，毛茸茸的脑袋摇了摇。

程霆想抱她，刚捞着她，人就像小鱼一样往上蹿，"呜呜"喊救命。两人的睡衣贴在一起，程霆还没来得及感觉，林葵脸颊爆红，突然"啪"一下打他脑袋，挺用劲，把他打蒙了。

林葵愣了愣，"扑哧"笑出声，趁着程霆没反应过来，转身就跑。

程霆叫嚣着："被我追到，你就完蛋了，林小葵。"

她笑得像阳光下撒欢的小狗，砰一下关门上锁。

程霆追了几步，没想真拿她怎么样，逗她，故意恶狠狠地敲门。

林葵在门后一哆嗦："我有必须这么做的原因，但是……不能告诉你……"

"头被你打得很痛。"

"对……对不起嘛，你不要生气……"

程霆在门口站了会儿，看着从门缝里透出来的那道人影，叮嘱："早点睡。"

林葵松了口气，把东西藏好，钻进被窝刷评论。本来以为没有人记得她这个过气博主的，没想到评论区超级热闹。

——这是谁？

——姥姥，您关注的 UP 更新啦！

——有生之年！我以为你再也不更了！

——失踪人口回归，三连庆祝一下！

——螃蟹螃蟹，戚风总是长不高，好气！

——蟹大，你那个香缇茉莉的配方可以商用吗？我今年开店了，你是我的启蒙老师呢！

——啊，虽然不认识，但是上首页了，不明觉厉！

——还是老地方呢，不过画质好像清楚不少，螃蟹你换相机了吗？

林葵捂着嘴缓了缓，坐起来敲字，每一条都认认真真回答。

——是我是我！

——嘿嘿嘿！

——更的更的，回来了。

——谢谢三连！

——咸风啊，你私我照片吧，我看看是哪里出了问题。

——拿去拿去，恭喜开店！生意兴隆哦！

——你好你好！认识一下吧！

——还是旧相机，有人帮我调了一下光线，是不是超级厉害！

……

屋里气氛高涨，隔壁房间的男人也没闲着，看林葵给粉丝回的消息。

有句话怎么说的来着？你永远不知道你面前的社恐在网络上有多自来熟。

程霆嗤了声，真是大开眼界。

第二天，林葵收到了网站官方私信，邀请她参加最新一期名叫"人间烟火"的直播活动，前几名将会再次得到首页推荐位。

林葵捧着手机去找程霆，有些顾虑："我这样不露脸的直播，会不会很无聊？"

程霆看着充满干劲的人，指了指她的衣服："最好换件衣服。"

林葵不好意思地"嗯"了声："我有好看的。"

程霆想了想："这和你录视频不一样，网络对面都是人，还会有弹幕交流，你怕不怕？"

"可能会有一点点。"林葵乖乖回答。

"到时候别看镜头，看我。"

"嗯？"

程霆玩着她的手："就当是在跟我说话。"

"嗯。"

"主题想好了吗？"

在这点上，林葵认真考虑过："如果要烤东西的话，烤制时间会让观众很无聊，我看别人有提前烤好一个直接现场替换，但其实对新手来说，烤箱的温度、烤制阶段的每种状态都很有讲究，大家来看直播肯定就是想学会，如果抛开这些的话，我觉得不是很好。"林葵竖起白葱一般的手指头，"不然我们干脆做一个专门讲裱花的直播，不需要开烤箱，主题集中，也实用。"

她显然是把程霆那五页纸参透了，这让他直接卷袖子："行，我给你打下手。"

"会拍到你。"

程霆刮了刮她的脸，相当随意："不要紧。"

于是，林葵人生中第一场直播开始了。

镜头定焦在大理石桌面上，整个过程中，林葵提前做好当教学模型的那个奶油蛋糕占据了大部分画面，其余只拍到她的围裙和干净的双手。

她像在上美术课，用水粉调色，这个加一点，那个加一点，就成了花瓣的颜色。其中还分韩式美式。韩式柔和，饱和度不高，喜欢带着灰调；美式奔放，浓墨重彩，技法也更加直接。

她讲得很细，如果称她为老师，那么大概是全站最苦口婆心的老师。

但无法预料学生在课堂上的走神程度，只见原本气氛很好的弹幕里突然炸出一条不一样的。

——我看到了什么！男人？不是说好做一辈子母单的好姐妹吗？

林葵认得这个账号，她们约定做一辈子母单好姐妹的那天，外婆夸她们说话有意思，还随着音乐跳了支华尔兹。

这就是她停更的原因，每一秒，都会想到外婆。

她停下手整理情绪，弹幕又飘来一条。

——咦，外婆呢？

林葵忽然压不住情绪，因为在这世上，有未曾相识的人仍旧记得外婆，她依然活在大家的记忆里。

越来越多的粉丝发来友善的关切。

——是啊，外婆呢？

林葵微微张口，其实她很不想说。不说，那么外婆就还活在她的视频里。

她不小心碰到桌边的调色碗，碗口朝下掉落，就在这一瞬，有人敏捷地接住碗，避免了这个小意外。画面里，刚才只是露出一丝边角的人彻底站过来，斜插入一双好看的大手，沉稳地递来一套新的。

"老太太退休了，当背景板也很累的。"程霆出声给了个解释。

林葵飞快地看了他一眼，相较于她的纠结，他则处理得很自然，在粉丝问外婆以后还会不会出镜时，答道："本人经过一百比一的淘汰率刚刚上岗，你们能不能不要这么嫌弃？"

弹幕又开始热闹了。

——我的天，真的是男生！

——声控得到了满足。

——手控被治愈。

寥寥几句话，扭转了弹幕风向。

程霆抬手摸了摸林葵的脸，做口型让她加油，然后退出画面。

林葵调整情绪，重新调色。做奶油花的刮刀与墙上满满当当一整排的那种硅胶刮刀不一样，外形很像一把金属小铲子，最常出现的地方应该是美术生的工具盒里。

那把小小的刮刀在她手里很听话，只见她将淡紫色的奶油霜抹在透明板上，刀铲一捻一刮，一片花瓣的形状就出来了。

奶油质地柔软，只需手腕的一个巧劲，就能变幻出各式形态。她准备讲解这一步的技巧，抬头发现已经没人要上课了，全都在问同一个问题。

——螃蟹，刚刚那个是男朋友吗？

"嗯，男朋友。"

林葵的手很稳，轻轻把花瓣落在蛋糕上。

实时在线人数八千人，画面掉落弹幕雨，"恭喜"二字霸屏，密不透风。

"谢谢。"她软软地说。

——宅女为什么会有男朋友这种东西？网恋吗？

"家里跳闸，他来帮我修。"

——邻居吗？

"是我们小区很厉害的电工，现在的灯也是他设计的。"

——为什么我家小区全是老头？

——我家也是啊！

——帅不帅？

"很帅的。"

——有人在直播间虐狗，我要举报了！

林葵将最后一片花瓣放上去，画面里，一朵桔梗栩栩如生。

——发生了什么？

——是魔法！

——感觉蟹大比以前更厉害了！

——爱情的力量？

"这三年有在好好练习。"林葵一脸认真，"所以你们也好好练习，一定能成功的。"

——救命！这个人好像真的想教会我！

——可以把手寄过来吗？我出运费！

——脑子：懂了！手：滚！

……

这期直播最后就在这种欢快的气氛下结束了，林葵回味良久。三年，世界变了很多，三年前，直播还不流行。

而程霆作为一个合格的背景板，得到了不错的报酬。但他没有立刻吃掉面前的淡紫色桔梗蛋糕，与其说是蛋糕，不如说更像个艺术品。

终于下播的林葵虚弱地坐在他脚边，仰着头，很不满："你怎么还不吃？不喜欢吗？"

程霆转着银勺，"啧"了声："下不了手。"

林葵拽着他的睡裤爬起来："就这样，挖一块，吃你都不会……"

程霆把人搂在跟前："会，舍不得。"

林葵乖乖保证："以后我还给你做的。"

程霆发了个朋友圈，万年不玩这个的人，唯独发了张蛋糕的照片。

疯人院那位朋友可能是二十四小时蹲点程霆的朋友圈，秒点赞，秒回复。

疯人院：阿道，这是什么？

程霆：量子力学。

疯人院：很厉害的样子。

程兰：你没吃药吧？

程霆"嗤"了声，把手机放桌上，开始很专心地挖蛋糕。他没撒手，就这么把林葵箍在身前。

这样的姿势，林葵还是肯让他抱的，安静又乖巧，小声提议："程霆，晚上我们喝点酒吧？"

"不喝。"他拒绝得很果断。

"为什么啊？"

程霆把人转过来，嘴角还有一点奶油，沉沉地盯着人："不是不让抱？"

"这有什么关联？"

"我喝了酒管不住自己，到时候你叫破天也没用。还喝不喝？"

林葵抿着唇红着脸，抬手敲了下他的脑门，看着厉害，其实一点都舍不得用力，然后头也不回地进了卧室。

程霆面无表情地把相机拆下来，将内容导进电脑里，开始剪视频。他跟所有的自媒体人一样，秉承物料绝不浪费的原则，用直播剪了个视频。

他手指在键盘上飞快地敲着，突然幽幽叹了口气，觉得自己成了个胆小鬼！

做事瞻前顾后，就怕把人家吓到。

可是又很馋。

程霆回头朝老太太的房间看了眼，把视频扔后台上传，站了起来，走到门口用力敲门："林小葵，你出来一下。"

"嗯？"

"我们聊一下薛定谔求解氢原子波函数。"

林小葵没说话。

程霆是认真的："上次说要教你。"

林葵蹲在地上，怀里不知道抱着什么东西，说："我才不要！"

程霆："我进来了。"

林葵："我锁门了！"

程霆很笃定地笑了一下，狼外婆似的。

里头的林葵很嚣张："进不来，进不来！"

男人轻轻一旋，门开了。从头到尾，他就没听见她锁门。

四目相对，林葵满眼惊恐。

程霆看了眼她怀里的东西，很无语："背着我喝酒？"

"是你自己说不喝的！"林葵说话挺清楚，但神态看着有三分醉，离那么远，都能闻到酒味。

程霆三步就走过去了，把人从地上拎起来，二话不说，没得商量，直接拉回房。

"哪儿来的酒？"他把人抵在墙上，低声逼问。

林葵现在老实了，提要求："你、你先放我下来……"

"就这么说。"

她瞅了瞅他："我不重吗？"

"我平时帮你搬那些水果箱也很重。"程霆认真掂量了下，"一箱三十斤，我一次能扛三箱，你和它们差不多。"

红透了脸的乖囡诚实地交代："四、四个箱子……"

程霆这人还是有点直男气质在身上的："四个我搬不动，就三个。"

乖囡不乖了，甚至有点暴躁："我是说我的体重！"说完把他的脸捂住，"讨厌！"

在程霆这里，三个箱子四个箱子都不要紧，他觉得林葵可爱极了，凑过去亲了她一下，亲在她耳朵上。

林葵轻轻"啊"了声，被狼叼了似的想躲。她看清了他的眼神，和那天晚上抱着她讲公式时一模一样。她有点犹豫，那种好像是舒服又好像是难受的感觉太折磨人了。

林葵献出她还捂在怀里的酒瓶，讨好地说："送给你。"

不要讲公式了……

程霆："到底哪儿来的？会喝酒吗，就敢碰这个？"

林葵："网上都说这个好，我囤的。"

程霆低低笑出声，笑她跟小仓鼠似的，成天往家里囤东西。他用鼻尖碰了碰她的，低喃："我亲亲你。"

有人很娇气："你、你上次亲了好久。"

程霆没说话。

"四十分钟。"

程霆依旧没说话。

"嘴巴肿了。"

程霆忍不住了："你到底喝了多少？"

没喝到一定程度，老鼠胆子敢说这些话？

"四十分钟，你的手会断掉！"林葵还在纠结自己的体重。

程霆把她抱了进去，四个箱子在他手里跟一片羽毛没区别。他把人放枕头上，伏在她上面，嘴唇先是轻轻贴在一起，她没反对。

"今天快一点。"程老师承诺着。

那么林同学还是愿意的。她仰头让他亲，他亲得用力极了，她的整颗脑袋几乎都要埋进枕头里。

程霆刚说了"薛定谔"三个字，林葵扭了一下："你不要说话。"

大概是数学渣对公式的天然畏惧。

程霆笑了起来，本来悬空的身体沉沉落在了女孩身上，压得人喘不过气。

程霆感觉一番，有点懂林葵这几天的忸怩了，又有点诧异，原来是没穿最里面那个。

终于知道她为什么躲着他不让抱了。

但他不君子，立刻把手落在她背后压住，让她往前贴在他胸口。

他像是渴了三百年的旅人，抱着林葵又啃又亲，吻渐渐放肆，把脸埋在女孩颈侧。她似乎难受地抬腿，这一动，碰到了什么。

程霆无法再拿皮带当借口，长腿压住她的膝盖，不让她乱动。

她身上沾染了老酒的醇香，颈窝处愈甚。程霆有些贪婪，把女孩

亲得粉红一团，手伸进短袖里，滚烫的掌心贴在锁骨之下。

"手，手……"林葵动弹不得，无助地看着他。

她的眼睛很干净，相比之下，程霆的眼里只有欲望。

他等着她命令他把手拿出来，可是并没有。怀里的女孩安静下来，软如一摊水，眼神有些躲闪。

程霆忽然从林葵身上撤下来，光着脚在自己带来的行李里拿了点什么。当他重新回来，已经是不能商量的态度。他的手撑在她两侧，她害羞地偏过头，意外看见他手腕上的运动手表亮了亮，显示心率145。

原来紧张的不只是她自己。

她松开衣角，手臂如藤蔓，软软攀附在男人肩上，最后在背后扣住。她抬起头，努力亲了亲他。

程霆加深了这个吻，在林葵的胳膊无力攀附时，他直起腰，脱掉T恤，牵着她的手，放在自己肚子上。

一切都看得很清楚，女孩的双眼藏不住事，瞪得圆圆的。

程霆。

吃这么多还有腹肌，太可怕了。

原来腹肌是软的，程霆弯腰的时候，肚子上没有赘肉。

他沉沉笑着，亲她的眼睛："别的地方也很神奇，带你玩玩？"

说着，他关了灯。

结束后，林葵侧躺在程霆身边，平静地沉默。夜是盛大的狂欢，狂欢落幕，林葵偷偷揉了揉眼，想起小时候住过的弄堂。

下雨天，水能涨到小腿，她卷起裤脚，蹚水去上学。

那时候巴巴盼着要长大，但不知道长大会失去什么。后来，一年一年过得比翻书还快，她又想回到小时候，可是回不去了。

"程霆……"林葵轻轻唤了一声。

"嗯？"男人的嗓音带着事后独有的沙哑。

林葵攥着拳头，抵抗着心里的难过。

程霆觉得不对劲，撑起身来看她，她更努力地抱成一团，脸埋在枕头里。

"其实外婆做遗体捐献的事，我是最后一个知道的……阿汪叔都比我知晓得早。"林葵的眼泪无声落下，从前不太愿意提起的事，现在想告诉他。

"我没有见到外婆最后一面，阿汪叔说，外婆担心我会害怕。"女孩的身体瑟瑟发抖，"可是我觉得我不会害怕，我想去，我想她。"

很多时候，一句"为你好"，会成为对方一辈子无法释怀的心结。

程霆一直以为那是祖孙俩商量后的决定，因为林葵对他提起时，并没有露出一丝遗憾。但如果事实是这样的，她又怎么能不遗憾？

他沉默地躺回去，紧紧抱住林葵。他们如一团纠缠的毛线球，谁也分不开。

"如果我再勇敢一点，是不是就能见到外婆了？"林葵问。

程霆无法回答。

"医学院那些学生，叫外婆马老师……"她说着，肩膀忽然抖得很厉害，再也藏不住悲伤，"本来用几年就可以还我了，我托阿汪叔买了墓，两个房间，宽敞。"

程霆咬咬牙。

"可是突然就不给我了……一帮人来做我工作，站在门口好吓人……他们说外婆骨相好……"

"不喜欢就拒绝！"程霆冒着无名火，不知道是在气那些人，还是气自己来得太迟。如果他在，会帮她把人赶走。

"可是……"怀中的女孩怯怯的，哭也哭得秀气，"可是我觉得外婆会愿意……"

程霆沉沉盯着林葵白皙的后颈。

他这辈子很少向谁学习什么，习惯了做所有人的榜样，他曾鲜衣怒马，年少自负，但在今天，必须得承认一句，林葵比他厉害。换作是他，办不到。

他低声问："你转过来好不好？我看看你。"

林葵乖乖翻身，委委屈屈地垂着眼尾："做成标本了……我没有外婆了……"

程霆心疼得不知道怎么办才好，在记忆里，似乎已经过去很久的

那天，她说她有个计划。她那般郑重地筹谋良久，说出来的愿望只有那么一点点。

她想有一个家。

程霆从不在林葵面前提未来，但此刻，他说："我带你去看她。"

从这里走出去，只要你愿意。

林葵听了，那些委屈决堤而出："外婆不让我去看她。"

她像个被人扔在雨里的孩子，找不到家。

程霆哑然。

这是马明娟女士的爱，也是她最后为林葵铺的路。老人家有江湖大义，先国，后家。她始终相信，她的乖小囡能支持她，并且遵守这个承诺。

程霆头一回觉得自己嘴笨，只能笨拙地亲吻林葵，亲她委屈的唇角，亲她脸上的泪。但其实，很多时候言语是最没用的，带着爱意的吻才能抚慰人心。

林葵用双手摩挲程霆的脸，可怜兮兮地说悄悄话："程霆，我再也受不了这种事，你答应我，一定要好好活着！"

"我这不是好好的嘛。"他一下下顺着她的后背。

"我知道……我就是害怕……"她的眼泪全蹭在了那件黑色T恤上，哭得热乎乎的，像刚出锅的豆沙包。

程霆曾认为这姑娘哭起来不好哄，但因为她一再强调自己不是哭包，所以他在这方面对她是有三分信任的。但事实摆在眼前，林葵就是个哭包。程霆抱着她，哄着她，把她吻透。

林葵渐渐放开身体，哭声渐弱，但依旧沉溺在悲伤之中，抽抽搭搭地跟程霆说话："吴帅帅好小好小的时候，在楼下学走路，他好胖，好可爱，我总是偷偷看他。他的保姆偷懒，不知道跑到哪里去了，他摔倒，我好着急，我想把他扶起来，可我做不到。"

明明是她不下楼，可程霆就是把账算在什么都不知道的小孩头上，有些不满意："你管他干什么？"

"这里的小朋友都是我看着学会走路的。后来，他们再摔倒，我也不会着急了，我知道一定会有爸爸妈妈把他们领回家，先教训一顿，再哄一哄。那么他们即使摔疼了，也很快就忘记，明天还是会下楼玩。"

程霆叹息一声，长腿把林葵缠住，也喊她“宝贝”。

林葵咬着嘴，想到伤心处，眼泪夺眶而出：“圣诞节的糖果，我都是好用心做的。”

“我知道。”他的吻很温柔，但心里已经握住了八米大刀。

“我想跟他们做朋友，我没有朋友……”

“你有男朋友了，多一个字，比较厉害。”

林葵似乎想起来这些年她所有的伤心事，说到最后——

“你的剃须刀……”林葵打哭嗝，“我摸摸怎么了？”

程霆现在就是后悔，十分后悔。

她一脸认真，两颗眼珠子水汪汪的：“我真的不能摸吗？”

程霆哭笑不得：“现在背你出去摸？”

林葵：“我不想出去。”

他很有耐心：“那你想怎么样？”

他这个样子，如果被人知道了，整个 IC 圈估计要震两震。

林葵眼皮撑不开，含含糊糊回答：“我要想想。”

程霆“嗯”了声，没再说话。

许久后，听她在梦中细声喃喃：“外婆……”

林葵醒了。

她没动，确切说，是不敢动。她藏进被子里，但被子里的味道叫人脸红，她又爬了出来。

这番动静吵醒了前一晚出人又出力的那位。

程霆凑过来，先是看了她一眼，这一眼带着三分调侃，叫她捂住了脸。

他把人一捞，逼问：“昨天的事，还记得多少？”

对方不说话，他低头啃了口那红透的耳尖。

林葵“呜”了一声，心爱的小熊睡衣皱巴巴的，领子耷拉下来，露出一片白腻。

程霆：“敢背着我喝酒？”

林葵蹬腿求饶：“我，我以后不敢啦！”

程霆的手往下摸，觉得老太太把这小姑娘养得真是好，每一寸都像豆腐似的。他眼里的笑意变了点意思，认真地问："还疼不疼？"

一早起来很娇气的林葵不肯回答，并且提出要求："你能不能别说话？"

程霆放过她，去卫生间放了洗澡水，又回来，把人从床上背起来，背小娃娃一样背进卫生间，站在洗手台前颠了颠。

林葵的脸藏在他肩后，只露出一点点鼻尖，不敢动，毕竟有四个箱子重。

程霆在笑："林小葵。"

她"嗯"了一声。

"摸。"程霆单手托着她，把剃须刀塞给她，命令，"摸。"

林葵愣了愣。

"拿走，坏了算我的。"

他把她放在洗手台上，挤在她两腿中间。

她生怕程霆再做出什么令她无法消化的事，便轻轻摸了摸那个剃须刀。

程霆满意地拍拍她的脑袋，说："你洗吧，我去收拾。"

林葵并不知道自己睡了一晚的床铺有多精彩，她看着镜子里的自己，轻轻咬住唇。

等她洗完澡出来，程霆已经把整套床品扔了。

林葵节省惯了，说："洗洗还能用。"

程霆幽幽看她，问："你想看看吗？很精彩。"

林葵要是再没听懂就说不过去了，一下子就蹲地上，背对着程霆，无论他怎么哄都不肯转过来。

程霆抱她，手落在那片肋骨上，轻笑："这个我也知道。"

林葵窒息地捂着头，"嘤"了声，一会儿后，又颤颤巍巍"嘤"了声。

程霆放任她这样过了一会儿，等把房间收拾好，回来扯了扯小姑娘的辫子："系统重置，设定自我遗忘程序。林小葵，你可以起来了。"

墙角的林葵晃悠悠爬起来，钻进她的厨房里，叮叮当当，动静很大。她面无表情地把垃圾桶里的床单使劲塞了塞，确定一点都看不见了，这才回头问程霆："你饿了吗？我们煮螺蛳粉好不好？"

程霆没说话。

"我要吃螺蛳粉！"林葵双眼又含着泪水，一副"你敢有意见我马上就哭"的意思。

"我给你开可乐。"程霆不敢有意见。

男子汉大丈夫，忍忍就过去了。

林葵这份加料螺蛳粉的味道顺着窗户飘进每家每户，原本如一潭死水的业主群忽然死灰复燃。

——是不是谁在吃螺蛳粉？

——我也闻到了，这种时候能不能有点公德心？我也想吃螺蛳粉！

——哇，好臭，一定很好吃，啥牌子推荐一下！

——到底是几零几啊？能不能匀我一份，我出钱！

——现在涨价了。

——没关系！一百块够吗？

——一箱？

——当然是一包！我很有诚意的！

——土豪啊！501！

程霆靠在窗边笑了一下，扭头看着吸溜粉丝的林葵。她什么都不知道，吃得很香，秀秀气气捧着冰可乐，腮帮子凹下去，吸起满满一嘴，咽下后再吃一口粉，唇角有两滴汤汁，舌尖嗖一下刮掉。

程霆过去，在她头上亲了一下。

林葵脸色通红，埋头吃粉，不知道是辣的，还是想起了昨晚某个场景。

程霆："问你个问题。"

林葵："什么？"

程霆："为什么会有人愿意一百块买一包这种东西？"

林葵："说什么呢？"

程霆把手机塞给她，坐地起价："问他两百要不要。"

林葵捧着手机看完聊天记录，翘着嘴角："都卖掉，臭不到你就对了。"

程霆笑了。

她乖得不得了："我还有好多，可以送他们。"

"林小葵。"

"嗯？"

"你要学会自私一点。"

这话她没听进去，嘟囔着"我真的有好多"，看了看群里的门牌号，问程霆："吊一根绳子下来行不行？"

程霆拿她没办法："自己问。"

林葵捧着他的手机敲字，还没敲完，501就发问了。

501：停电了吗？

——我家好好的啊。

501：我家突然没电了。

这些人看起来很熟，七嘴八舌出主意。

——是不是跳闸？配电箱看一下啊！

——电费忘记交了吧？

501：群里有没有懂电的朋友？

501：酬劳好说，我媳妇儿怀孕了，两张嘴等着吃饭。

其实这种老小区的房子很多都转手过，年轻人工作忙，虽然在群里聊得热闹，但现实生活中面对面走过去，大多都不知道对方是谁。501瞬间立起了好男人形象，斯文、有礼貌、爱老婆，现在这种男人很少了。

——哦哟，你不如找物业，平时物业费催那么紧，关键时刻掉链子。

501：这不非常时期嘛，也不好让人家冒危险进来，谁不是拖家带口的，都得惜命。所以我就在群里先问问，咱们一栋楼的，都刚做过核酸，知根知底。

这话一说，大伙爱莫能助。

——别说电了，我灯泡都不会换。

——嗐，谁不是呢！

——咱们这一代和老一辈是没法比喽！

——维护的小程不是在咱群里？要不你私聊他一下，让人家远程指导指导。

看到这里，林葵变得有些紧张，偷偷看了程霆一眼。

程霆无语："两百真买啊？"

"不，不是……"

他就不满意了："居然好意思砍价！我看看！"

林葵忽然把手机捂在胸前，不给他。

程霆眉眼带笑，手摊开，虽然没说话，但气势到了。她赖皮了一下，最后还是只能乖乖上交。

他点开手机飞快看了一眼，目光落在林葵脸上。

她不安地攥着程霆的衣角，小声要求："你别去……"

程霆想了想："我有这个义务。"

"刚刚你教我，人要自私一点！"

"501 在群里出示了绿码，不会有事的。"程霆亮给她看。

林葵扭开头，眼角耷拉着："你不许去。"

程霆一愣，这不像是她会说的话。

但他是个做了决定就不会轻易改变的人，只能逗她："那天防疫站的人喷杀虫剂似的喷药水，现在楼里连个蜘蛛网都没了，我……"

他话没说完，林葵的眼泪就掉了下来，一颗接着一颗，越来越多。

程霆愣住了。

这还没完，林葵整个扑进他怀里，紧紧抱住他，哭出声："程霆，你别去。"

万事都能摆平的男人束手无策，很清楚地记得这姑娘昨天晚上提起外婆时都没这么哭过。那时，她哭也哭得有涵养，是小声的、隐忍的、克制的。现在，她好像马上要失去最心爱的玩具熊一样，什么都不顾，哭得近乎歇斯底里。

林葵短短的腿努力锁住程霆，整个人几乎挂在他身上，哀求："你不要去，好不好？"

大概能预料到他的回答，她难过得不能自已。

程霆托着她的腿弯把人抱起来，在屋子里慢慢踱步，哄小孩似的："他们家有孕妇。"

林葵用脸贴他颈侧，似乎这样才能感知他的健康和平安，不跟他

讲话，眼泪哗啦啦淌进他衣领里。

程霆继续哄："摔倒怎么办？"

林葵哭哭啼啼，霸道地说："我不管……"

"我会戴口罩，他们也戴口罩，我戴两层，还有护目镜。你要不放心，我再套件雨衣。"

林葵突然就不行了："你昨天答应我的，呜呜呜……你答应我的……"

程霆什么都不想说了，他侧过头，用鼻尖顶开她藏起来的脸，轻轻碰了碰她细腻的脸蛋。

林葵还在哭，哭自己自私，也哭自己无能。愧疚的情绪让她近乎崩溃，这是她生平头一次知道自己还能坏到这种程度。

他们这样的姿势，像交颈的鸳鸯，程霆的头发落在林葵脸上，她攥着他后颈的长发，像个小可怜。

程霆非要寻到她的眼睛，她抽泣着把脸藏起来，不愿意让他看见这样丑陋的她。

丑陋吗？程霆不觉得，相反，是感动的。

她是失去过至亲的人，在林葵这里，程霆不仅仅是刚交往几天的男朋友，而且她真心实意将他收进心里最宝贝的位置。

程霆附耳保证："我很快回来。"

林葵哭得几乎不会换气，却再也挤不出更多一点的自私和丑陋。

她的手一点点松开。

程霆弯腰再抱抱她，叮嘱："你回外婆房间，不要出来，我会给你发消息。"

林葵彻底松开手，程霆拎着东西出门，在她悲伤的目光中拾级而上，以至于 501 来开门时，看到的是个很帅、很年轻，但杀气很重的小哥。

501 男主人与他在群里树立的形象大相径庭，体格很壮，浑身肌肉，与程霆一般高，带着一股江湖气，没被程霆的杀气吓到，反而一扬下巴："你哪位？"

"电工，方便的话我进去看看。"程霆说完还亮了一下胸牌。

肌肉大哥瞬间变脸："请进请进。"

程霆只想速战速决，打开应急灯，看见里头已经显怀的女主人。

他扭头问肌肉大哥："怎么弄的？"

肌肉大哥："你问我？"

电工大佬："你最好老实说。"

两人无声对视了一个回合，肌肉大哥选择性陈述事实："水洒了。"

女主人扶着腰过来，看着挺和气，张口就说："我拿水泼他，不小心泼到插座上。"

肌肉大哥满脸无奈。

女主人贴心提示："洗脚水。"

程霆面无表情地收起电笔："客厅这条线报废，我给你们改一下开关，日常生活没问题，以后再找人彻底检修一下。"

大妻俩不懂这些，安安静静凑在程霆后边看程霆手脚麻利地做事。

程霆几下弄好了，总开关推上去，家里"嘀"一声通电，这就让之前对着几根电线死活不敢下手的肌肉大哥很没面子……

女主人语气铿锵有力："伍超！你个废物！"

肌肉大哥朝夫人嘿嘿笑。

程霆瞥了他一眼。

肌肉大哥也不嫌丢人，搓着手问："兄弟，以后还找你，成吗？"

程霆这人谨慎："单位不让接私活，你问问老汪，他同意就行。"

肌肉大哥顿时露出惺惺相惜的神情，小声道："我被我媳妇儿管，你被你头儿管，都是天涯沦落人哪，朋友！"

程霆觉得这人脑子不灵光，没搭理，心想：这能一样吗？老汪可不敢泼我洗脚水。

女主人踹了肌肉大哥一脚："甭套近乎，给钱！多给点！"

"不用。"程霆一摆手，拎起工具箱，"分内的事。"

肌肉大哥一对浓浓的眉毛竖起来："那不成，你都冒险进来了！"

程霆："我住这楼。"

肌肉大哥的感动也没少，这年头多一事不如少一事，不是谁都这么好心肠。也不知道他是干什么事业的，在如今普遍使用移动支付的年代，家里随便就能拿出一沓现金，非要塞给程霆。

程霆："下次不来了。"

肌肉大哥头一回看见这么傲娇的。钞票不香吗？

他回头看着媳妇儿，家庭地位显而易见。

女主人笑着说："行，那不给了，交个朋友，我叫莉莉，他叫伍超，以后有用得着的地方说一声。"

程霆点点头，走的时候交代了一句："以后别用水泼。"

肌肉大哥感动坏了，但姿态放得很低："媳妇儿，你怎么顺手怎么来！"

程霆："容易摔倒。"

肌肉大哥无语："我以为你是关心我。"

程霆："想多了。"

女主人举着瓶可乐追出来："哎，帅哥，这个请你喝！"

程霆想到林葵喝可乐的模样，把这份谢礼收了。

他回去先把工具和可乐消毒，然后进浴室洗澡洗头洗衣服，最后把卧室门一关，给隔壁小姑娘发消息。

程霆：出来。

林葵趴门上听了好半天，以为出去能见到人，可留给她的就剩一扇门。她幽幽盯着，眼泪滴答滴答掉在脚背上。

程霆半天没听见动静，又给她发消息。

程霆：桌上可乐是501送的，能喝，这几天我隔离一下，麻烦你送个饭，放门口，应该没事，不要担心。

林葵：我能走到门口跟你说话吗？

程霆：最好不要。

林葵：那我想你怎么办？

程霆：忍一忍。

林葵往前走了几步，在程霆规定的安全范围内站了好一会儿。她望着那扇门，那扇门里有她最重要的人。

这一次，幸好不是天人永别，不是再也不见。

她揉揉眼，把该哭的哭完，跑去厨房弄吃的。

程霆听见脚步声，松了口气。

就这样，两人开始了同居但不完全同居的生活。

林葵在隔离套餐上下了好大功夫，每天送到门口，小猫一样喊"程霆"，然后快快跑开，隔着一面墙，把耳朵贴在墙上，听他开门取餐的动静，就这么贴着不动，直到他吃完了，把餐具送出来，她才去收碗。

每一天，程霆汇报没有发烧的时候，就是她最开心的时候。

她渐渐找到了平衡点，日子还得过下去。她想变得更忙一点，于是每天给程霆做完饭就拍视频，拍完自己剪辑，剪了就发送，相当高产。

程霆被困在房间里，每天唯一的体力活动就是给林葵的视频贡献三连。

他那个远古号，这么多年攒了几千个币，恨不得全投出去，无奈系统设置只能两个币，为此他还私戳好友列表里某个多年不联系，但已经做到此站高层的朋友，让对方改改规矩。

高层技术小哥：为什么？

CT：就很不合理。

高层技术小哥：大佬，你不要为难我。

CT：我就问问。

高层技术小哥：不知道您还记不记得，您上一次问问，把我们系统搞瘫痪了，我加班三天没睡觉。

CT：那都是年轻时候的事了。

高层技术小哥：求你了，千万不要黑我们系统，也别篡改代码，我年纪大了，熬不动。

CT：放心，那个犯法。

高层技术小哥：感恩！

CT：要是不麻烦，你帮我三连一个？

高层技术小哥：咱们站又来了哪位超级大佬？我拉整个团队为他点赞！谁？谁谁？

程霆把林葵的账号截图发过去。

程霆：不忙的话，每个视频都投个币。

那边好久没动静，估计把视频二倍速刷了一下才冒泡。

高层技术小哥：大嫂？

CT：疯了吗？你那么老。

高层技术小哥：不不，谁牛谁老大，我喊大嫂没毛病。

CT：随便你。

高层技术小哥：行，你放心，我知道了。

一个小时后，道神托人给美食区某个小美女捧人气的消息从网站本部传开。程霆那帮神交网友的群里炸开花，一帮长期潜水的大佬顾不得矜持，七嘴八舌。

——谁？阿道？扯淡！

——消息绝对靠谱，我刚刚看了聊天记录。

——截图发来。

——不敢发，小家伙一个不高兴，我们都遭殃，你又不是没吃过他的亏。

——那还是有点怕的。

——小伙子谈恋爱你们也要激动，那他谈的怎么还少？那张脸我都心动。

——咦！刚才什么脏东西飘过！

——你心动有个屁用，这么多年你看他为谁找人过？也就这一个，菜菜当时跟我说，他吓得差点尿了。

——可以，铁汉柔情，妹子叫啥，老爷爷去支持一下。

有人发了一张图片。

——怎么没脸？

——你想想阿道的脸，就差不多知道是个多漂亮的妹子了嘛。

——有理！

——活得长什么都能见到，他居然网恋！

——不是哦，你看今年第一个视频，那个声音，我确定是本人。

——关注了，好甜！

林葵不知道发生了什么，弹幕被一群陌生人占领。

——打卡！

——围观传说中的妹子！

——来了！

——声音可爱！难怪，啧啧！

——大嫂你好！

——嫂子加油！

——嫂子明天更吗？明天我还来！

——三连支持！加油哦！

这些人太奇怪了，以至于林葵忍不住也发弹幕。

——你们是不是认错人了？

但很快淹没在满屏的"大嫂"中……

这还没完，粉丝们戳开这帮人的头像，到对方主页瞧了瞧，准备为了心爱的博主对战这些莫名其妙刷屏的人，结果一看认证，灰溜溜回来了。

就……惹不起。

所以，估计是真走错门了，要理解，要宽容。

林葵的最新一期视频，因为这些自来水带来的流量，又上了次首页，毕竟大佬的粉丝也想看看大佬亲自三连的人物到底是何方神圣！

这风马牛不相及的两个圈子忽然在林葵的账号下亲如一家，连带着林葵也涨辈分，大家一口一个"大佬"喊她，把她喊得不知所措。

这件事最后的高潮是技术小哥的团队把林葵的视频放到了网站最醒目的滚动页面上，这地方就是活广告，能来的都是流量王。

上线一分钟，程霆就又找到了技术小哥。

CT：撤了。

高层技术小哥：怎么了？

CT：凭实力说话，不搞这些。

高层技术小哥：您多虑了，在您拉票的那一刻起，事情就不是咱能控制得了的喽，凭实力说话，踏踏实实的，咱也不敢搞啥黑幕。

CT：那行。

CT：让你的人把图做漂亮点。

高层技术小哥：那必须的！

流量大了，弹幕就没从前那么和谐，说什么的都有。程霆渐渐发现，林葵这个女孩子也是有傲气的。

有个弹幕飘过：

——要烤箱啊？散了吧。

那么下一期，她做免烤甜品，吉利丁泡一泡，再搅拌搅拌，连料带模具扔冰箱冷藏，快手又简单。

弹幕如她所愿，没有人因为烤箱放弃学习了。

但这就是个循环。

当她尝试讲解最简单且最近风很大的贝果时，弹幕又开始了：

——要打面机啊？大家散了吧。

林葵下一期就捣鼓一个用水合法长时间发酵做法棍的教学视频。

法棍这玩意可比贝果难多了。

面团的水量、折叠的手法、割包的技巧、最后一发发酵的时间、进炉前面团的弹性，以及蒸汽和温度，都决定了法棍的气孔与口感。刚出炉的法棍应该是充满小麦香气，外皮薄脆，内里有大气孔且柔软的。

她这一期视频时间很长，甚至与机打做对比，给粉丝们看看二者的气孔有什么区别。

程霆：管他们说什么。

林葵：我知道大家在跟我开玩笑，我没有开不起玩笑，只是觉得这也是很好的主题，我想让大家知道，烘焙很有趣，有很多办法能获得这种有趣，几乎没有门槛。

林葵：如果有人与我一样有万不得已的苦衷，我希望她能看到我的视频，得到一点希望。

程霆忽然想，最初她是怎么获得这种乐趣的？那必然是一个很痛苦的过程，濒临死亡地痛苦过，才在老太太的陪伴下走到今天。

今天，那个被外婆带回家的女孩，成了本市有名的私房店小老板、百万粉丝 UP 主。

她用的就是这股认真劲。

程霆：想抱抱你。

林葵：不给抱哦，我还没消气哦。

程霆：为什么？

林葵：说话不算话，哼！

林葵不理他，午饭和晚饭也只给烤法棍奶油汤，勤劳地坐在电脑前回评论，评论里很大一部分都是在提要求。

——工具人呢？把他放出来，我们要看甜甜的恋爱！

程霆出来那天，天气不太好，林葵蹲在门前，盯着慢慢走出来的那双蓝色拖鞋，稚气地揉红了眼。

程霆弯腰朝她张开手臂，她抱上去，下一秒眼泪就下来了，小声地呜呜哭。

她哪里会生气，其实很为他那天的举动动容。她抱着程霆，怎么宝贝都不够。

程霆低喃一声："娇气。"

林葵仰头要反驳，被他趁机吻住。

这是一个绵长温柔的吻，程霆这人，哪里都看不出来有多体贴，吻总是温柔的。

林葵变得比从前更黏人，程霆去哪儿都跟着，就连程霆上厕所也要守在门口，活脱脱一只看门小狗。她话很多，跟程霆汇报这几天外面的世界变了天，物价已经不是以前的物价，一罐可乐能换两块上好的西冷牛排。

程霆提醒她："我房间有网。"

林葵不管不顾，把那些程霆其实在群里都能看到的事再跟他说了一遍，说她送给 501 一包螺蛳粉，对方用绳子吊下来一把小葱。如今菜市场随手送的搭头，也成了精贵货。

她仰起圆脸，乖巧地说："我洗干净，切好，冻起来，等你出来了，给你做大排面，葱多多的，香！你不要担心，待会儿我帮你把葱挑掉。"

他们坐在中岛台吃饭，明明以前都是面对面坐着，现在林葵非要和程霆坐一边，她细细挑走葱花，还给程霆喝能换两块西冷的可乐，小脚丫一荡一荡的，浑身上下都透着一股满足。

到了要睡觉的时候，程霆牵着林葵的手进卧室，她到底没再说要睡外婆的房间。

程霆这人，进了卧室就变脸，把人按在床上吻透了，光明正大地

从抽屉里拿了东西，塞枕头下面。

那盏小灯亮着，林葵看得清清楚楚，害羞得不得了，觉得小阿弟是流氓，随手就能有这些东西，居然还敢带下来！

她平日里总是外婆说外婆说，程霆脱掉 T 恤，笑着请教："我们马老师在这方面有什么说法？"

林葵红着脸不说话。

程霆俯首在她颈侧一点点啄吻，非要知道。

大概是失而复得，大概是男人的洗发水香味和她的一样，大概是他的亲吻带着急切，女孩的声音藏在他耳边："外婆说要保护好自己。"

程霆撑起身来看她，一双眼早不见清明。

窗外开始下雨，淅淅沥沥的，浇不灭室内的滚烫痴缠。

第五章
曾经我的模样

　　老树上挂满了前一晚下的雨，往年这个时候已经发新芽，如今仍旧光秃秃的。众人翘首期盼的春天被无限延期，能够随意出门的日子也遥遥无期。

　　程霆喝一杯咖啡的工夫，先是一楼头发都白了的老夫老妻拌嘴吵架，再是不知道楼上哪层的小夫妻摔碗砸东西，大家都被困出了脾气，谁都不肯让谁，最后整栋楼只有女人的哭声。

　　林葵从中岛台边探出一对眼珠子，忐忑地对程霆说："我们不要吵架。"

　　程霆其实不太在意："听说越吵感情越好。"

　　林葵认真起来："不要，会难过。"

　　程霆静静看着她，缓缓点头："行。"

　　"也不要冷战。"

　　"好。"

　　她犯愁："要是吵架怎么办？"

　　程霆朝她伸手："过来。"

　　她凑过去，接受了这个拥抱，坚持问："要是吵架怎么办？"

　　程霆闻了下她香喷喷的头发："我会先道歉。"

　　"不公平。"

"这是男人应该做的。"

林葵从他怀里抬起头，捧着他的脸看了看，确定他是认真的，抿嘴笑起来，笑得很甜，像一个糖分十足的苹果。

"所以什么时候能一起洗澡？"

有些人，正经不过两分钟。

林葵还是那样娇俏地笑，好像又多了一丝调皮，小手飞快地在程霆脑袋上敲了一下，得逞后一路小跑，远远站在窗边摇头："不可以哦，你不要想。"

程霆脸上的表情很精彩，三分失望，五分妥协，还有两分愤怒。

她那个揉面的手劲……打一下真挺疼的。

伴随着"今天你摔碗，明天我砸锅"的节奏，这栋老楼也出现了各种各样的问题。老楼的电路和水管是前几年社区牵头改造过的，但问题是套内并没有改造，几十年的老电路，电线细，电压小，平时没问题，一有问题就是大问题。

群里有人问 501。

——那天你家停电找谁修的？

501：就是你们说的小程啊。

——小程真敢进来啊？

501：他说住这栋楼。

——那我找他一下。

501：你家也停电啊？

——不知道怎么回事，家里一股糊味，我觉得应该是哪条线烧了，现在水都不敢碰，新闻里不都说水导电嘛！

501：@电工小程。

——@电工小程。

301 里，程霆的手机响了两声。他昨天给林葵录了指纹，林葵正捧着他的手机玩消消乐，顺手就点开微信看了眼。

程霆挨着她出谋划策，自然也看见了。

两人本来挺热乎，一下子谁都没说话。

程霆伸手在群里回复了一下。

林葵抿着唇看他。

程霆："先答应一下。"

林葵把手机还给他，磨蹭了一会儿，轻声问："你会去吗？"

程霆摸了摸鼻子："去。"他捏着她的手，很有些讨好的意味，"先去看看情况。"

她抱住他的手臂，细声细气地："程霆，回来你不要隔离，我不怕被传染，见不到你，我更不开心。"

程霆试图理智分析这次出门的危险性，说最近楼里没人发烧，而且他升级了防护装备……很快，他的理智罢工，林葵单凭一股孤勇和义气击垮了他的理智。

他的理智不允许答应有万分之一概率的事，但事实上，他答应了林葵的要求。

他牵着她来到门边，像上次一样，拥抱她。这一次，她没哭，虽然眼睛红了，但表现得很坚强，朝他挥挥手。

等他穿好鞋子，真的要走了，她瘪着嘴可怜兮兮地说："你要快点回来。"

程霆笑着保证："很快。"

但对林葵来说，程霆走了以后的每一秒都很难熬，她总是忍不住看时间，总是溜达到门口踮脚看猫眼。她偷偷哭过一场，重新洗过脸，当门口有动静，她嗖一下跑出去，露出笑容："欢迎回家。"

程霆在门口把自己消毒了一遍，伸手把她搂进怀里。

林葵说话好听极了："虽然我好害怕，但上次拦着你的时候，我也不怎么开心。这次好多了呢，放你出去，我没有愧疚感，我以后会慢慢适应。"

事实证明，林葵有在为这件事努力，渐渐地，程霆出门的时候她不哭了，甚至能给自己找事做。

她举着相机拍程霆回家的样子，拍他的防护装备，拍他的工具箱，拍他蹲在地上喷杀虫剂似的给工具箱消毒，拍他洗过澡的样子，拍他们拥抱的画面，拍他被推举为楼长时有点不耐烦又无可奈何的表情，拍他下楼用一包螺蛳粉换了一把小葱，回来很暴躁地发脾气："林小

葵，你到底囤了多少这玩意！"

这些素材被后期剪辑过，制作成了林葵的第一个恋爱 vlog。

一大早，粉丝们猝不及防被甜度过高的爱情暴击。

——我是来学技术的，你给我看这玩意？有本事让工具人露脸！

——举报了，这里有人虐待小动物！

——果然恋爱还是别人的甜。

——所以，螃蟹你到底有多少螺蛳粉？

这个问题，程霆把林葵压在墙上逼问过。

林葵本来有点抗拒回答这个问题，忽然就乖了，牵着程霆的手，去她的储藏间。

然后程霆看到了墙角的两个大箱子，他已经很熟悉的螺蛳粉包装袋，甚至从箱子里顶出尖角……

林葵兴致很高，继续亮出其他物资，程霆经此终于窥得这个储藏间的全貌。

保守估计，封楼一年她都不会饿着自己。

程霆面无表情地把人箍住，咬她的下巴，也不知道怎么长的，下巴这种地方也那么可爱。

"中午煎牛排给你吃好不好？"林葵笑眯眯地问。

程霆想到群里一帮物资匮乏的邻居，言不由衷："不好吧？"

林葵眨眨眼。

程霆亲自动手翻那个大冰柜："良心过不去。"

良心过不去的人拍照发去群里，问谁家有红酒，他出一只鸡。

这年头，再精致的人也小资不起来，十分务实，那可是一只鸡！

这单买卖很快成交，程霆拎着鸡下楼了。

从他当上楼长那天起就立了规矩，互通有无，大家错开时间把富余的东西放在一楼宽敞通风的楼道口，秉持自觉、互信、相助的原则，并且他留有后手——他在天花板装了个摄像头，一出手，自带理工男天赐的巧手技能。

下去的时候，他还拎了一罐可乐，因为之前群里有人问了问题。

——我家阳台种了迷迭香，侬煎牛排要伐？老灵额！

程霆问对方是不是也要一只鸡，对方相当卑微。

——可乐行不行？我想喝可乐，虽然我知道这个要求有点过分。

到此，大家还停留在一日三餐阶段，慢慢地，女生的第二个胃开始苏醒，这个胃俗称甜品胃。

——曾经有一块红宝石的奶油小方放在我面前，我没有珍惜，现在我想穿越回去打死我自己！

——封楼前一天，同事给了一袋国际饭店的蝴蝶酥，我当时以减肥为借口转手送人了……

——新鲜出炉的焦炭蛋挞。为了做这玩意，差点把厨房炸了。我妈现在在洗厨房，要不是政策不允许，她说想把我丢出去。

——明天有线上考试，如果考前能吃一块蛋糕……不，一口就好，我应该能考个不错的分数。

501的伍超先生再次以斯文有礼的形象加入女人们的讨论。

501：我媳妇儿以前都不吃甜点的，怀孕后胃口变了，昨天要吃提拉米苏，吃不到就哭。我就这么说吧，从认识到现在，没见我媳妇儿哭过，把我心疼坏了。

群里七嘴八舌地把甜品的地位拔高到了不可思议的高度，程霆作为楼长，大白天把女朋友压在厨房里准备干点什么，被叮叮咚咚的提示音吵得继续不下去，生怕又是谁家停电了、水管漏了之类的事。他刷开手机看了眼，面无表情地塞给林葵。

林葵："怎么了？"

程霆："能力范围外。"

林葵就觉得这世上没程霆能力范围外的事。

程霆凑在女孩热乎乎的颈边，拖着慵懒的语调，含混不清地说："这帮人跟咱们俩杠上了是吧？"

是的，程霆能力范围外的事，是林葵能做到的。

林葵试图推开他，他的吻滑到她肩膀上："就这么说，我能听见。"

林葵脚指头抠地，在被干扰的情况下提了个问题："如果我来做，他们敢吃吗？"

程霆鼻息滚烫，喷在她的耳边："以为谁都跟你一样老鼠胆子。"

群里，已经有人开始吟诵自己创作的诗歌，有句话好像是这么说的，诗人和疯子只有一线之隔。

林葵看着自己一屋子的生产工具和材料，做了个决定。

从来没有在群里说过话的小螃蟹头像举手冒泡了。

301：或许，我可以。

这五个字很快被诗歌朗诵挤掉，大家都没注意到。

林葵继续打字。

301：有多少人要？我会做蛋糕。

群里的诗歌朗诵停了，聊天也停了，十秒后，消息刷屏。

——谁？

——我看到了什么！

——我！我我！

——算我一个！

301：很干净，大家放心。

林葵在意的事没人在意，群里持续报名中，她向程霆求助："算不过来了……"

程霆"啧"了声，拿走她的手机，噼啪打字。

301：草莓果酱鲜奶油蛋糕，不接受任何点菜，切件，要的自己接龙，一个号只能申请一块。好了，群里通知，一楼错峰取件，不承担除食物外的一切责任，比如取餐期间中招。

发完，他把手机放在林葵够不到的高度，手从裤腰摸进去……

"我……我做蛋糕……"

"让他们等着。"程霆不肯再迁就她，大掌重重一揉，这姑娘终于老实了。

他抱着她进卧室，再出来的时候，整个人非常有精神，刷开手机看了眼。群里被他之前那番话整顿纪律，现在安安静静的，大家都在乖巧等待着属于自己的那块小蛋糕。

301：哦，出了点意外，延期一天。

众人觉得301这个小螃蟹说话风格前后迥异，说变脸就变脸，可又不敢问，反而还十分贴心。

——好的好的，不急不急。

程霆端了杯温水进房间，扶起脱水的林葵。她渴得咕咚咕咚喝完，人跟面条似的又滑下去，很生气地瞪他。

程霆笑得没脸没皮，作势要抱她。

林葵还惦记着邻居们的蛋糕呢，有些着急："你怎么这样！"

程霆挑了下眉，觉得自己挺棒的。

林葵现在能看懂他的意思了，抿紧唇，被他嚣张的样子弄得心跳快了两拍，舍不得怪他了。

"帮你请假了。"他把手机还给她。

林葵一看，嫌他说话冷冰冰，自己又补了一句。

301：不好意思呀……明天一定给大家做。

邻居们：这人不是精神分裂吧？

第二天，程霆把蛋糕送下楼，回来看到桌上有个专属于他的八寸有机草莓果酱鲜奶油蛋糕。

他按照惯例，先拍照发朋友圈。

群里，大家都挺客气的，下单的时候不还价，拿到东西后主动要给钱。

林葵的手机小小一个，程霆单手敲字处理这些琐事。

301：老板说了，第一次免单。

501：所以这个号到底有几个客服？

301：2。

破案了，不是精神分裂。

——感动，远亲不如近邻哪！太有人情味了！但还是要给的，现在大家都困难。

程霆实话实说。

301：我们家也不是很困难。

——大户人家！

十分钟后，估计是都吃上了，群里的消息重新滚动起来。

——我的神！

——妈呀……这到底是什么神仙小蛋糕！

——我活了！

——毫不夸张，哭了，感觉人生又有了盼头。

501发了个红包。

501：没别的意思，今天这顿不便宜，我媳妇儿说了，胎教很重要，做人得知道感恩。

301：收回去，不然没下次。

——还能有下次？

——501，收回去！快！

——斗胆问一句，下次啥时候？下次一个号能买几块？实不相瞒，我们夫妻俩为了最后一口差点又打起来。

程霆扭头问伏在他背上安静看消息的林葵："下次啥时候？"

"程霆，你想吃提拉米苏吗？"

"没吃过。"

他这辈子吃过的蛋糕也就是林葵做出来的那几个味道。

"那我明天做提拉米苏给你吃。"

301：明天，提拉米苏，老规矩。

大家伙没想到幸福来得这么快，分分钟接龙。

501：先说好多少钱，不收钱不吃！别不好意思，按照现在的物价来，大家都是明理的人！

"打算卖多少？"程霆问。

林葵算了算成本，再平均分摊，报了个数。

程霆没意见，倒是邻居们意见很大。

501：离谱了你们，我去问问我媳妇儿。

——这样不好吧？

——有点过分哦。

——楼上大胆一点说！太过分了！

——怎么有这种人！

——我有钱，瞧不起谁！

程霆看了看林葵，她挺认真地说："不裱花，不做加高，没有额外饰品，这个价格真的够了。他们怎么还嫌少？"

程霆"啧"了声："你这个价格真的离谱。"

林葵搂着程霆的脖子嘻嘻笑，满不在意："跟他们说，我后天要做甜甜圈，不给钱没得吃。"

301：后天，甜甜圈，接龙。

——虽然良心上过不去，但甜甜圈我是必须吃到的。@301，今天的查收一下！

——甜甜圈是不是也成本价啊？你们太不会做生意了，给我来一打！@301，今天的查收一下！

——什么也不说了，以后请你们喝酒！@301，今天的查收一下！

每个人都发了红包。

程霆有了新想法："既然这样，那就开个新系列，记录封楼后的生活。"

这一次，他们不谋而合，林葵飞快地说："要搞笑一点，我看新闻，好多小区都被封了，我想让看我视频的人开心一点。"

程霆瞅着这个浑身上下充满正能量的姑娘，觉得社区不给她发面小红旗都说不过去。

于是在新的一期视频里，连配乐都是欢快的。还真有评论感谢林葵带来的正能量，说她像个小太阳，永远那么温暖。

程霆给这条留言点赞，缓缓往后靠，眉目舒展地看着在操作台边忙碌的女孩。

谁能想到呢，这可是个随时准备结束生命的人。

第三天，林葵做肉桂香草奶油甜甜圈，甜甜圈炸好剖开，塞香草奶油，奶油打得十分发，硬挺挺的，直接做成了夹心开口笑，像个煮熟张嘴的贝壳。

程霆抱臂看了半天，无声笑了。

那个甜甜圈……不，贝壳，浑身上下透着一股林葵的气质，圆滚滚、香喷喷的。

林葵见他笑，还以为夸她呢，骄傲地挺起胸脯："不小气！"

程霆顺手拍照发群里，一帮人都炸锅了。原本以为是沾了白糖粉

的常规甜甜圈，多一层巧克力酱都恨不得把301小螃蟹供在神坛上，万万不敢想，自己即将拿到的成品会精致用心到这个程度。

程霆送这筐东西下去，上来的时候，发现门口来了客人。确切地说，是一个穿着学步鞋、咬着安抚奶嘴的"四脚兽"，个头不大，伤害很大，把在门后躲着的林葵差点吓哭了。

看见程霆回来，林葵跟找着家长似的，可怜兮兮地说："程霆，怎么办啊？"

程霆怎么想都想不明白，这孩子从哪儿爬出来的，家里大人的心也太大了。他单臂把崽捞起来，还行，挺乖，见着生人没哭，比里面那个勇敢一点。

他直接抱回家，给奶娃娃擦脏兮兮的手，挺淡定地说："这玩意跟猫一样，好养得很。"

林葵："我没养过猫。"

"陪他玩，喂他吃就行。"程霆笑着往她跟前递了递，"摸摸？"

林葵下意识摆摆手。

程霆飞快地拉着她的手一按，人家比她大方，小手拉住她。

林葵在这一刻感觉到了生命。

生命是个动词，不是名词。

小崽挺自来熟，就握了个手的关系，没骨头似的往林葵身上扑，大脑袋往女孩胸部拱，边拱边哼哼，估计碰着什么，张嘴要吃。

林葵一脸惊恐捂胸，连连后退。

程霆不高兴了，把孩子捞回来："臭小子，在我地盘抢我东西？"

小崽咧嘴，露出无齿微笑。

程霆："别笑，那是你能碰的吗？"

他火速把孩子放地上，拍照发群里。

孩子家里人本来着急，新手爸妈眼泪哗哗地下来领孩子。

程霆臭着脸把孩子递过去，孩子扭头凑去他妈妈的胸口，还是那副馋兮兮的样子。当妈的挺不好意思地背过身，飞快地说："估计是饿了，我先上去，爸爸你好好谢谢人家。"

当爸的摘了眼镜，抹了把泪："不知道怎么感谢您和您夫人，你们夫妻俩真是好人。"

门后有个小姑娘因为这个陌生的称呼，害羞地缩了缩脚指头。

程霆听着顺耳，脸也不臭了，挺和善："孩子没事就行。"

"我们住 402，以后有什么能帮忙的尽管说。"

等人走了以后，程霆进来牵起林葵的手，直接牵回卧室。

寒霜飞雪，唯独这一隅温暖安宁，程霆置身其中，由衷钦佩马女士。家里已经没有鲜花，他将最后一束百合花倒挂，制成干花，重新干起了给老太太插花的事。

电视天天开新闻台，微博热搜也都是各地疫情和民生，这样的水深火热中，宇通老总在国外交了巨额美金成功保释的消息冲上榜首。与此同时，宇通加大对 EDA 公司投资的新闻挂在榜二。

懂行的不懂行的，七嘴八舌讨论起一贯冷门的 IC 圈。

程霆的名字在专业论坛上再一次被提及，林葵抱着平板偷偷刷帖，时不时飞快看一眼对面专心做事的人，忽然就不想管别人说什么了，蹭过去，扯掉他遮住半张脸的卫衣，亲了亲，问："程霆，你要不要吃小饼干？"

他敲字的手一顿，笑着"嗯"了一声。

既然要做，就多做点，她把手机塞给他，转身去翻黄油。

程霆在群里让大家接龙，又把卫衣拉高，这是他干活的习惯。他浓密的睫毛遮住眼，手里翻着一本不知道哪里冒出来的大头书。书很厚，厚到林葵凑过来看了一秒就跑掉了。

翻书的声音和切黄油的动静成了完美的白噪声，疯人院的视频电话打破和谐，程霆看了眼来电，不想接。

直到对方打第三个，他才慢悠悠接起来。

疯人院嘿嘿笑着："阿道，你在干吗？"

程霆看着林葵操作台上架着的相机："给女朋友当背景板，管饭。"

疯人院震惊，跟凸眼金鱼似的："我们那么好，为什么你有女朋友我没有？"

"因为我帅。"程霆跟他闲扯。

林葵偷偷笑了一下。

程霆不管他了，踱步过去，扯了下林葵的辫子，低喃："想喝女朋友的咖啡，拉花要桃心，我上楼拿点东西。"

这家伙，现在口味完全变了，喝咖啡要加奶。

林葵开了搅拌器一通操作，把面团扔烤箱里，这才开始做咖啡。在程霆不捣乱的情况下，她能拉出很漂亮的渐层桃心，满意地端到桌边，一抬头，正巧对上视频里的人。

四目相对，一片沉默。

林葵想到自己干的那些事，歉意地低了头。

格子衬衫大呼小叫："怎么会是你？"

林葵挥挥手，想退出画面。

"哎哎！等一下！"疯人院喊住她，忽然开始鼓掌，"哇，好有意思！"

林葵满脸疑惑：什么意思？

疯人院向她打招呼："你好呀！"

林葵露出尴尬而不失礼貌的微笑。

两人大眼瞪小眼地互看，最终是她受不了地寒暄："我……我以为你们聊完了。"

疯人院："我们一直这样，各干各的。"

林葵的脚指头缩了缩："那不打扰你，我……"

疯人院："你觉得他任性吗？"

视频里的男人认真地等着林葵的回答，似乎很困惑。

疯人院："他是我见过最有才华的人，现在这个行业需要他。"

林葵收回脚，站得很直。

天才都没有答案的问题，在她这里不需要思考，她也同样认真地告诉他："在我这儿，程霆首先是个人，他有爱吃的东西，会笑、会难过、会生气，是个有血有肉的人。他做什么都行，不做也行。我们没有资格评价和指责，那是他的人生。"

疯人院的脸上有一瞬茫然，这显得他很怪异，那双眼睛不动了，画面像是卡了一下。

林葵在心里"哦"了声，觉得这不是一次良好通信。

但对面的人缓缓有了表情，恍然大悟："原来是这样！"

林葵歪了歪头，不明白他到底能从她白开水的话里悟出什么。

疯人院看着女孩素净的眉眼，诚心夸赞："你好聪明啊！"

林葵愣了愣。

疯人院："谢谢你提醒我这么重要的事！"

林葵一头雾水。

疯人院："我要向你学习！"

程霆回来的时候，就看见林葵一副受到惊吓的模样，不肯靠近摄像头，踮脚绕道走，远远望着他。

程霆面色不善："神经病，你跟我女朋友说什么了？"

疯人院还是那样惊喜的语气："阿道！她好聪明啊！"

程霆转头看圆脸姑娘，她隔空用短短的手指戳了戳发出声音的iPad，觉得这句话很离谱。

程霆笑了，被她逗得肩膀发颤，再看看疯人院，笑得更大声了。

两个人同时不解地看着他，眨眼的频率都一样。

程霆难得夸疯人院："你眼光还可以。"

林葵实在不理解天才之间的神交，躲进卧室去了。她不知道，她错过了天才第一次聊女生的场面。

疯人院："她好可爱！"

程霆："你那个脑子，除了数学，能感觉到可爱吗？"

疯人院："可以！学校的小黑也可爱！"

程霆："小黑是什么？"

疯人院："野猫！"

程霆："她叫林小葵，不是猫。"

疯人院："她名字也好可爱！"

程霆嗤了声："你真是没救了。"

夸别人的女朋友这么卖力，想挖墙脚吗？

疯人院："为什么？我很健康！"

程霆："分一点智商给情商吧。"

疯人院："我有情商，所以我夸林小葵可爱。"

程霆差点翻白眼。

疯人院："阿道，你现在想回来吗？现在不是你一个人，宇通……"

程霆："我知道。"

疯人院："我只是问问你哦，我没有劝你，林小葵说你是个人。"

程霆："什么乱七八糟的。"

疯人院："林小葵说这是你的人生，你想做什么都行。"

程霆："还有呢？"

疯人院："我觉得她好像很喜欢你。"

程霆的咖啡喝掉一半，桃心被破坏，他看着那个图案。疯人院在静静等着他的下一句，但他什么都没说，低头笑了一下。

疯人院从没见过程霆露出这样的笑，思考了很久，觉得程霆好像也很喜欢林小葵。

在程霆与疯人院交谈的时候，林葵趴在床上翻看程霆在某平台上的专栏。无意间在论坛听人提起，虽然看不太懂，但仍津津有味地从第一篇开始看，默默算他写这些东西的时候是多少岁，应该是什么模样。这么一来，那些看不太懂的文字，也变成了很有意思的事。

很多人消沉之时，会删掉自己在互联网的痕迹，但林葵没有，程霆也没有，他们不约而同留下自己曾经走过的路、做过的事，不在意后人挖掘，大抵因为行得正坐得端。

程霆真的很厉害，很小的时候就有人喊他大神，那时候他就说要做中国自己的芯片。底下一堆人笑他痴人说梦，他年少轻狂，挨个回敬倒挂的大拇指。

大三那年，他说要自己创业。

后来，他果然创业了，开始做自己的芯片。他在中国芯片领域取得过很多成绩，人渐渐变得稳重，不会再一一回喷那些对祖国未来不抱希望的懦夫，开始写一些学术含量极高的文字。

他成了一个老师，在他的专栏为同行解惑。

他成了一个先行者，在同行迷茫的时候，为其指路加油。

当他遇到实力相当的人，一起深入探讨时，能从文字中感知他的快乐和对对方的尊重。

他的专栏断更在糟糕的去年，二十七岁之后的程霆，在林葵这里有了具体的模样。他"背负"一条人命，蛰伏于此，世人怪他无情无义，却没有看到他随身携带的药罐。

药罐……

药罐！

本来还有点沮丧的林葵支棱起来，赤脚跑出去找程霆，大大的眼睛看着他："程霆，你的药呢？"

程霆还没来得及说话，林葵眼眶就红了："你是不是没药了？你现在有什么感觉？是不是很难受？"

程霆摸了下她的脸，她烦躁地拍掉："你怎么不告诉我？我问问阿汪叔。"

她在打电话前，忽然握住了程霆的手，变得很沉稳："你不要怕，阿汪叔会帮你保密，阿汪叔不会歧视你，你只是生病了而已。"

这个总是软乎乎的女孩，讲出这样一番话时，程霆觉得疯人院刚才的描述不准确。

她对他不是喜欢，而是一种更深的感情。

"林小葵。"

"你不要吵！"林葵拍开他来抢电话的手。

电话接通，老汪："囡囡啊！"

程霆在这一秒吻住了林葵的嘴，缠住了舌头。

老汪："喂？"

老汪："咦，信号不好？"

程霆从女孩无力的手指里抢走手机，挂掉，轻轻含着她的嘴唇："不吃了。"

他松开她，瞧了瞧，怎么都合心意，又含住。

"不吃药不可以。"林葵坚持。

他笑了。

林葵看进他眼睛里，忽然懂了他的意思。她不让他亲了，捂住嘴，眼里涌出一汪水泽，让她的眼睛像钻石一样闪耀。她向他确认：

"是……是好了吗？"

"差不多吧。"

"什么叫差不多？"

程霆想了想自己最近尝到的各种味道，没对她说得太清楚，只是给出结论："应该没事了。"

林葵不满意地皱起眉头："科学家搞研究，也能说差不多这样的词语吗？"

程霆："不能。"

她目光灼灼地盯着他。

他把她的卷毛揉乱："没事了，不许哭。"

林葵的眼泪收不回去，低头，泪滴就掉在脚趾上，"哼"了一声："没有哦，我不爱哭的。"

她攥着程霆的手不松开，许久才劫后余生般呢喃："真是太好了。"

心情很好的"螃蟹大大"架势拉开，相当高产，当天视频录什么，群里就接龙什么，以至于邻居们吵架的声音也少了，夫妻齐心，每天商量要订几块小蛋糕，什么茶最适合今天的小蛋糕。上网课的孩子也乖了，因为不乖没得吃。一到下午茶时间，一家人其乐融融坐在一起，封楼生活愣是过得美滋滋的。

如今的大数据多厉害啊，随便说点什么，打开手机全都是相关推送，于是有某站大会员的402抢粮食小崽的爸爸首先在自己首页刷到了"螃蟹大大"的视频。虽然没见过301女主人，但视频里的东西都是他吃过的。

他震惊了，立刻往群里丢了链接。

402：301，你居然是百万UP主！

"百万UP主"这个词有点专业，群里一部分混过某站的人都懂是什么实力，只混短视频的人点进去一看粉丝数，大概也能知道很厉害。一楼老太太表示自己一无所知，然后群里一帮人叽叽喳喳开始解释。

掉马在程霆预料之中，只不过比他预计的晚了点。他瞅着坐在地上的林葵，安慰道："不要紧，他们不知道你长什么样。"

经他提醒，林葵站起来：“对对，事情没有那么糟糕！”

程霆转头在群里用自己的电工号说话。

电工小程：大家伙有币的捧个钱场，没币的捧个人气，都不容易，多多海涵。

邻居们就很莫名其妙，小程这发言不太对劲。

电工小程：301，我老婆。

大家惊呆了，早说嘛！

501：哥们儿，原来你住 301 啊！我原本想买你对面，老汪说不卖。

电工小程：老婆的房子。

众人再次震惊。

虽然本市家家户户都是妻管严，但兄弟如此坦诚自己倒插门，也是有点厉害。

群里安静了一会儿，程霆相当淡定。

于是，“螃蟹大大”又涨了小小一波粉，全是吃过她东西的邻居。邻居们很快融入粉丝，评论带着一股优越感。

——哦，这个我吃过，刚做好没五分钟就吃上了。

——哦哟，这个果酱我知道，怎么跟你们描述呢……就酸里透着甜，甜里带着酸，米道（味道）老好额！

他们除了讨论吃，也讨论一点点背景板。

——就很帅气！那天他来家里帮忙换暖气扇，毫不夸张，我以为是什么天王巨星来了。

——见过一面，当下想把家里废物老公换掉！

——我老公换灯泡都不会，你敢信？

——那还好，我老公看到小强会哭。

——毫不夸张，我崽从家里爬去找他，我崽还是男小伟。

——哦哟！

——哦哟！

粉丝 1：破案了，UP 绝对是 S 市人！

粉丝 2：S 市哪里？现在去买房还来得及吗？以后大大的边角料塞我嘴里！

粉丝3：我就很不一样，我买不起 S 市的房，伤心！

粉丝4：很早就想说，第一百三十七期的蛋糕本人吃过，本埠会做这个的很少，我大概知晓螃蟹真身了。

粉丝5：私聊！

粉丝6：姐妹私聊！

粉丝4：哎呀，不会说的，我以后还要订蛋糕的！

看完这些的林葵，扑通又坐地上了，搂着程霆裤脚，扬起圆圆的脸，问他："我不会再掉马了，对不对？"

程霆："做好心理准备。"

这些人也不是故意非要把人扒出来，主要是林葵的东西挺时髦，本市的小姑娘很少有没吃过的，转头跟小姐妹探讨探讨，小姐妹再跟别人探讨探讨，那么一切就很自然地发生了。

"螃蟹大大"被扒出是 S 市有名的私房甜品老板，从小程序页面到包装袋，全景无死角展示出来的那天，林葵本人窝在程霆怀里赖了一天，这次用螺蛳粉也哄不好了。

程霆一下一下揉着她发烫的耳朵，时不时就要笑一下，晃晃她："大大方方的。"

"嘤。"

"没说你坏话。"

"呜呜呜。"

"那你还更不更新了？"

"你这种社牛，不会懂我们社恐。"

他亲了亲社恐小姑娘："明天更新？"

"我还没好呢！"

"那就明天。"

在越来越多粉丝表示要努力攒钱买房和博主当邻居之时，程霆抱着林葵，剪完了新视频。林葵坐在男朋友腿上，不得不面对现实，抖着手上传视频。

新鲜热乎的视频里，全都是琐碎的日常，素材很普通，但剪辑得很巧妙，有一条暗线，这条暗线的名字叫"给你们瞧瞧我老婆多可爱"。

画面里是暖融融的下午，太阳赋予天然的金色滤镜，宽肩帅哥靠在中岛台边看穿蕾丝围裙的女孩做戚风蛋糕，忽然问："你教粉丝刮刀切拌要注意力道，但我看你用12线打蛋器暴力操作也没问题。"

小姑娘细声细气地说："其实蛋白打发到位了，是不容易消泡的，但是新手很难掌握尺度，我只能让大家小心一点。你不知道，折腾一天，到最后烤了个馒头是很打击人的。"

弹幕一下子就很积极了：

——对对！大大懂我！

——我看错了吧？12线打蛋器？我对大佬的技术一无所知！

——监控拆一下，我是烤馒头那个。

——戚风和我只能活一个！

画面一转，女孩捧着心爱的展示台可怜兮兮的："坏了……"

男人负手看着她，不说话。

她哼哼唧唧抱住他："能不能修？"

男人笑着低语："我修理你挺会的。"

女孩撒娇："你试试嘛！"

男人很无语："你这老古董再碰就会稀碎，换一个得了。"

女孩发脾气："那怎么办！"

男人劲瘦的胳膊亮出来，大手稳稳托住在镜头前展示的翻糖蛋糕。不得不说，这只手锦上添花，蛋糕好像更高级了呢！

弹幕又开始了：

——修理你是什么狼虎之词！

——有画面了，喂！

——反手一个举报，过分！

——这都能秀恩爱？服了。

画面还在继续，一帧一帧，每一帧都淌蜜。

那只稳稳的手也有不稳的时候，蛋糕掉在地上，气氛突然紧张，镜头特地放大了女孩的眼珠，那双乌溜溜的眼睛里全是杀气。

弹幕：

——想刀一个人的眼神是藏不住的。

——跪榴梿吧，哥！

——浪费粮食，差评！

镜头给了男生的上半脸一秒特写，虽然只有一秒，但足以让女孩接下来的反应理所应当。

她没那么生气了，收回眼神，嘟囔着："毛手毛脚，要不是看你长得好看……"

男人亲了一口她的脸颊，语气轻佻："其他地方也好看。"

他亲得用力，她摇摇晃晃站不稳。

弹幕：

——这也是我们能听的？

——还是你们会玩。

——妈妈，我想谈恋爱！

——我是新来的，所以这是个恋爱 UP 主吗？

——螃蟹！美色误国啊！你可是要成为千万 UP 主的人啊！

——男妲己！

——我宣布，我现在是螃蟹的 CP 粉！给我照这个甜度日更！币有的是！

林葵压根儿不知道程霆是什么时候拍的这些素材，看成片的时候很震惊。视频的最后，家里又来了客人，程霆打开门，门口是一只甩尾巴的大金毛。

他业务熟练地拍照发群。

电工小程：谁家的狗？十分钟。

相较于"奶嘴四脚兽"，林葵不害怕这只体型更大的四脚兽，甚至还主动伸手去摸。

温驯的金毛蹭她手心，她被舔得咯咯笑，蹲下来抱了抱狗，小老太婆一样唠叨："你不能进去哦，阿姨这里是做食物的地方，要干净，你会掉毛。"

金毛："呜……"

林葵："你乖，阿姨给你做鸡肉干哦！"

弹幕：

——我挺乖的，能有一袋鸡肉干吗？

——啊！小狗！

——真的很不喜欢在做食物的地方养动物，我自己就养狗，卫生做得再仔细，也还是不干净，给螃蟹点赞！

——等疫情结束了，坐高铁去你那里吃蛋糕！

——加我一个！

——组团打折吗？

过了十分钟，501大哥下来找狗，很淡定："它成天楼上楼下溜达，憋坏了。"

程霆没说话。

501大哥："哇，你家好香！"

程霆还是没说话。

501大哥拽着狗绳："走了走了，你妈担心死了，赶紧回家！"

金毛垂着耳朵，狗爪刨地，不愿意走。

程霆蹲下来，看见大狗一脸委屈。

他摸了摸狗头："你先回家，一会儿我送上去。"

501大哥："送啥？"

程霆："鸡肉干。"

501大哥："鸡肉干我挺爱吃的！"

程霆瞥了他一眼："有你什么事，给它的。"

501大哥显然对这种区别待遇习以为常，"哦"了声，手里一拽，金毛就肯从地上爬起来了，一步三回头走了。

弹幕：

——大哥搁这搞笑呢？

——哈哈哈，大哥估计天天在家吃鸡骨头，我们家也这样，狗比我爹吃得好。

镜头给了个女孩的背影，她眼巴巴望着走廊，好像还没跟小狗玩够。男人走到她身边，摸狗一样摸她脑袋。她忽然想起什么，很神秘地说："我给你看看我的小宠物吧！"

只见她从冰箱深处扒拉出好几个玻璃罐，里面的东西和宠物完全沾不上边。

她神气地介绍着："这罐是老面，每周喂它一点面粉就行，不费事。你看看这个气泡，是不是很漂亮！这罐是葡萄酵母，这个比较麻烦，但它能带给面包无与伦比的风味！"

镜头照旧是给了眼睛一个特写，女孩带笑的双眼里没有市侩算计，能感受到那份诚挚。她的身后是萧瑟的冬景，却让人觉得一切即将复苏。

终于，这个糖分过高的视频到了结尾，画面一黑，有一段花体英文敲在屏幕上，伴随着女孩在冬日窗边的轻声吟诵：

"他们好像是在凝视着黑暗，但他们的眼睛仰望上苍。

"有这么多的人，从来都没有看到过曙光。

"我在黑暗中摸索，而上帝打开了一扇门。"

花体英文消失，变成粗犷大字。

——点赞过3万，还出恋爱vlog。

能从最后这几秒看出剪辑者的性格，在弹幕大军还没到达时，屏幕瞬间一亮，男生抢走女孩嘴里的半块小饼干，顺势亲了亲她。

这下是真的结束了。

评论区很精彩：

——3万？疯了吧！我就不！惯得你！

——白嫖，哎，气死你！

——略略略！气死你！

——螃蟹到底是什么神仙宝藏！她小小一团，好可爱啊！

林葵还是那个姿势，坐在程霆腿上，一脸惊恐地问："她说的是我吗？小小一团？"

程霆眉眼放松地靠过去，脸贴着女孩温热的面颊，"嗯"了声，嘟囔道："你好香。"

"都……都用一样的沐浴露啊……"她害羞地耷拉着眼。

程霆："不知道，反正你身上有很好闻的味道。"

是他在黑暗中摸索，唯一能尝到的味道。

虽然评论区都喊着要白嫖，但事实上，点赞很快超过 3 万。程霆上传第二期，那一天，IC 圈发生了一件大事。

宇通在 EDA 被禁后，第一次发布新产品，这款手机内核采用降级芯片。

至此，程霆的预言全都应验了。

论坛上议论纷纷，唱衰的言论越来越多。林葵气得脸都红了，给那些人挨个送倒立大拇指，然后扔掉 iPad，去做咖啡冷静冷静。

她捧着奶缸回头，看到程霆把半张脸藏在黑色 T 恤里，眼神专注地看书，似乎什么都不关心。

疯人院打视频来展示他换的新手机，程霆本来想挂，看了眼外壳，放下手里的书，问："怎么样？"

疯人院："50 倍焦距可以看星星哦。"

程霆："有色差吗？跑分呢？有没有噪点？"

疯人院："我觉得算法可以再优化一下，跑分比不上之前的 CPU，不过我不如你专业，挑不出大毛病。"

程霆没有再问其他，朝一直偷听的林葵勾勾手，在她捧着焦糖拿铁过来后，搂着她的腰，低声道："说再见。"

林葵乖乖朝疯人院挥挥手："拜拜。"

程霆无情地挂了电话。

林葵手脚并用爬到他身上，赖在他怀里，手到处摸，最后攥着他一绺头发才罢休，安静了一会儿，小声问："程霆，你智商多少？"

"不知道，全国前百分之十肯定有我。"

"这么聪明不去当科学家，好像有点可惜呢。"

程霆低笑一声："你上次好像不是这么说的。"

林葵在他怀里动了动，大眼睛瞅着桌上一摞看着就头疼的大头书，又动了动，把下巴垫在男人肩膀上。

心疼。

刚认识那段时间，从来没见他摸过书，那时候，他是真的很难过吧？

她嘟起嘴，亲了亲程霆的耳朵，不够，再亲了亲他漂亮的喉结。

男人颠了颠腿，低头看她："想说什么？"

"如果不开心肯定不让你去，可是你好像还是很喜欢。喜欢就不要放弃，不然会后悔的。"

"外婆说的？"

林葵戳了戳太阳穴："我聪明的小脑瓜想的。"

程霆凑近，鼻尖亲昵地贴着她，没说话。

他若有所思地看着怀里的圆脸女孩，觉得她有一种大智若愚的聪明，总是先考虑对方，不会为自己讨要什么。

林葵抱着他的肩膀贴得更近，像抱着自己的救命稻草，却又朝他露出一抹释然的微笑："如果我们有自己的 EDA 就好了。"

这是程霆从踏入 IC 圈那天开始，心里一直在回荡的声音。这条音轨与女孩的声线重合，形成了一股难以言明的遗憾。

程霆的喉结滚了滚，似乎想说什么，却不能轻易开口。他突然把她抱起来，一步步往卧室去。

林葵："干什么？"

程霆："累了，放松一下。"

快乐的时光总是短暂，那天早晨，林葵说要做泡芙给大家尝尝，空空的面粉袋让她愣了愣。

她徒劳地翻遍了储藏间，最后呆呆蹲在地上。

又是这样……

有外婆陪伴的日子也是这样，突然就结束了。

这好像是上天的旨意。

程霆在外面叫她："林小葵，你这个汤放盐了吗？"

林葵这才想起来自己还炖了一锅汤。她跑出去，站在锅前，突然又想不起要做什么，慢半拍地抓起盐罐，又放下。

程霆在她眼前挥挥手："发什么呆？"

林葵躲闪着："没有……"

她低着头，一会儿后缓缓抬起，大大的眼睛安静地看着这个家。

厨房里有程霆装的灯，他钉了一排架子给她放模具，桌上的干花很好看，楼上的小孩在笑，风敲打着窗，不知谁在问春天什么时候来。

她小鹿似的眼睛最后停在程霆脸上，他在笑。

一切美好到林葵放不下。

林葵揉了揉眼睛，指缝被泪水打湿，再也忍不住，突然觉得自己好可怜，心疼得直哭。

她问程霆："为什么会是我？为什么我会像怪物一样？我到底做错了什么？"

"你不是怪物，你没错，是他们错了。"

程霆的手指刺痛得抽搐着，他没有马上回答，强迫自己镇定下来，想碰她，她躲开。

林葵觉得自己犯了不可饶恕的错："我舍不得你，又很想外婆。"

仅仅是在看到面粉袋子空了的那一刻生出的一丝迟疑，都是对外婆的背叛。她从没做过这么难的选择题。

"那就留下来。"程霆能理解她的纠结。

对于林葵，程霆从不开口挽留，他对她的尊重超过了他的介意，甚至已经准备好那一天的到来。这是他第一次试图留下她，因为她说她舍不得。

"那就留下来，林葵。"程霆低语着。

"做蛋糕的面粉没有了……"林葵哭得上气不接下气。

程霆在背后攥拳，从小到大，他没有这么害怕过，害怕真的失去她。

"我能弄到面粉。"他说。

尽管程霆从来都说到做到，无所不能，但林葵这次不相信他了。资源是极其稀缺的，她很绝望。

"相信我。"

当天晚上，程霆将林葵送到外婆房间门口，两人似乎又回到了最开始的时候，在门口克制地道晚安，分开睡。

两个那么要好的人，突然变得很生疏。

林葵默默接受，乖乖在门口挥手，保证好好睡觉，保证不会哭。等门关上，她慢慢滑到地上，一个人哭到半夜。

她讨厌这样的自己。

而程霆，在卧室里给程兰打了个电话。

程兰拿乔："哟，太阳打西边出来了？"

"帮我弄点东西。"程霆说。

程兰"嗬"了声，听着就是没商量。

程霆也没商量："给我弄点面粉，高筋粉蛋白质不能少于 14，低筋无所谓，黑麦和 T65 有的话也都来点。"

"神经病啊！"程兰根本听不懂，也想不通他一个电工要面粉干什么。

"我现在是在求你。"程霆靠在窗边，小区的灯不知为何，没从前亮了。

程兰有点被吓到，程霆是什么人，她太知道了，没见他求过谁，但她拿捏阿弟很有一套："现在什么情况，你不清楚？我没门路，也不会帮你。"

程霆同样知道程兰在 S 市有多神通广大："你想怎么样？条件随便开。"

程兰："你心里清楚。"

程霆没说话。

"你必须跟我走。"程兰说，"阿道，我不会让你继续留在那里。"

失眠一晚的人清晨熬粥，单腿站立靠在料理台前，沉着脸搅拌锅里的米。林葵听到动静开门出来，在墙角徘徊，并没有等来他的主动靠近。

空气中有一股刻意的陌生。

眼睛肿成核桃的女孩怯怯地问："程霆，你是不是生我气了？"

程霆把火转到最小，静静看了她一会儿，说："我没有生气。"

林葵的手在身后捏一下，声音带着哭腔："那你为什么不理我？"

程霆说："因为我希望你有足够的空间，那是对你来说最重要的决定。"

林葵看着他，很多时候，他成熟得不符合他的年纪。

"老周走的前一天，我们只是意见不合吵了一架，以前我们做项目天天吵架，我不知道那时应该抓住他。"程霆突然提起从前，"我想不通他为什么要死，我很自责，但我不愿意原谅。认识你以后，我理解了那种绝望。

"你是我很重要的人，我很幸运，能再有一次抓住生命的机会。"

林葵低着头，发出哽咽声。

"别哭，眼睛还要不要？"

"程霆，"林葵细声细气的，"你可以抱抱我吗？"

"过来。"他张开手臂。

她走过去，轻轻依偎进他的怀里。

"你要爱自己，小葵。"程霆顿了顿，压抑着心里的情绪，"死了一了百了，只有留下的人会痛苦。"

这句话，没有人比林葵体会得更清楚，但她不敢轻易做决定，一边是多年夙愿，一边是她人生的意外，都很重要。

对于未来，他们只讨论过这么一次，程霆让林葵慢慢想，不要急着回答。

他们停止的时间，因为老汪的一通电话重新流动起来。

当爷爷的人了，还哭哭啼啼的："小葵啊，解封啦。"

这栋楼解封了。

对于 301 的女孩来说，其实没有太大的区别，但是小乖因招人疼，会和阿汪叔一起哭哭啼啼："真是太好了呢。"

老汪第二通电话打给程霆："赶紧回来上班！"

这前后几秒的巨大差别，让程霆很无语。

他说要回去准备，林葵紧张地跟到门口，有些话不敢问。他像是她肚子里的虫，低头穿鞋时交代了句："我拿套工作服就回来。"

"家里有……"

"胸牌也在楼上。"

林葵乖了，在门后站住，期盼着程霆回家。

他们仍旧分开睡两个房间，但一起吃饭，一起做视频，一起看电影。

解封后，群里众人热情高涨，齐齐要求去"小卖部"表达感谢。不知道是谁起的头，什么都有的 301，成了邻居心中神奇的小卖部。

不得不说，很贴切。

他们大概知道了林葵的特殊，进门后没有找她，相互自我介绍，

颇有点网友线下见面的气氛，然后凑了两桌，自如地在没有主人的客厅打牌。

"奶嘴四脚兽"爬来爬去，见人就露出满是口水的笑容。大金毛被拘在门口，叼来它最心爱的玩具，要送给做鸡肉干的阿姨。

这个家从没来过这么多客人，热闹得快把屋顶掀掉。林葵贴在卧室的墙上听动静，不是害怕，就是有点对人类过敏。

501肌肉大哥站在门外，一点没觉得这样的交流有什么不对，隔着门满怀感动："弟妹啊，我媳妇儿这段时间全托你的福，她好我就好。往后有事你发话，我伍超的命都是你的！"

林葵憋了又憋，在程霆的目光下，伸出圆滚滚的手臂摆了摆，不肯接下这条命。

程霆笑着代表她发言："滚。"

肌肉大哥比了个"OK"，退下。

外头大金毛汪汪叫了几声。

卧室里，林葵眼巴巴地望着门口，想摸摸狗。

程霆突然凑过来："我有只猫。"

这话把林葵说馋了。

程兰来送面粉那天，阵仗很大。别人买面粉按斤称，她不，她问的是："填满100平方的房子要多少面粉？"

她并不知道林葵的储藏间到底有几平方。

一辆车装不下，来了三辆车。

老汪一听是送301的，赶紧拿钥匙开大门，平时也只有消防车有这个待遇。

程霆没让陌生人上楼，喊了阿德和501的大哥一起扛大包扛上去。

程兰目睹全过程，决定要闯一闯301。

程霆面色不善地挡着她。

"我就看看！"

"站远点，你会吓到她。"

"说的什么话，我是鬼吗？"

"再远点。"

"什么时候走？"

程霆没说话。

"小邱让我把这个给你。"

与面粉一起来的，还有程霆花三百万做的东西。只有一个小小的盒子，小到对不起转账单上那么多零。

"差不多了你就给我滚回来。"

"啰唆。"

万事俱备，但林葵并没有开始工作，她的小程序是静止的，某站动态是静止的，也不再供应邻居们的订单。从面粉进家到今天，她没看过一眼，每次经过储藏间都走得很快。在她这里，留恋就是错。

程霆没劝，反而锁上了储藏间的门。

粉丝很不习惯一贯高产的螃蟹突然断更，在评论里关心她是不是病了，甚至有谣言说她染上病没救活。

程霆一脸冷笑，半夜用自己的账号挨个在这些评论下回复倒挂大拇指。

除了粉丝，老汪也看出不对，上班的时候问程霆："囡囡最近怎么没订单？闪送小哥好久没来了。"

程霆蹲在台阶上，喝小水杯里自己冲的牛奶咖啡，不好喝，但没有选择，只能臭着脸继续喝："她说休息几天。"

老汪丝毫没觉得从程霆这里打听林葵的消息有什么不对，点点头："是该休息了。你不知道，小葵勤快嘞，像她外婆，一年到头不轻易休息的。"

老汪还没夸够："现在有几个年轻人像她这样？"

程霆瞟他一眼："听出来了，你是在敲打我。"

老汪却说："你也不错。"

程霆笑了："哟！"

老汪拍拍他："小伙子不错。"

程霆回头看，群里那帮人要给他送锦旗，他嫌烦，敢送断交，于

是锦旗送这儿来了，高高挂在办公室的墙上，是老汪在任这么多年的第一面小红旗。

程霆拍了照片回去给林葵看，她如今不怎么笑了，笑意很淡，只有一瞬。时间将她割裂，她在旋涡中越来越迷茫，但她仍想将自己最好的样子留给程霆。

程霆看在眼里，他不是个有耐心的人，唯独在这件事上等得起。

程兰同样是个没耐心的人，并且善用战术，一天一个电话打过来，不论聊什么，最后肯定会问什么时候走。

她问的是时间，不是结果，因为她从不怀疑结果。程霆虽然刻薄，但守诺，是个一言既出驷马难追的君子。

某一天，她对程霆说："天启要回来了。"

程霆一顿。

程兰："让我保密，要给你惊喜。"

程霆缓缓笑了起来。

程兰："你就当不知道，别去问他。"

程霆："无聊。"

程兰："阿道，他都回来了，你呢？"

晚饭时，程霆把这件事说给林葵听，他用了一个词：朋友。

"我很好的朋友，等他回来，介绍你们认识。"

林葵被他染上几分高兴，乖乖点点头："我现在和小疯说话不会紧张了。"

程霆揉了把她的头发，夸她厉害。小姑娘的卷毛有了一丝生气，缠着他的手指。

气氛很好，林葵问："他也是天才吗？"

程霆说："他比我厉害。"

林葵很少听程霆夸谁，一下子充满敬畏。

"我以前一直以为他会拿绿卡，他那个工作保密性很高，外国护照不可能触碰核心领域。"

"然后呢？"

"如果真拿了，我会骂他。"程霆笑着说。

林葵摇摇头，细声细气地："不要随便骂人。"

"说他厉害就偏心了？"程霆逗她。

女孩摆摆手。

程霆："我要是在微软，也不比他差。"

林葵毫不怀疑，习惯性地说："等你朋友回来，我做蛋糕给他吃。"说完她脸色变了变，眼尾耷拉下来。

程霆靠在桌边："不要紧。"

"对不起啊，程霆。"

"不要紧。"

程兰在工商局办理执照的时候，跟助理小妹讲传说中的爱国海归青年。

"你觉得阿道厉不厉害？"

"厉害！"

"天启回来，阿道会变得更厉害。"

"为什么？"

"遇强则强。"

"姐，接机带上我！是帅哥我就追！"

"好说。"

但助理小妹没有等来接机的日子，一切变数发生在登机的前一天。

程兰一个急刹停在小区门口，直上301。程霆已经等在门口了，嘴里咬着一颗咖啡糖，靠在拐角处，沉默着。

程兰捋了把头发，蹲在地上，眼泪落下，很快有了一摊深色痕迹。

她愤怒地咒骂。

程霆："小声点。"

程兰："程霆，你养了只兔子是吧？怎么，我又吓到她了？"

程霆沉了脸。

程兰的眼泪止不住："那些王八蛋！"

程霆瞥开眼，看着外头，低声问："天启爸妈怎么样？"

"都倒了，现在在医院。"

任谁都不能接受，在外求学多年终于要回来的孩子，死在了回家的路上，尸体被发现的时候已经凉透了。那边的警方调监控，初步判断是他杀，持刀者是个犯毒瘾的瘾君子。

凶手还在追查，但程霆和程兰心里都清楚，抓不到了。这是一个明目张胆的骗局，明知道，却没有任何办法。

程霆问："能接回来吗？"

程兰摇头："等天启爸妈好一点了会过去。"

程霆过了很久才说："还是高兴得太早了。"

程兰有点担心地看着他，怕他又经历一次这样的事，会再也爬不起来。她不再催他，只是在走的时候叮嘱："照顾好你自己。"

程霆看着她。

程兰说："其他都不重要了，程霆，放下吧，我们都放下。"

她走后，程霆独自在那里站了很久。

有人也在家里等了很久，林葵小猫一样趴在门边轻唤："程霆……"

他这才动了动，一步步返回去，看着门里的小姑娘："都听见了？"

林葵点点头。

"不能介绍你们认识了。"程霆说。

林葵主动靠近他。

那是一条人命，虽然未曾相识，但在善良的女孩心里，似乎已经认识了。

回家的代价太大了。

程霆问："我收个邮件，你陪我好吗？"

她用力点头，牵住他的手。

他们最近已经很少牵手了，程霆反握住，手指冰凉。

两人在桌边坐下，程霆登入了一个陌生网站，飞快输入一串密码，再输入一串密码，网页上出现了一个小信封的标识。

林葵看不懂程霆的代码，只见他敲了一下回车键，那封信展开来，很短，只有五个字。

——阿道，靠你了。

林葵震惊地捂住嘴，不敢去深想对方是在怎样的危急中留下这句话的，那是明知死亡即将来临的遗言。

程霆一直看着这句话，十秒后，系统自动擦除，信纸上什么都没留下，但他还是看着，没有一丝表情。

林葵忽然站起来给了他一个拥抱，将他的头捂在自己胸口："你不要难过。"

程霆沉默了很久，低声说："好，不会。"

"不是你的错。"她抱得更紧了。

程霆闭上眼，就着这个姿势亲了她一下，说不清亲在哪里。

这一天的夜空，星星很多。

程霆问林葵："你猜星星多还是人多？"

林葵老实回答："不知道呢……"

她挨着程霆，用外婆的望远镜看星星，许久后，问无所不知的男生："星星会消失吗？"

程霆想了想："分情况。"

她歪着头等后面的话。

"没有人记得的星星很快就消失了。如果你是星星，会是银河里最隽永的一颗，因为我会一直记得你。"

他们坐在窗边的地上看了一整晚星星，当城市的灯熄灭后，他们看到了更多的星星。

后半夜，林葵撑不住了，揉了揉眼睛。程霆扶她躺在他腿上，半搂着她："睡吧。"

女孩听话地阖上眼，睡着也招人喜欢，不乱动，小嘴微张，睫毛在眼下投了一片暗影，紧紧攥着程霆的衣服。

程霆后半夜不看星星，看这个叫林葵的女孩。

第二天，程霆说："你帮我剪个头吧。"

他的头发已经蓄到了肩下，厚厚一把，又直又黑，叫天生自来卷的小姑娘羡慕了好久。

林葵问要剪多短，程霆说随便。

她嘟囔："都说了男孩子不能随便。"

程霆嘴角弯了弯。

于是林葵在窗边摆了张高椅，地上铺了纸，郑重其事地捏起平时拆快递的剪刀。这么多年，林葵都是自己给自己剪头发，头一回给别人剪，很紧张，手都在抖，剪刀咔嚓咔嚓几下，好像有点歪，再咔嚓咔嚓……糟了，越来越短……

林葵红着脸，不好意思地抠着手里的剪刀。

程霆对着窗户大概看了眼，这个结果他不意外，甚至有备选方案，变魔术似的变出一把电动剃刀。

林葵死活不肯再干，怕碰坏了，把电动剃刀塞给程霆。

程霆笑她："你摸我剃须刀的时候，可没这么含蓄。"

林葵拿圆圆的眼珠子瞪他，他总是提她的糗事。

"来吧。"

此刻，是他在她跟前最听话最乖的样子。

林葵决定为自己犯的错负责。剃刀嗡嗡响，震麻了她的手心，她默默往衣服上擦掉手心的汗，认真地抿着嘴，刮掉了他的一绺头发。

发楂极短，当青色的头皮露出来，林葵开始难过。

久违的阳光洒在后背，她却阵阵发冷，她觉得自己要失去程霆了。

当最后一绺头发掉落，像是给曾经觉得漫长无边却又一闪而过的同居生活画上了句号。

林葵忘记关掉剃刀，任它吵闹作响，程霆好一会儿才回头，平静地关掉剃刀。

他对她说："我们喝点酒吧。"

林葵看着他，她的手艺真的很差，可是他还是很好看，他毫不费力地驾驭寸头，更像个小混混了。

她踮起脚，笑着摸了把这颗脑袋。程霆好脾气地被她拨弄，配合地矮下身。

林葵已经很久没有这么认真地操持一桌饭菜了，她上网买了很多新鲜蔬果，开了一瓶茅台，用心写了一个搭配高度白酒的菜单，在本市她认同的同行那里加急塞了一单，订了个八寸的巧克力蛋糕。

蛋糕送来时是程霆收的，他顺手放在桌上，没有拆包装的意思。

开席，酒满上，蛋糕被林葵拆掉盒子，放在程霆手边。

她说："你尝尝看。"

程霆推开："不好吃。"

"你都没吃。"她急了，"我特地为你订的！"

程霆睨着她："我这辈子只吃林小葵做的蛋糕。"

林葵没说话。

程霆直接把蛋糕撤下桌："你的好意我心领了。"

林葵把一盘荠菜年糕推到他面前，说："我刚认识你的时候，就想让你尝尝这道菜。时间匆忙，买不到野生荠菜，这是种植的，味道差一点，不过只有一点点，你不要挑剔。吃吃看，外婆说年糕是年年高的意思。"

"我奶奶也这么说。"程霆把整盘拿走，一口接着一口。

林葵笑得很满足，手在他头上压了压。

他停下筷子，看着她。

她的眉梢唇角仍旧带着笑，也在看他。

程霆唤了声："林小葵。"

女孩软乎乎地应道："嗯？"

"我要离开一段时间。"

"好，我知道了。"

"你自己会不会怕？"

"不会的。"

程霆看得很清楚，林葵没有哭。

她叮一声碰响他的酒杯："你出去以后，不要让人欺负你、打你、骂你，以后没有我给你撑腰，你要自己骂回去。还有，你要保证平安健康。"

"好。"程霆心都化了。

林葵仰头喝掉酒，辣得吐舌头，拿黄瓜片贴嘴巴，觉得自己好滑稽，咯咯笑起来。

女孩的眉眼弯弯，眼瞳里映着程霆的样子。

她又倒了一杯，很会说吉祥话："祝你鹏程万里，心想事成。"

程霆："你放心。"

"程霆。"

"嗯？"

"如果可以，你还要快乐一点。"

"好。"

那瓶酒，程霆喝了三分之一，其他全是林葵喝的。

他没劝，就像她没挽留。

程霆越喝越精神，林葵越来越迷糊，到最后，小番茄一样的脸蛋很好看，卷毛在头顶摇摆。她什么都敢说，绕过桌子找阿弟贴贴，认真抱怨着："每次你都不知道慢一点，我会疼的。"

程霆的眼里有了些别的情绪："林小葵。"

"要叫姐姐，没礼貌。"

"原来你喝醉是这样的。"

"没有喝醉哦！"林葵竖起两根手指给自己证明，"这是一！"

程霆低笑出声，偏头吻了一下醉鬼的唇角，低喃："我喝醉了。本来没这个打算，但你刚才挑逗我，我喝醉了，小弟不听话。"

凌乱的衣裤散了一路，卧室门来不及关，溢出暧昧的声响。

第二天天未亮，程霆无声从卧室出来。他拿着一枚很小很小的东西，专注地将这个东西装在了米老头的机头里。

这台曾经退休的老机器被推到厨房，与米宝并排在一起，程霆挨个摸了摸头，叮嘱着："好好陪她。"

明明是冰冷的机器，却好像有生命，回应着他。

301 的门开了又关，最后，又只剩下林葵。

林葵疲倦地沉睡着，并不知道程霆离开。

他从这里隐世，又从这里入世。

这个从不回头的男人，唯独这次走的时候，回头望了眼老树旁的窗户，叫在门口接人的程兰看得啧啧称奇。

车子点火，程兰看见程霆颈上的指甲痕，笑着揶揄："哄好了？"

程霆闭着眼，等驶出一条街才忍不住炫耀："我老婆好可爱。"

程兰咬咬牙。

恋爱脑，晦气！

林葵醒来后，看着空荡荡的大床，咬着被角，宣泄忍了一晚上的悲伤："我失恋了！"

她在床上赖了好几天，水米不沾，哭声停停歇歇，哭湿了一条枕套外加半片被角。爱干净的小姑娘实在受不了臭烘烘的自己，这才愿意起来，她先看见的是米宝身边的米老头。

程霆留下了字条：

——修好了。

字条上压着一把钥匙。

林葵颤颤巍巍地打开了储藏间，看着一屋子满满当当的面粉袋，说不出话来。

这一切超乎她的想象，程霆尽可能做到了他能做的一切。

这一刻，比理智更快的是身体反应——林葵不由自主地开始清点面粉。她生长在一座超级城市，自认对烘焙小有研究，但被程霆堆满的这个房间里，出现了很多她只听过没见过的面粉。还有一部分包装袋上是她不认识的文字，她辨别不清里面粉末的筋度。

她跑出来，咕咚咕咚灌了一壶水下肚，捧着电脑进储藏间，已经顾不上难过了，认认真真上网查包装袋上到底写了什么，再分门别类。

这是个体力活，几天没吃饭的她干了没一会儿又跑出来，冲了碗泡面吃掉，打了个饱嗝，又埋头冲进储藏间。

马老太太的相片静静立在花下，暗香悠远。

等林葵捧着电脑出来的时候，她像个在工地上扛了一天水泥袋的人，浑身灰扑扑的，唯独双眼明亮。她在空旷的客厅里给马女士讲自己列的表格，超级不好弄到的面粉排一列，很不好弄到的面粉一列，常用的一列，然后按照出产国家的不同，再分开介绍了一遍。

最后，她说："外婆，对不起，你再等等我好不好？"

程霆走后，群里来了新电工，是老汪一贯喜欢的风格，经验丰富，稳重，年纪大。

新电工挺好的，但大家就是有点说不清的情绪，好像程霆不在，

就少了主心骨似的。

群里再也没热闹地讨论过下午茶，封楼期间亲如一家的业主群忽然就冷清起来，好几天没人说话。

某一天，楼里闹了大动静，林葵从窗边冒出脑袋，看到一辆救护车开进来很快又开出去。

一夜后，501肌肉大哥冒泡了。

501：嘿，我当爹了！

邻居们陆陆续续道恭喜，林葵潜水看别人聊天，了解到501是老夫少妻，女生比她还小一岁，阵痛的时候哭着要离婚，差点把肌肉大哥耳朵揪下来。目前母子平安。

紧跟着是"奶嘴兽"妈妈在群里跟楼下的人道不好意思，说发出的动静不是她儿子干的，是她为了减肥在跳操，以后会注意。于是楼下的人问她跳郑多燕还是帕梅拉，两人交流起减肥心得。

302：俗话说，减肥三分练七分吃，到底还是要注意饮食！

402奶嘴兽妈妈：说起这个就来气！冰箱里的全麦欧包断粮了，我最近都是吃的大米饭。

302：那不行，大米饭升糖！

402奶嘴兽妈妈：是的呀！谁说不是呀！我定点采购的那家老板中标了！没得买，我现在一天比一天胖。

302：那试试粗粮？

402奶嘴兽妈妈：哦哟，算了，封楼天天送的不是土豆就是地瓜，吃够了，也没见瘦。

302：好有道理！

突然，对话框里弹出来一枚小螃蟹头像。

301：其实面包我也会一点。

那两个人不说话了。

林葵捧着手机想了想，发了个笑脸。

301：可以先试吃。

402奶嘴兽妈妈：不，我们是在震惊，还有什么是你不会的？

501新手妈妈：螃蟹，我不需要试吃，给我来一打，我正式宣布今天加入减肥大军!

301:还是试吃一下。

402奶嘴兽妈妈:我也不需要试吃,留点给我!

就这样,林葵用程霆送来的珍贵面粉开展了新业务。

群里重新热闹起来,每天都有殷勤问候。

——螃蟹早上好,今朝烤啥面包?

——会发视频吗?

——我要留言炫耀一下我的小面包!

大家也很懂规矩,群里接龙,到点去林葵门口的小推车里取餐。

林葵的那个推车,开始收到邻居们的回赠:一楼阿婆的南瓜、402奶嘴兽妈妈的云南咖啡豆、501新手妈妈的口红,偶尔还会夹杂着一包学校门口才会卖的那种辣条。

林葵好奇,一动不动地趴在猫眼上,守到了吴帅帅同学。小胖背着书包,气喘吁吁,放下辣条后,以为不会有人看见,对着猫眼比了个心。

更熟悉一些后,女人们开始点餐。

402奶嘴兽妈妈:今次(这次)在外滩切(吃)了个贝果,哦哟,当我冤大头,弗莱赛(不好吃)! @301螃蟹,侬会做伐?

301:以后叫我小葵吧,林葵。

501新手妈妈:小葵啊,做海盐卷好不啦!最近风好大!

301:那个很胖的。

501新手妈妈:哦,那我吃贝果。

一起经历封楼的友谊,让邻居们在林葵这里有特别待遇。

301:要夹心吗?日式有黄油,口感软;美式硬,无油。

让减肥人士心动的点只有一个:无油。

女人们齐齐选择后者。

林葵顺便也在小程序上开了链接卖面包,量虽然不多,但一个人忙不过来,多亏有退休返聘的米老头。"老人家"了,工作起来完全不输小米宝,甚至出膜更快更好。

林葵不知道程霆是怎么修好它的。他很少说,只给她看结果。

程霆走了,这个家似乎没什么不同,但他其实留下了很多。

林葵在剪视频的时候，会无意识地把半张脸埋在衣领里；她总穿着那双蓝色拖鞋；刷牙的时候，小心地摸摸剃须刀；喜欢上纯美式；学会了在每天工作结束后，给自己倒一杯红酒；程霆用过的枕头，成为了林葵的安抚抱枕。

当"螃蟹大大"连发几期只有自己出现的教学视频后，弹幕里有人发问了。

——男朋友呢？

她会诚实地回答。

——他去做很重要的事了。

——分手了吗？

林葵有点难过，没有诚实回答这个问题。从此以后，她发视频再也不刷弹幕和评论。

所以，301 的小姑娘并不知道某人半夜抽空上线，给她的新视频三连，独独回复了这条。

——好着呢。

水面平静无痕，水下却在凝成巨大漩涡。林葵的崩溃发生在米宝坏掉那天，只是来到家里不到一年的成员，她却哭得比米老头坏掉时更悲伤，在程霆面前忍住的眼泪再也绷不住了。

她打电话给阿汪叔，拜托他找人帮帮忙。

老汪听着电话里炸开的哭声，急得差点也跟着哭。

"囡囡啊！"老汪哄她，效果不太好，那头的小姑娘听着快要抽过去。

老汪知道林葵怕生人，便陪着新来的电工上来。

林葵一串小跑给他们带路，蓝色拖鞋都跑掉了。她指着罢工的米宝，抽抽噎噎："坏……坏了。"

电工阿叔二话不说，拉开工具箱叮叮当当一顿操作。

林葵期盼地攥着手，水亮亮的眼睛盯着米宝，一会儿后，怯怯地问一向信赖的阿汪叔："会好的，对不对？"

老汪戳了戳电工阿叔。

电工阿叔一脸为难地挠挠头："这个，这个……我没修过，不太有经验……"

林葵绝望地扑通倒地。

老汪："赶紧想想办法！"

电工阿叔："咦，这里还有一台啊。"

林葵："之前也坏了，程霆修好了！"

不得不说，老汪很想那个臭小子，要是他在，囡囡就不会哭。

电工阿叔一拍手："啊，那就好办了，我把这台好的拆开来看看，对比一下。"

林葵："所以，能修好的对不对？"

电工阿叔："应该没问题。"

林葵又紧张地攥起手，老汪不知道怎么了，心口狂跳，预感不太好。

电工阿叔把米老头三下五除二拆开，研究一番，情况一下子回到了刚开始的时候，无从下手。

电工阿叔也要哭了："你找别人吧。"

林葵不肯，执拗着："可以的！程霆！"

电工阿叔："他把这台机器之前的线路全改了，连芯片也换了，我本来想把芯片换过来试试。喏，你看，不行的。"

电工阿叔朝林葵招手，林葵凑近，眼睛哭得都模糊了，狠狠擦了擦，再看，看清了那枚小小的东西。

上面有一个"葵"字。

耳边仿佛还有那个人的声音——"林小葵，你那个机子，除了我，谁都修不好，话我放这儿了。"

原来程霆是这样修好的。

电工阿叔："要不我帮你找找哪里能买到。"

林葵慢慢摇了摇头。

买不到的。

老汪心酸。

林葵摩挲着米老头，对阿汪叔说："算了，还有它陪我。"

她重新冷静下来，送两位阿叔出门。

老汪不放心，站在门口叮嘱："小葵，都会过去的。"

林葵乖乖点点头，露出软软的笑："我知道的。"她同样叮嘱阿汪叔，"你不要找他，我们都不要打扰他。"

　　老汪似乎想告诉她什么，但没说出口。到底是过来人，看得清楚，有些事不好一厢情愿，也不好一味迁就，结果全在自己的选择。

　　等人走了，林葵轻轻凑过去，不眨眼地看着米老头。那块芯片上有她的名字，是程霆最后留下的东西。

　　现在她真的懂了——

　　"芯片是从一粒沙开始的童话。"

第六章
跨越山和大海

夜，西安，大雪。

程霆黑着脸，靠在西工大某科研所门口的电线杆下，皱着眉折腾手机。他在大西北也一样嚣张，一件黑色皮衣，一个刺头，好像手机跟他有仇。

程兰蹲在地上，姐弟俩看着都不像正派人，好像是来全国数一数二的大学找人寻仇的。

程兰嗤笑："怎么，不接你电话啊？你怎么人家了？"

程霆不说话，按住不停跳动的眼皮。

程兰"哦"了声："人家小姑娘不要你了。程霆，你也有今天。"

程霆不爽地掀起眼皮。

程兰正色道："来办正事的，把你的恋爱脑收收。"

大雪快把这两人变成雪人，来往的学生都好奇打哪儿来的神经病。

程霆全不顾别人的目光，心里想着远在江南的那个人。

林葵脸小能骗人，上手全能摸到，实打实的有肉，每次抱紧一点，她就要抱怨喘不上气。乖小囡天天唠叨四个箱子，但从没听她说过要减肥，每餐都好好吃饭，喜欢吃家常菜，大概是甜点做多了，自己反而吃得少，更喜欢看别人吃。

她还喜欢鲜活的花儿，喜欢周末有点吵的小区，她会做一杯奶泡

丰富的咖啡,靠在窗台上,看孩子们打闹、小狗晒太阳、老人们推着婴儿车用各地方言拉家常。

她会笑眯眯地和外婆说悄悄话,然后慢悠悠地喝光那杯咖啡。

程霆有点无语,真觉得自己是恋爱脑。他动了动,抖掉肩上的雪,尝试着又拨了一通电话。

这一秒的 S 市,301 的"大壁虎"趴在墙上,害怕地看着掉在地上的手机,手机一直在响,有种"你不接我不停"的气势。

林葵就是纯粹没想过……程霆还会打电话给她。

那天他们没有约定什么,那样把人送走,就不应该再让他分心,毕竟他们已经分手了。

林葵眼里有一种决绝的坚定,从墙上把自己扒拉下来,朝手机靠近,伸出手指飞快一戳,挂掉了这通来电。

西工大电线杆下,程霆挠了挠头,还想再打一个。

程兰突然站起来往外冲,其间拽了程霆一下:"小鸡要跑!"

程霆拔腿就追:"给我抓回来,我堵后门!"

那么厚的雪,跑得命都快没了,程兰骂了一句:"我看她改叫泥鳅得了!"

那个专业论坛上,渐渐多了程霆的消息。

——内部消息,绝对靠谱,大佬要做 EDA!

——做梦吧!

——真的,道去西北抓小鸡了!

——小鸡?那个天才少女?

——是啊!震惊!

——哇哦!如虎添翼嘛!这次好像真的可以!

——我已经说累了,给我搞!

当然,还有旧事重提的。

老周是程霆身上唯一的瑕疵,但程霆不在意被泼脏水,迄今为止,一句辩解也没有。

林葵为这世上只有她知道程霆有多好而感到遗憾,为他感到委屈。

可她同样也不会说，因为她知道在程霆那里，这件事已经过去了。

他正在一步步朝自己的理想前行。

不过，正义总会出现，有人在下面评论了。

——圈内人，勿扒。你们知道个屁！是公司合伙人联手把他赶走，就因为他要做EDA！他走后，老周自己玩不转才自杀的，他才是最可怜的那个！他要是为了独占公司逼死老周，那他现在还要这么费劲从零开始，到处找人凑团队？凡事自己过脑子想想，别人云亦云，网络不是法外之地，劝你慎言。

林葵抱着电脑啪啪鼓掌，很解气，在外婆周围绕圈，绕一圈回来，眼睛好亮，捧着脸："马老师你说得对，世上总是好人多呢！"

论坛上热烈讨论即将到来的IC论坛，这场疫情下的行业盛事在S市举行，能上台发言的都是几个重要环节的业内大佬。名单上有程霆的名字，安排在最后出场，官方发布的流程表上有他的演讲题目——《电子设计自动化技术的过去与未来》。

这也是自宇通事件后，这么多年来EDA第一次成为主角之一。

林葵看帖子里的大神们分析这分析那，激动坏了，在厨房里叮叮咚咚一通操作，给邻居们做水果派。现在已经能买到新鲜水果了，不用束手束脚，料堆满，馅比酥皮多。

301：送给大家吃。

501新手妈妈：为啥？

301：有好事！

她给自己留了一角，做了一杯冰美式，认真梳了头、洗了脸、换了干净的睡衣，把外婆的相片也抱过来，虔诚地守在电脑前看直播。

她现在已经能听懂一点了，像小老师一样给外婆讲解："这个人是画图纸的，程霆以前是他们的头头，他定好了才能开始画，厉害吧！"

她手指戳了下一个，继续说："这个是盖房子的包工头！"她软乎乎朝外婆笑，"不要看阿弟年纪轻，蛮厉害的嘞！"

随着时间越来越近，她的话越来越少，最后瞪着眼睛，都快把屏幕盯破了。

终于，程霆登场。

前面的人擅自超时演讲，这是一种对程霆代表的领域的轻视，大家都在期待小年轻的反应。只见程霆从容上台，穿着自己公司的白色文化衫，举着话筒淡淡道："大家好，我是程霆。"

这是分手后，林葵第一次看见他，很珍惜，舍不得眨眼。与大佬们的发型相比，那个寸头实在不像话，叫亲手操刀的小姑娘不好意思极了。

弹幕一下热闹起来。

——文化衫哪里买？想要！

——大神的文化衫，穿上考满分吗？

——来一打，不然去你公司门口哭！

林葵有点紧张，生怕有人提起程霆的发型，幸好，观看这种论坛的几乎都是男性，直男根本不会注意发型。她这才顾得上欣赏程霆的白衣服，他以前都没穿过这样明亮的颜色。

林葵看见程霆相当阴阳怪气地笑了一下。以林葵对他的了解，这家伙是吃不了一点亏的。

果然，程霆的第二句话就是："感谢刚才王老师占用了我的时间，所以我现在完全没有时间压力。不过我个人对王老师说明年要做3纳米持谨慎态度。我们这一代，空手套白狼的太多了，还是要学学老一辈脚踏实地。"

直接给了个下马威，导播也很懂，挑事地给了王老师一个镜头。

此人道行也深，保持笑容，微微颔首，以至于台下众人和事佬似的也跟着笑了笑。

程霆敛了笑，开始讲自己的PPT。他的演讲分为三个部分，先简单介绍什么是EDA，再分别聊聊过去和将来。他的PPT做得很"平易近人"，内容不如前面几位高大上，林葵知道，他是想让普通人更了解这个行业，就像当初对一无所知的她做的那样。

聚光灯打在程霆身上，他自信且严谨。当大屏幕上跳出第二张图时，他嘲讽地说："刚刚王老师那张图把我们EDA扔掉了，我这里把它补回来。"

那张图是一个倒三角形，芯片涉及的几大行业按经济利润排列，最上面是各种电商传媒数字经济，接下来是电子系统、半导体设备和半导体，这个倒三角形的最下层，是 EDA。

程霆点了下手里的遥控器，这张图倒了过来，成为一个正三角形。那么，IC 食物链的顶端就是 EDA。

程霆说："我明白，王老师嫌工业软件市场不够大。确实，工业软件目前的市场只有一百亿美元，但我想说的都在图里，一百亿，撬动的是四千亿美元的全球半导体。"

再次被点名的王老师笑不动了。

电脑前的林葵会心一笑，想起那个停电的雪夜，程霆假装好心递过来的咖啡糖。

演讲到最后，程霆做结束语："我是做架构出身，可能比在座各位体会得更深一点。在当今世界，万里征途从 EDA 开始。或许有人会说我痴人说梦，但一粒沙能变成如今的芯片行业，在很多年前看起来也不太可能，正因为那时候有人相信，才有了现在的我们。"他的脸上忽然有了一丝柔软的表情，"有一个人跟我说，从现在开始算，二十年也不算太久，那时我才四十七岁。我觉得她说得很对。"

导播拉近了这个画面。

于是，眼看演讲顺利结束，激动了两天没好好吃饭的林葵，咬着半边酥皮，和画面里帅气逼人的男生对上了眼。

那双眼好像在笑她。

饼皮掉在了盘子里。

林葵头顶冒烟，身体缓缓滑落，最后只在桌边冒出一点眼睛。

"十年饮冰，难凉热血。"画面里，程霆鞠了个躬，"谢谢大家。"

之后，是主持人上台，领导上台，大屏幕黑了，灯灭了。

尽管论坛已经结束，但弹幕依然在热烈滚动，讨论的热点是：

——那句话到底谁说的啊？好有智慧！兄弟们，坚持住，二十年后，咱们要有自己的 EDA 啦！

林葵头顶的烟越来越大，无力地把脸贴在地上。

这是什么大型"社死"场面？

IC 论坛现场，程霆下台后把麦克风一丢，掏出手机来要打电话。

程兰在旁边给他念接下来的日程安排，晚上还有个晚宴。

程霆就一句话："我想打个电话。"

程兰翻白眼，看了看表："十分钟。"

程霆点了点头。

他的电话已经拨出去了，301的电话铃声响了很久，但整个家空旷极了，要费劲找一找，才能在厨房的中岛台旁找到林葵。她看着来电，抿紧唇，死死抠着手指头。

铃声停了，她说不清是松了口气，还是更加失落。

想念一个人，连听他的来电铃声都是满足的。

这一切在程霆预料之中，他靠在人来人往的会场边，无视想要上来和他闲聊的那些人，抿着唇发消息。

程霆：接电话，不然我立刻回去。

这个恐吓真实有效，林葵从地上起来，盘腿而坐，在程霆第二次打来时，乖乖接电话，颤抖着："喂？"

程霆在电话这头松了口气："林小葵。"

"嗯？"

"我是谁？"

"程霆。"

程霆能想象到她念他名字时的样子，笑了。

林葵捏着手机，纠结着，不知道该怎么接话才能不冷场。她不太懂男女分手后的社交礼仪，好像说什么都不合适。

"吃饭没有？"程霆问。

林葵想到那块酥皮，没吱声。

"我今天有个会。"程霆汇报行程。

"哦。"

"你怎么样？"

"我挺好的。"女孩细声细气，心情渐渐低落。

她能听见程霆那边的嘈杂，而这里，像一座孤坟。在这一刻，她意识到了自己与程霆之间无法跨越的距离。

程兰在不远处朝程霆比了比时间，程霆垂下眼，没有问林葵那道选择题的答案，而是叮嘱："好好吃饭。"

林葵没说话。

"我挂了。"他说完,没立刻挂断,而是又等了几秒。

林葵反应过来他在等,赶紧重重戳了戳手机。

程霆的信息来得很快。

程霆:下次别再不接我电话。

林葵:你别回来。

程霆:接电话。

林葵:知道了。

林葵没有能谈心的朋友,只能上网找寻答案。她在知名网站的情感八卦组里换各种各样的搜索词,包括但不限于:

——怎么做一个好的前任?

——和前男友应该互删吗?

——分手后还保持联系是正常的吗?

——前男友打电话要不要接?

——怎么在前男友面前假装不在意?

热心网友的意见很具有"参考性":

怎么做一个好的前任?

——别去打扰人家。

和前男友应该互删吗?

——删啊,不删留着过年啊?

——不不,先删就输了!

——分情况吧,反正我没删。

分手后还保持联系是正常的吗?

——不正常,说明你们爱得不深。

——姐妹,渣男撩你呢,别理他!

——我和我前男友有联系,现在是很好的朋友。

前男友打电话要不要接?

——别接,找你借钱。

——接,难道还怕他?

怎么在前男友面前假装不在意?

——在意为什么要分手？

林葵盯着最后这句直击心灵的问题，回答不出来，只能重新倒回去看看怎么做一个好前任。

她研究了一晚上，同样的夜晚，程霆在和团队开会。

他那个办公室，一般情况下没人愿意进去，跟什么恐怖屋似的——65寸大电视，二十四小时循环播放黑白鬼片，音效极其逼真，大伙在各种尖叫声中开会，效率极高，开完拔腿就跑，凑在茶水间里把老大骂一顿，然后乖乖干活。

最先受不了的是程兰，因为她朋友来探班，被吓哭了。

程兰一拳头砸在阿弟身上："你有什么毛病？"

程霆没解释："你不懂。"

唯一捧场的是疯人院，他一进门就说："哇哦！酷！"

程霆难得给个笑脸，还给他买娃哈哈。

疯人院不怎么吵人，只要给他一张纸一支笔，他能坐到天荒地老。是程霆先忍不住，站在窗边打电话，这一次，对面接得很快，声音听起来也很稳。

"程霆。"

程霆笑着"嗯"了声，问："在做什么？"

"烤饼干。"

对话很没营养。

程霆问她："烤饼干给谁？"

"快递小哥。"

"没有我的吗？很久没吃了。"

"只做了一点点。"

"胃疼。"程霆没了笑，上苦肉计。

林葵慢悠悠"哦"了声，不说话了。

程霆也不说话，但不挂电话，很有点"不让我满意的话，今天咱们谁也别想好过"的意思。

林葵恪守自己的完美前女友准则，嘟囔："你自己出去买。"

程霆这下是真不高兴了，但他顿了顿，又说："算了，也不是很疼，不要紧。"

　　"我，我要做事了……"

　　"好，你先忙。"

　　挂了电话。

　　气氛僵硬到疯人院放下笔，问程霆："你不高兴啊？"然后善良地从兜里掏出一块小饼干，"阿道，你要吃吗？"

　　两个智商巨人幼稚地讨论起小饼干。

　　疯人院："真好吃！"

　　程霆："不好吃。"

　　疯人院："你又没吃。"

　　程霆："我吃过最好吃的！林小葵做的好吃！"

　　疯人院："那她为什么不给你做？"

　　程霆："生我气。"

　　疯人院："为什么要生气？"

　　程霆默了默，自我检讨："我做得不够好。"

　　疯人院："你们俩性格差好多，我听师弟说，这样容易分手。"

　　程霆开骂："你知道个屁！我俩绝配！"

　　疯人院："哦。"

　　第二天，疯人院又来了："阿道，我想尝尝小葵的小饼干。"

　　程霆没了脾气，到林葵的小程序下单，然后黑着脸把手机放下。因为林葵换了图片，那朵海芋没有了。

　　疯人院美滋滋等着小饼干，结果对面一看联系人电话，取消订单。

　　程霆咬牙。

　　疯人院觉得好朋友有点可怜："阿道，你好像真的要没女朋友了。"

　　不久，闪送小哥送来了别人家的小饼干。

　　林葵这次很主动，给程霆打电话："没货了。"

　　程霆挺平静的："好，我知道了，是疯子要吃，不用管他。"

　　挂了电话，他开始收东西。

　　程兰挡在门口。

　　程霆看着她："我今天一定要回家。"

程兰："关门，放狗。"

程霆看样子真想跟她干一架："你有病啊？"

程兰笑了，让开道，甚至拿出车钥匙："逗你玩的。"

程霆"啧"了声。

程兰："走啦，瞧你这两眼绿光，没出息。"

程霆："开快点。"

程兰："啰唆。"

但是，301并没有等到归家的旅人。

林葵第二天做了很多很多的小饼干，也没等到她在意的订单。

当天晚上，消息就传了出来。

——某大佬被抓了。

——真的假的？

——保真，在门口被带走的。

——上手铐没有？

——那就不知道了。

——犯什么事了？不是前几天还扬言要做 EDA 吗？

——好像是跟境外有联系。

林葵睡前捧着红酒，习惯性地刷一刷论坛，看到这些，心脏狠狠缩了一下，跟被电到似的，疼得差点昏过去。这种感觉她经历过一次，上一次，是外婆走的时候。

林葵抬头找外婆，老太太仍旧在花下笑着，似乎在对她说话。

她扶着桌子站起来，把酒杯轻轻放好，然后小跑着冲出去，站在门口顿了顿，脑子越来越清明，知道自己要做什么。她改了方向，蹿进卧室里找外套，把自己裹得像一颗球，重新出来，对着那扇门运了运气。

鞋，找不到外出的鞋。

外婆走后，外出的鞋就全部扔掉了。

但不要紧，这些都不要紧。

漆黑的楼道里，只有安全出口的指示牌泛着绿光，这一幕似曾相识。

当一只脚跨出去时，林葵的耳边响起那句话——

"我在黑暗中摸索，上帝打开了一扇门。"

她扶着墙，手指触碰到冰冷的墙砖，一步步走下台阶，害怕得颤抖，但不会退缩。

三楼不算高，林葵从二楼开始掉眼泪，一边呜呜地哭，一边坚定地往下走，走下去，看见等在楼梯口的阿汪叔。

老汪看着这一幕，老泪纵横："囡囡啊！"

林葵颤颤巍巍："阿汪叔……"

老汪："好了好了，这下好了。"

林葵乖乖点头，终于站到了老树下。

老汪："跟我走！我开车送你！"

就这样，林葵跟着老汪，走过了程霆之前每天都走的那条路。脚下是水泥地板，旁边是草地，外面的空气很冰，风的力道不轻，味道也不一样。

她一步步走到了老汪停车的地方，站在那里，可以看见不远处的大熊灯。

灯还亮着，明明已经翻过一年，那盏灯依旧好亮、好高、好漂亮。

老汪："囡囡，程霆说，要留着给你看。"

林葵紧紧捏着拳头，怕泪糊了眼，争取多看一会儿。

车驶离小区。

对许多人来说，这只是非常普通的一个夜晚，但对林葵来说，这一晚，她的人生改变了。

她在后座哭，哭从没见过的新街道，哭从没见过的新高楼，哭路上的电子眼，哭小时候最喜欢，现在依然还在的便利店，还有……哭自己。

眼泪流给曾经可怜的小葵，眼泪流给现在勇敢的小葵。

哭声凄怆，直上苍穹。

小区里，老树绽开一片翠绿的叶子，春天跃上枝头。

老汪握着方向盘无声擦眼泪，袖子擦湿一只的时候，把人平安送到。

林葵抽泣着跟阿汪叔说："我在这里等他，很安全，你不要担心。"

老汪确实很担心，但林葵的眼神让他放心下来，走前交代："有事记得打电话。"

林葵郑重点头，可惜两个人都不知道，这地方，信号被屏蔽了。

她观察了一番，选了个角落。她还没哭够，蹲在那里呜呜呜，哭到后来哭不动，吸吸鼻子，把口罩戴好，捧着脸专注地盯着那个过道，像一只等待主人的小犬。

有个留着"刺猬头"的女生在用本地话骂人，中间夹杂几句英语，用词极其流畅。

林葵缩了缩，尽量减少存在感，同时对姐姐的愤怒感同身受。

"对啊！凭什么抓我阿弟！"

"你才卖国！你全家都卖国！"

里头有了动静，"刺猬头"女生停了咒骂，冲进去，很快，她陪着程霆出来。

林葵嗖一下从地上站起来，快速又灵活。

那双眼睛，程霆不会认错，甚至不需要再确定一遍。他站在过道上，无比张狂得意地笑了："我就知道。"

程兰莫名其妙："知道什么？"

程霆张开手，接住了冲进他怀里的女孩。

他旁若无人地把林葵一提，让跑掉一只鞋的小姑娘踩在他的鞋子上，对上她的眼，再次低喃："我就是知道。"

程兰行走江湖这些年，今天算是开眼了。她盯着程霆怀里的胖姑娘，不用问，这肯定是301。

她清了清嗓子，让阿弟注意影响，但抱成一团的两人压根儿不在乎。

林葵捧着程霆的脸，哭着问："程霆，他们为什么抓你？他们是不是欺负你了？"

程兰又"喀喀"两声。

其他工作人员赶紧转身低头。

勇敢的林葵紧紧抱住失而复得的男人："你不要怕，我给你找律师！最好的律师！谁都不能往你身上泼脏水！"

程兰愣了愣。

工作人员恨不得成隐形人。

程霆摸摸林葵的头："我没事。"

林葵不信。

"真没事。"他牵住她的手，朝一旁的工作人员说，"能不能给我点时间？"

对方点点头。

于是，程霆一下把林葵抱起来，跑过冰冷的过道，跑到一辆白色小车前，把她放下。

林葵不倒翁似的单脚站着，程霆拉开车门，在后面翻了翻，从一堆鞋盒中挑了一个。他蹲下来，从鞋盒里拎出一双很漂亮的红底高跟鞋，仰头问她："会不会穿？"

林葵乖乖"嗯"了声："小时候偷偷穿过外婆的。"

程霆笑着握住她的脚踝，蹭了蹭她脚底的灰，在手上把脚揉热了，才轻轻把鞋给她穿上。

直男的审美，细跟，尖头，没有防水台。

林葵原地晃了晃，伸手扶住他的肩膀。

程霆倒回去，捡起跑掉的蓝色拖鞋："这个还我。"

她红了脸，细声细气地问："为什么有这么多鞋？"

看鞋盒的大小，无疑都是女鞋。

"想送你。"程霆说。

"这么多？"

"我攒的，知道你没鞋。"

"要是我没来找你呢？"

"你会来。"程霆摸了摸她被冻红的脸蛋。

林葵瘪着嘴，要哭不哭的，现在才知道他对她有多期待。

"所以，我们没有分手对吗？"

程霆一愣，哭笑不得："你说什么呢？"他把人抱住，主动道歉，"忙，没顾得上你，以后不会了。"

林葵："我没有怪你，我以为你要为朋友报仇，所以不谈恋爱了。"

程霆认真地告诉她："我从小最擅长一心二用，并且都做到最好。所以，这是一次良好通信吗？"

"嗯！"林葵在他怀里蹭，忽然躲了躲，"那个姐姐为什么一直看着我？"

程霆回过头，看到了像猎犬闻见肉香的程兰，他和林葵说悄悄话："我还要去签个字。她是我姐，叫程兰，让她陪着你好不好？她是好人。"

　　林葵松开他，站好，有点紧张。

　　程兰吹口哨："眼光不错，比赵慧可爱！"

　　程霆警告："你不要吓她。"

　　他走了以后，林葵抱紧自己，往座位里缩了缩，企图缩成一小团。但她穿太厚了，只能靠在车窗上。

　　看起来会吃小孩的姐姐讨好地笑了笑，露出八颗小米牙。

　　程兰看着这个毛茸茸一团、不伦不类穿着睡裤和高跟鞋，全身上下都是钝角，找不到锐角的小朋友，忽然嗤地笑了声："你知道程霆是做什么的吗？"

　　林葵骄傲地"嗯"了一声。

　　"知道他遇到什么事了吗？"

　　林葵心疼地告状："他们都欺负程霆，说他是拔了毛的鸡……怎么可以这样……还打人！他们不是朋友吗？"

　　程兰不在意："他们算什么朋友，我们才是。你不要担心，真正的朋友都在等他。"

　　林葵的眼睛干净极了。

　　程兰又问："你还知道什么？"

　　"都知道。"

　　"他告诉你的？"

　　林葵细声细气地："他什么都跟我说。"

　　程兰有一套识人的本事，就这几句话，林葵从此就是自己人了。她绕到另外一边爬上车，问："想他吗？"

　　林葵在"长辈"面前一贯乖巧，点头。

　　程兰说："办公室天天放鬼片，鬼都知道他想你。"

　　林葵又乖乖地点头。

　　程兰伸手揉林葵的脸，手感极好，她又戳了戳，把林葵的脸戳红了，然后有点心虚地朝远处望了望。

　　林葵什么都不知道，还是那样笑眯眯的。

"以后叫我兰姐。"程兰点了支烟。

林葵的眼睛瞬间又大又亮，嘴很甜："姐姐抽烟好看！"

程兰心情很舒爽。

程霆办完手续出来，就看见每年春节在家里要吓哭几只小崽的程兰好脾气地吐烟圈哄林葵，小姑娘鼓掌，要再来一个。

程霆一脸无奈："离我老婆远点。"

程兰不理他。

程霆搂了下林葵："离她远点，二手烟。"

林葵仰头开心地说："外婆也抽烟！"

程霆听了立马毫无原则地夸："马女士有腔调。"

程兰响亮地嘲笑他："你不是挺有种的吗？"

程霆："闭嘴吧你。"

程兰赶紧对林葵说："现在还来得及，妹妹重新考虑下。"

林葵摆摆手，很认真："程霆最好了。"

这下轮到程霆得意，眉梢染着畅快，低头看小乖囡。他们很久没见面了，时间和距离没有稀释这段感情，他们像是从没分开过，没有生疏过。

林葵说悄悄话："我都知道了。"

"什么？"

"葵，小葵，送给我的，对不对？"

程霆"嗯"了声。

天蒙蒙亮了，他已经在这里待了一夜，肯定被问起很多难过的事，但因为从家里跑出来的这个女孩，男人不见疲惫，相反，可以说是容光焕发。他勾着林葵的手把玩时，远处门卫那儿传来不小的动静。

程兰扭头瞥了眼，那不是赵慧？

她跳下车，跟程霆说："带你老婆先走，我来处理。"

程霆没有要管的意思，车擦着赵慧驶过，越来越远。

赵慧被程兰一拉，没看见程霆。她浑身酒气，显然是刚从酒桌下来，问程兰："现在怎么样？"

"都挺好。"

"那为什么抓他？"

"你管得着吗？"

"你让我见见他！"赵慧的睫毛膏都哭花了，瞧着实在可怜。

程兰甩开她的手："别了吧，你怎么见他？是以前合伙人的身份，还是前合伙人背后插刀的身份，还是 DU 大中华区高级经理的身份？"

赵慧愣住了。

"你在公司外头伸头探脑的事，保安都跟我说了。你想什么我知道，但是阿道不会让你回来，你就好好替资本家卖命吧，拿人家那么多年薪，别做背主的事。"

"让他自己跟我说！"

"赵慧，其实你当年追程霆，也是喜欢程霆的光环吧？但小葵不是，她认识程霆的时候，程霆什么都没有。"程兰说的话跟刀子似的，捅得人血肉模糊。

"小葵？谁？"赵慧皱着眉，突然想起来了，不可置信地看着程兰，"那个胖子？"

程兰"夸"她："你还是这么刻薄。"

赵慧的手在发抖。那个她从来没有放在眼里的女孩，居然得到了程霆。

"你输了，服不服？哦不，我应该问你，后不后悔？"程兰笑着挥挥手，"我说女孩不能没脸没皮的。你妈把你拉扯大，你得有点骨气，走了就别回头，那样我还能高看你一眼。"

春寒料峭，大风刮得人心都凉了，赵慧一步步往前走，这一次，没回头。

林葵记不清有多久没有看过 S 市清晨的街道了。她虽然在这座城市长大，但这里发展得太快了，对她来说，一切都是陌生的，连环卫工人的荧光背心都是陌生的。

她收回目光，打量乘坐的这辆车，座椅很舒服，内饰很气派。她忽然想起非要送小壁虎的那天，程霆滑稽的表情，然后按照他的话消化一下、理解一下、重新验证，就明白自己有多可笑了。

她伸手过去，撒娇似的从程霆的外套摸进去，攥住一片衣角。

车停在红灯前，程霆抚了抚她的小圆脸。

看到早餐摊老板热火朝天地准备着，放松下来的林葵肚子咕噜一声，饿了。

她脸很红，羞得要找个地洞钻进去。

程霆哄人不动声色："要不要去看猫？"

林葵嗖一下抬起头来。

"还有我奶奶。"

她有点怕，又抗拒不了看猫的诱惑。

程霆晃晃她的手："去不去？我让老太太下楼买生煎。"

绿灯，车平缓地驶出去，这件事的结果是程霆开蓝牙跟老太太打电话点餐，几乎是满汉全席的标准。

程家老太太很精明，什么都没问，就一句话："你放心好嘞！"

程家的房子是程父当年单位分的集资房，单位效益不好，没两年就撑不住了，程父程母也都成了下岗职工。他们是本分人，没那么大的胆子学同事做生意，这一片也不会拆迁，于是安安分分靠手艺吃饭，守着这套两室集资房一直过到现在。

程霆在这里出生，在这里长大，小萝卜头的时候，跟奶奶睡一屋，稍微大一点后睡客厅，那年头单位里的孩子大多都这样。在S市，能有个落脚的地方，不用挤没有厕所的老楼，就已经很知足了。

后来，他出去上学，住校了，家里有了正儿八经的客厅，可以说是这片单位楼里最干净最敞亮的一家。

这些事，程霆在来的路上讲给林葵听。林葵跟他讲自己小时候住弄堂，外头下大雨，屋里落小雨。外婆摘荷叶给她做雨衣，她在小雨里和外婆手拉手跳舞。

她问程霆："你小时候是什么样的？"

程霆笑得很软："我有一双蓝色雨鞋。"

"我是粉红色的！"

"我知道。"

"你怎么知道？"

程霆停好车，牵她的手："我什么不知道？"

林葵点点头，忽然又问："程霆，你妹妹在家吗？"

程霆愣了愣。

林葵歪着脑袋："在吗？"

"上去你就知道了。"

程霆带她穿过走道，上楼，到二楼不用敲门，因为门开着。

"我回来了。"程霆站在没人的客厅喊了一嗓子。

程父、程母和程老太太暂停到底要用哪个盘子更好看的争论，没想到他们回来得这么快，齐齐从窗户望过来，看着程霆身边圆圆一团的女孩。

初次登门，空着手，这让林葵很不好意思，她的家教不允许她这样。可这个时间商店都还没上班，实在没有办法。

程家长辈直接忽视了她的睡衣和高跟鞋，并且忽视了程霆，齐齐过来围住了林葵。

程老太太捧起她的手拍了拍，夸她这双手有福气。

程母笑得和气："小葵啊，欢迎你来玩。"

程父点点头，表示他也是这个意思。

林葵乖乖叫人，看向程霆。程霆站在那里，朝她比了个大拇指，她就安心了，脱掉高跟鞋，换上家里的棉拖鞋，被牵着手坐到餐桌边。

程霆也穿了拖鞋，挨着她坐。

家里长辈看着他们俩，忽然都不说话了。程奶奶和程母红了眼眶，程父假装拿醋，躲进厨房。

程霆开玩笑："这么感动？怕我嫁不出去吗？"

林葵在这方面比他心细，在桌下拍拍他，让他不要说话，然后开始讲刚才发生的事。

她说网上都是乱讲的，不要信，程霆就是去配合做个调查，具体不能多说，但是程霆绝对没犯错，而且他们对程霆很和气。

她说得这样稳妥，好像几个小时前蹲在风里哭，害怕程霆出不来的人不叫林葵似的。

程父拎着醋瓶出来，板着脸："叫你做人不要太狂，要谦虚一点，看看，还是不服众。"

程母："好了好了，儿子难得回家。"

程父："你吸取教训，现在这个公司不要再黄了。"

程老太太："吃你的生煎！"

程霆："黄了我也不怕，大不了回去当电工。"

程父骂了句："小赤佬！恶心我呢？"

程霆还要说话，林葵在桌下狠狠踩了他一脚。

程霆看她，她皱着淡淡的两条眉毛，瞪他。

"叔叔，不是的，程霆说您厉害。"

程父："你不要替他说好话。"

林葵："真的，他做得很好，是我们小区最厉害的，帮助了好多人，他说那是他的责任。叔叔，您也是这样的对吧？"

程父沉默了。

林葵："程霆还会装大熊灯，还会放电影！"

程母："哦哟！囡囡你看过啊？"

林葵脸红，没敢说自己之前好几年不出门的事，又不会骗人，支支吾吾的："后……后来看到了。"

程霆看着她。

"很……很漂亮。"

程父叹了口气："学我做什么？我是个没本事的，一辈子就图个养家糊口，他不一样，从小就不一样。"

林葵咬着生煎："程霆，叔叔心疼你。"

爷俩对了个眼，飞快扭开头。

程老太太扭头掩嘴笑，程母给乖囡夹蟹粉小笼包。

小囡乖，把蟹粉小笼包分给阿弟一半："你也吃。"

程父："你不要管他，他不吃甜的。"

林葵拿大眼珠子瞪程霆，所以，天天围着她撒娇闹小饼干的是谁？

程霆觉得她这样实在可爱，上手捏她的脸，把程老太太心疼坏了："哦哟，你不要这样，下手没轻没重的，给我们捏坏了！"

林葵没挣扎，嘴里含着肉。

程老太太着急："松手！好好吃饭！"

程霆松开手："刚才程兰把她的脸戳了个坑，还以为我没看到，回头你教育一下。"

程老太太："你们两个一起打！来囡囡，尝尝这个馄饨，我吃几十年了，你看看喜不喜欢。"

林葵收敛着，没好意思多吃。

程霆低声哄她："吃完才把猫给你。"

程老太太一听："对，吃饱才行。"

于是，林葵一颗生煎再一颗生煎地接着吃，吃相秀秀气气的，手里攥着纸，时不时揩一下嘴角，喝豆浆咕咚咕咚，脸都要埋进碗里。

不挑食，给什么都吃。

这让被程霆精神折磨了二十几年的程家人感动极了。怀着这种新鲜感，程父问："小葵啊，你吃不吃落苏（茄子）的？"

林葵点点头。

程父："下次你来，叔叔烧几个小菜。"

林葵抿掉嘴唇上的油花，很乖地笑了。

程老太太："哦哟！你叔叔不肯轻易露手的！"

程母："那不一样嘛！"

程老太太帮忙把妨碍林葵吃饭的碎发撩起来，夸赞道："囡囡面相好！"

程母："大家闺秀！"

林葵被这一通夸得找不到北，找程霆。

程霆进去抱猫，放到她的腿上，那是一只渐层金毛。

然后，他听见林葵发出一种他从来没听过的声音："咪咪！咪咪，你好漂亮啊！"

程家的猫像程霆，不好惹，第一次见到林葵就亮指甲。程霆站在旁边"啧"了声，猫老实了，一脸委屈地蹲下。

程霆："随便玩。"

于是林葵把脸埋在猫肚子里，狠狠吸了吸，捏着粉红色的肉垫子贴在脸蛋上，笑得眼睛都要没有了。

桌边，程家三位长辈笑得眼睛也要没有了。

程霆搂着程老太太，暗戳戳显摆——怎么样，可爱吧？

吸猫的林葵忽然想起什么，问："妹妹呢？"

程母笑了。

程老太太站起来："囡囡，来我房间，给你看妹妹的照片。"

小猫想跑，被林葵抱进去，小猫哀怨地看了看程霆，只能生无可恋地"喵"了声。

程老太太："喏，照片。"

照片里，有个穿花裙子的小囡，扎两条辫子，在玩过家家。

林葵眼睛亮亮的："哇！"

她问程霆："有你小时候的照片吗？"

程霆："你再看看。"

"是妹妹！"

"是我。"

程老太太笑得眼泪都出来："小葵啊，这是婷婷啦！"

"霆霆？"

"婷婷。"

林葵愣了愣。

程霆摸了摸鼻子："我都说了，他们喜欢女儿。"

程老太太："我去静安寺拜拜，求个孙女，没想到是个小子，那天把他爸爸气哭了！那时候他们双职工不能再要二胎，只能趁他还小过过瘾。"

林葵一直震惊到从程家出来，坐在车里喃喃："婷婷？"

程霆侧头看她。其实，今天他从她身上学到了一些东西，可以说是他一直以来忽略的一些东西。父母健在，奶奶健康，他比她幸运，却没有珍惜。

林葵拽着他的衣角晃了晃："婷婷？"

程霆好脾气地"嗯"了一声。

"你都不会生气吗？"

"生什么气，我以后也要生女儿。"

林葵不调皮了。

程霆："怎么，你想生儿子？"

林葵炸毛："我，我没有！"

程霆："那就女儿。"

她的脸粉红粉红的，没说好，也没说不好。

接下来一路都很安静。

程霆牵着林葵进小区的时候，朝物业办公室门口的老汪吹了声口哨。老汪点了个头，两人颇有点忘年交的意思。

程霆将林葵送上301，很感慨，头一次两人一齐回来，再也不是她站在门的那边，他在门的这边。

林葵看他没脱鞋的意思，猜到他要走，没留，仰头说："你在做那么重要的事，我不打扰你，明天送下午茶过去好不好？"

"办公室人很多。"

"不要紧。"

他凝视着她，目光深邃，看得她不好意思了。

高大的男人挡住了门，拉开口罩凑近，亲了门里的女孩一下。他没过瘾，又把人抱进怀里，刚才那点客套虚伪就没了，手很不老实。

林葵已经脱了外套，现在只有薄薄一层旧睡衣，柔软得不像话。程霆呼吸滚烫，落在她的颈边。

他胡楂刺人，林葵脖子被磨得发麻，心也跟着热起来。

程霆捞着她的手臂挂在后颈上，喘息声阵阵。

"你，你要不要进来？"她也喘得厉害。

程霆发泄般在她锁骨留下印子，松开了一些，哑声道："还得回去开会。"

刚说完，他手机响了，吵得不得了。

程霆看了眼："程兰。"

林葵捂着衣领，程霆的手还在里面。他无奈笑了一下，最后亲她一口，往后退，退到转角，站住。

林葵乖乖挥手，脸还潮红着，眼里还有未散的媚态。

程霆："关门。"

她把门关上，趴在猫眼上，看见程霆下去了，小跑到窗边。程霆回到家后也来到窗边，低头，两人就这样看着彼此，直到程兰的电话再次打来。

第二天，林葵叫了闪送。

程霆打来电话，那头闹哄哄的，带着笑对林葵说："他们要请你吃饭。"

"为什么？"

"因为我说都是我老婆亲手做的，他们想看看我找了个什么神仙老婆。"

"不，不是神仙。"

"嗯，我拒绝了，你不用担心。"

"程霆。"

"嗯？"

"我现在还能去吗？"

"人不少。"

"我，我想去。"林葵握紧手机。

程霆安静了一瞬，在那头笑得像个少年人："好啊，我去接你。"

"我自己能过去。"

"哟！"

"很厉害的。"

"行。"

林葵提前半小时到达程霆公司楼下，过程比较艰辛，一开始是打车，车坏了，出租车司机没收钱，劝她赶紧上正好进站的公交车。她怕迟到，什么都没想就上去了，车门一关，她才想起不对劲。

一车的人都在看着她。

她赶紧扶了扶口罩，确定口罩还在。

有个好心阿姨招手："我要下车了，你来坐吧。"

林葵轻轻道了声谢，表示自己站着就好。她紧紧靠在后门处，攥着扶手，低着头，总觉得大家还在看她，脸几乎全缩进了羽绒服里，

深呼吸……深呼吸！

每个站都有人下车，与她擦肩而过。

有些人会友好地朝她笑笑："借过。"

有些人会暴力地搡开她，嫌她："碍事！"

林葵后知后觉自己选的位置不对，她挪了挪脚步，不小心与爱心座上的小孩对上眼，又挪了回来。

终于，她到站了，在站台上停了五分钟，至此，她的勇气余额已经见底。

林葵耷拉着脑袋，还是高估自己了。

接下来该怎么办？

她搓着手，暗暗决定，大不了就躲厕所偷偷哭一场，坚决不能给程霆丢人！

做好心理建设后，她给程霆发消息，说她到了，让他不要担心，也不要着急，慢慢来。

楼上，程霆亲手组建的团队正在开会，大伙眼睁睁看着他的手机来了条消息，然后他站起来收拾东西，说："今天就这样，下班吧。"

众人满脸疑惑，以为听错了。

程霆："走啊。"

这个工作狂今天是吃错药了？

程霆："不是吃饭？"

原来是急着下去接老婆。

林葵隔一会儿就要踮起脚尖看一看，当电梯门打开，出来一群人，她一眼就看见了程霆。

林葵一直很难想象程霆曾经有多耀眼，此刻，他被朋友们簇拥着的这幅画面，让她恍然意识到，程霆曾经是这样的。他有志同道合的朋友，他有热爱的理想，他是人们口中的道神。

林葵的心口像揣了只不听话的兔子，扑通扑通，那声音盖过耳膜。她忽然眼热，比起曾经陪她躲在孤坟里的程霆，她更喜欢有很多朋友的程霆。

程霆老远就瞧见她不知道在骄傲什么的表情，身边很吵，这帮人都是话痨，他置身其中，忽然懂了她的骄傲。

他站定，朝她勾勾手。

林葵附近还有几个女生，一帮人伸头探脑，打赌到底哪个才是，猜这猜那，没一个猜中的。

不知道为什么会在的疯人院："啊！小葵！"

众人震惊："你为什么会认识我们老板娘？"

疯人院瞬间有点得意："我们认识很久了！经常打视频！"

说着，他憨憨地朝林葵挥手。

然后，众人就看见几个女生中最其貌不扬的那个女孩，朝这边礼貌地挥了挥手。

大家纷纷扭开头，望天的望天，盯地板的盯地板，假装打电话的打电话，就是不看她，也不主动出声跟她讲话，仿佛她是空气，或者说，有社交恐惧症的是他们。

吃饭的地方就在附近，直到所有人都落座，好像还是没有谁发现在场多了个人。

事实上，林葵出门前，对着镜子练习了半小时的自我介绍。

她拽了拽程霆的衣角，他顺势往这边倒，挨着她，听她说悄悄话："他们为什么不看我？我透明了吗？"

她的眼睛里满是疑惑。

然而在这期间，其实大家都在看她。他们各有各的办法，有的拿起手机假装发消息，其实开了相机；有的背过身补妆，其实小镜子对着林葵；有的让疯人院打掩护，从他肩膀后露出半只眼睛。

等程霆摘了林葵的口罩，脱了她那件超级厚的羽绒服，她这才完完全全展示出真面目——圆脸，圆眼睛，鬃发，皮肤白，素颜，连眉毛都没画的那种素颜。不能说漂亮，但也不丑，减减肥，至少是中上水平。

当程霆不知道对她说了什么，她软乎乎笑起来时，所有人用眼睛疯狂拍照，在脑海里放大，得到一个结论——

道神喜欢纯的。

程霆说完，把林葵留下，到包厢门口和服务员对菜单。林葵眼巴巴望着，同时觉得后脑勺麻麻的，于是猛地一回头。

所有人飞快躲闪，唯有一个距离最近的女孩躲闪不及，和林葵目光相撞。

对方有点尴尬地定住，不敢动。紧跟着，所有人也定住，不敢动。

林葵站了起来，朝大家挥了挥手，还没说话脸就红了，细声细气地背自己的介绍词："大家好，我叫林葵，见到大家很高兴。"

她努力地扬起圆脸，冲大家发出友善的笑容。

所有人：真的好可爱！

林葵等了等，见大家没反应，不知所措地找程霆。

程霆站在门边，笑着说："都自然点。"

大家这才放松下来，喝上第一口水。

刚才和林葵对上眼的女生主动搭话："我叫小鸡。"

林葵立刻眼睛亮晶晶的："你好你好！"

小鸡："我们听老伍说你有点社恐，第一次见面，想守点规矩，所以刚才……"

"老伍？"

小鸡："你家楼上那个。"

这时，桌子另一边有个肌肉壮汉出声了："嘿！301！"

林葵认出了这个声音，以差点拧断脖子的力道看过去，很难将那个爱妻人士和这个壮汉联系到一起。她不由得问："你，你为什么在这里？"

壮汉大哥："嘿嘿！合伙人！"

林葵小声问程霆："你们什么时候绑定了这么深度的合作？"

明明就是帮忙修了一下电路，买了几块蛋糕的交情啊！

程霆笑着："他说命都是你的那天。"

林葵一脸不解。

程霆："我帮你收了。"

林葵："你是缺打手吗？"

程霆："伍超以前就是做原料的。"

林葵有点不放心。

程霆："虽然有点前科，但人靠谱。"

女孩思考几秒，伸出小葱一样的手指戳戳他，小声地道："接收良好。"

旁边的小鸡"啧"了声："实不相瞒，在下童年时的梦想是想有这样一个妹妹。"

程霆："然后呢？"

小鸡面瘫脸："没有然后。你走开，我跟妹妹玩一下。"

林葵还腼腆着，小声纠正："是姐姐。"

小鸡不信，看向程霆，程霆无奈地点了下头。

小鸡叫起姐姐毫无压力，开始和林葵研究眼霜，但这个讨论不太具有价值，因为林葵表示她常年用大宝，没用过眼霜。不过她说会回家看看外婆的冰箱里有哪些牌子。

程霆很体贴地给女生们腾出空间，到男生那头聊天去了。

没一会儿，程兰来了，先站在门口看了看。她本来属于男生这边，看到林葵的后脑勺，果断选择女生阵营，并且疯人院也站了起来。

肌肉大哥问程霆："我想抽支烟，能让你媳妇儿帮我保密吗？"

同时，林葵收到了大客户501新手妈妈的消息。

501新手妈妈：帮我盯着我老公，抽烟回来打一顿！

林葵的眼珠子转过来，目光灼灼地盯着肌肉大哥，501爱妻人士只好默默把烟盒还回去。

然后，一堆男生趁着这机会都跟林葵对视了一下，露出自己这辈子最善良的微笑。

林葵收获了那么多友好的橄榄枝，心更安定了些，变得更乖巧更放松了。跟她说话，她会很有教养地看着对方，给予一定的情绪反馈，让对方感到很舒服。

她对小鸡说："他们叫你天才少女。"

"那你可能有点误会，我和阿道很小的时候就认识，我没有一次赢过他。"小鸡捂了下脸，"所以我发誓这辈子不出省……为了保住我天才少女的名号！"

"才不是。"林葵笑着主动拉了一下小鸡的手，小鸡猝不及防，对上林葵那双带着温柔和智慧的眼睛，"你一定和程霆一样，有自己

的理想，很坚定，再苦都不怕。"

小鸡露出一个很嫌弃的表情："姓程的当时要是这么跟我说话，我也不至于逃。"

程兰笑起来。

小鸡开始告状："你知道他怎么跟我说话的吗？他大老远飞过去找我，就一句……"小鸡开始学程霆说话的腔调，"跟我走，让你技术入股。"小鸡愤怒了，"这是求人吗？不知道的还以为他是我大爷！"

林葵能想象那个画面，赶紧摆摆手，很认真地说："因为程霆觉得你们是朋友，你会支持他。"她的眼眶有些红了，"他也可以说很励志很煽情的话，他以前说过，没有人听，所以他不会再说了。他知道，比起情怀，人们其实更实际一点，他也知道，他选中的人，不需要提情怀，因为你们心里都有。"

小鸡有点被这番话戳到灵魂，但她不肯轻易承认自己其实一直在等程霆去找她，便给林葵摆事实："我本来要结婚了，未婚夫劈腿，我让阿道帮我教训一下，要是那个王八蛋肯跪下来道歉我就跟他走。"

林葵想到程霆吓唬吴帅帅同学的事，笑了，看着小鸡，一脸"不管你怎么说，我就是知道"的小表情。

她的眼神太干净，小鸡妥协地点了下头："知道你男人多厉害吗？"

"他是最厉害的架构师！"

"因为他本身对算法很有研究，会用 MATLAB（一款商业数学软件）搭建系统架构并且进行算法仿真，然后和工程师直接去确定系统的可行性。他能一拖六，同时管六个项目团队，最大程度避免成本浪费，并且他自己就是最大的节能成本。我这么说的目的是……"

小鸡深吸一口气，拍拍林葵："你比他厉害。"

林葵一愣："啊？"

小鸡摊手。

林葵咧嘴笑开："你喜欢吃蛋糕吗？我请你吃蛋糕。"

小鸡看了她一会儿，嘟囔："你跟传说中不太一样。"

"其实我挺奇怪的。"

"社恐吗？"

"非常严重那种。"

"还好吧，你看看我们……"小鸡比画了一下，"其实我们团队不止今天到场的这些，还有几个不用来上班，远程办公。"

这是林葵没想到的。

"他们比你严重，无法开口说话，开视频会议戴恐龙头套。在我们这里，你的情况叫作正常。"

林葵惊讶了。

小鸡："这没什么。"

林葵乌溜溜的眼珠子又无声地在场上绕了一圈，大家虽然在各聊各的，但都会及时反馈她善意的微笑。

这个世界，不是她曾经害怕的样子。

收回目光的林葵，从兜里摸出手机："我们加微信好吗？"

她的微信里有很多客户，这还是头一次加现实中的朋友。

一直神态自若加入姐妹团聊天的疯人院也伸出手机："我也要加小葵！"

程兰搂住林葵："少跟他玩，会被带歪。"

林葵嘻嘻笑："程霆也说过差不多的话。"

程兰看着她，蓦地扭开疯人院的脸，凑到她耳朵边，问："你胸围多少？"

不远处一直注意这边动静的男人冷了脸："喂。"

程兰停下，很不甘愿："注意你的态度！要不是我，你现在还有老婆？"

程霆用眼神警告程兰少说话，但人没过来。他给林葵留下足够的社交空间，并且相信她能做得很好。

等程霆转过头和别人说话的时候，林葵在桌下摇了摇程兰的手，大大的眼睛里满是求知欲。刚刚她说"要不是我，你现在还有老婆？"是什么意思？

谁能拒绝软妹撒娇呢？没有。

小鸡明显知道内情，对程兰说："你快点告诉她！"

程兰："葵花籽啊？哦，程霆不知道有什么毛病，给你家那块芯

片取了名字，叫葵花籽。"

林葵想到自己那点习惯，脸颊绯红，嘟囔："好可爱啊！"

程兰和小鸡相视一眼："心动！"

林葵："然后呢？"

程兰："你是不知道他求我的时候，那叫一个低声下气。"

林葵没见过程霆求人，他在最难的时候也不求人。如果她没发现葵花籽，他这辈子都不会告诉她。

程霆定时朝这边看一眼，主要是看程兰有没有对林葵毛手毛脚，然后就看到林葵用跟那天在他家看到猫一样的眼神看他。

程霆的视线偏了一点，质问程兰。

程兰贴着柔软的林葵："我看他是爱惨你了。"

林葵的那个目光，一直到饭局结束都还保持着。

她坐在位置上，乖乖等程霆来接。程霆臂弯里挂着她的羽绒服，过来牵住她的手，低头看她。

林葵不告诉他女生的悄悄话，整个人像没骨头似的，软乎乎地喊道："程霆，你电话响。"

程霆看了眼来电，把电话接起来。

电话是程老太太打的，家里三个人围着那个手机。

程老太太："婷婷，回不回来吃夜宵？"

程父："妈，你跟他说他回不来不要紧，把小葵送来，吃完我会送小葵。"

程母："哎呀，你好好说话。"

程父："那你本来就没有买他的酒酿小丸子嘛。"

场面一时略显尴尬。

程霆："下次吧，今天有事。"

程老太太："这么晚还有事？"

程霆："嗯。"

挂了电话，紧紧抱着程霆胳膊的林葵乖巧地问："你还要加班吗？"

程霆不语，沉沉地盯着她，眼里的情绪清清楚楚。

林葵的脸一点点红起来，想假装自己不懂，但问题是她被他教导了太多，忘都忘不掉。

林葵在公司楼下与今天认识的朋友们道别，约定明天做蛋糕给大家吃，并且表示是程霆朋友圈里的那种奶油花蛋糕。

车驶进小区，老树的枝头多绽开了一片叶子，嫩绿嫩绿的，是春天的颜色。本来以为永远都不会再来的春天，真的来了。

程霆牵着林葵站在楼道口，做出邀请："要不要去我家坐坐？"

这一般是小情侣了解彼此的方式，但由于他们很长时间以来一直在谈一种很独特的恋爱，所以这句话一直没能说出口。今天，程霆像是谈了次新恋爱，和同一个人。

对于林葵来说，这句话还有另外一层意思。她假装什么都不知道地"嗯"了声，跟着上了四楼。

门一打开，她看见玄关的自行车，车屁股上有一只小壁虎。

她突然不好意思地笑了，程霆也笑了。

他把人抱进怀里，顺口交代了句："我对车没什么了解，这个是碳纤维的，还行，就买了。楼下的车是以前跟着程兰入手的，她对车比我讲究。"

林葵："这样看也不是很破……嗯，有一种贵贵的气质！"

程霆亲了她眼睛一下："你是不是不会？"

不需要她回答，答案很明显。他说："以后教你？"

"不要，会摔倒的。"

"有我在，摔什么摔？"男人漫不经心垂眼看女孩的裙子，低喃，"新裙子。"

林葵今天的着装是用心准备的，挑了一晚上，加钱让本地店家发闪送，还从程霆送的那堆鞋里选了双同色系的软底小皮鞋搭配。

程霆的手从她的腰摸下去，摸裙子的面料，一本正经："你穿这个颜色好看。"

他没昨天那么猴急，继续一本正经："要不要去我工作间看看？"

于是，他们穿过格局一模一样的客厅，到了程霆从不让其他人进的房间。在 301，这里是林葵的储藏间。

程霆在门口松开手，改为从后面抱着她，以这样的姿势把人带进去。两人的视角是一样的，他给她展示万用表和电烙铁，告诉她 3D 打印机究竟是怎么工作的，还带她玩热风枪。

当小姑娘把手伸向一墙的细小零件时，程霆有点紧张，摸了下鼻子，笑着说："你小心点，弄乱了不让你回家。"

林葵看着他，看着这一屋子神奇的东西，似乎也能看见他坐在这里为她做了小灯、做了幸运草、做了圣诞树。

他在这里，重新打开了 EDA 软件。

他在这里，重新开始看前沿资讯。

她抬起后脚跟，脚趾紧紧抓着地板，亲了亲程霆。

程霆"哦"了声："真的不让你回家了。"

"我没弄乱。"

"晚上睡这里好不好？"

程霆把林葵带进自己的卧室，很素的床单，单薄的窗帘，拉开灯，两人的影子投在窗帘上，上演一出影子戏。空气中有灰尘的味道，但不要紧，很快就被男女滚烫的气息覆盖，女孩的香甜与男人身上干净的味道混在一起，将这个冰冷的卧室变得湿热。

林葵没能遵守约定，奶油花蛋糕是隔了一天才送去程霆公司的。

里头在开会，小鸡先出来陪她，顺口问了句："你昨天怎么没来？"

林葵支支吾吾："睡，睡觉。"

小鸡打了个哈欠："我也好困。"

忽然，里头说话的声音大了很多，林葵探头探脑，看见程霆是站着的，侧脸很严肃。

小鸡解释："哦，忘了告诉你，宇通的人来了。"

林葵低头看自己的手机："这个宇通吗？"

小鸡点点头："他们想投资。"

林葵："融资吗？"她开心，又不开心，眉毛蹙起来，唠唠叨叨，"程霆很缺钱是不是？不然他不会跟对方谈的……融资不太好，可那是宇通，宇通是不是很欣赏他？"

小鸡说："这确实是一种肯定，宇通这轮只投了我们。不过程霆找来的这些人，有一半都是在原公司做过那种为了融资随便唬人的项目，他们不太愿意。"

正说着，会议室门开了，程兰送宇通的人下楼，昨天一起吃过饭的几个人脸色不太好。

程霆走在最后，疲惫地靠在门边，看着今天也勇敢踏出家门的小姑娘。

看到她，天都好像晴了。

林葵没立刻过去，自己琢磨了一下。程霆过来摸了摸她的脸，确定她没被雨淋到，确定她不冷。

林葵忽然拉住他的手，仰头对他说："你不要担心，我有办法。"

程霆漫不经心："怎么过来的？林小葵，你要不要先考个驾照？"

林葵用平静的语气告诉程霆："你不要做不喜欢的事，现在是要买晶圆，还是要流片？我在外滩还有一栋楼，应该能卖不少钱。"

小鸡是北方人，不太懂外滩一栋楼值多少。

程兰的表情很精彩，问林葵："看得到黄浦江？"

林葵"嗯"了声。

之前那种紧绷的氛围没有了，所有人都沉浸在诡异的安静气氛中。

程霆牵着林葵想换个地方，林葵跟他较劲："我没开玩笑！"

程霆当着所有人的面把人抱起来，一直抱进他的办公室，放到办公桌上，问她："哪儿来的楼？"

林葵乖巧回答："外婆的陪嫁。"

程霆掐指一算，上世纪的小洋房，老古董，也就跟首都一套四合院差不多吧……

林葵还在说："之前没收了，噢噢，外婆说不能这么说，是太爷爷捐给国家的！"

程霆笑了。

"后来还给我们啦！不过就还了这个。太爷爷当时还捐了面粉厂、米厂，还有……阿弟你笑什么？"

程霆把头抵在女孩柔软的肩膀上，忽然懂了老汪那句话——"我们

这样的粗人，不敢打扰她。"

当时他觉得老汪有点谦虚过头，好赖也是个拆一代。现在才知道，无知的是他自己。

林葵着急地蹬腿："程霆，你不要笑啦！"

他捏住她的腿，正色道："真给我？"

她点点头："你帮我留住米老头，我说话算数，会帮你实现心愿。"

时间好像回到了她许下承诺的那天，大雪后的太阳令人眷恋——

"程霆，以后你的心愿我都帮你完成。"

"多少都行？"

"都行。"

程霆万万想不到，他用米老头换到了迄今为止最大一笔研发资金，或者说，天道轮回，他的善念保住了他的梦想。

"梦想是很珍贵的。"林葵亲了他一下，"梦想是无价的。"

程霆深深望着她，在这一刻，他想低下他高傲的头颅，因为这个叫林葵的女孩，成了他的明灯。

他也会想，林葵的梦想是什么。

或许，一开始是想做个优秀的翻译家，后来，是跟外婆走。

现在呢？

程霆抱了抱林葵，期待这个大智若愚的女孩能找到自己的梦想。

林葵乖乖被他抱了一下，迫不及待："所以，我们现在可以去找中介了吗？"

程霆："别啊。"

林葵："为什么？"

"你先留着，那东西只升值不贬值，现在卖多吃亏。"

林葵细声细气地："不吃亏的。"

程霆邪邪地笑了一下："事情还有得谈，我得让宇通出出血。"他问林葵，"你相信我吗？"

林葵声音好大："相信！"

程霆"啧"了声，回味一番："原来这就是吃软饭的感觉，真好！"

他被扯了下耳朵："乱讲话！"

阿弟乖巧道："你那句话也说得好，回头我打印出来，挂在打卡机旁，让他们每天上班念一遍。跟人家开个会，就敢给我摆脸色……"

林葵笑了，出去的时候想到什么，站住脚："好像我银行还有个保险柜，里面……"

程霆捏住了她的嘴："有点担心你被我卖了还在帮我数钱。"

"呜呜……"

程霆又把林葵抱起来，林葵要脸面，不撒娇了，一本正经地要帮大家切蛋糕。

走的时候，林葵从帆布包里拿出一袋小饼干："上次吃饭，奶奶说她血糖高，叔叔阿姨不太让她吃零食，我烤了点减糖的，用的是赤藓糖醇，不参与基础代谢，可以吃一点点，不过也不能多吃，给奶奶解解馋。我看奶奶牙齿还很好，牙齿好，身体就好……"

"小老太婆"停下她的唠唠叨叨，白净的脸庞迎着身边的人，两手递出去："程霆，你帮我拿回家好不好？"

程霆幽幽看她，拿走小饼干："知道了，管家婆。"

林葵的眼睛皎洁明亮，伸出圆圆的手指头，程霆碰了碰，嘟囔了声："接收良好。"

他心尖上发烫，低头亲了下她的嘴唇。

一屋子人都在用无比崇敬的目光送别林葵，猝不及防被塞一嘴狗粮，就有点幻灭，原来道神谈恋爱这么腻歪！

林葵吓了一跳，捂住嘴，怪他。

程霆面无表情地回头，一群人飞快挪开目光，该干吗干吗，一脸"我什么都没看到"的表情。

程霆再面无表情地转过头来："没事，他们没看见。"

林葵打了他一下，声音挺大。所有人敲键盘的手一顿，随即更加激烈地敲键盘，来表达自己的震惊之情！

打人的小姑娘乖乖巧巧站在门口说拜拜，努力维持自己的坚强人设，今天要挑战搭地铁回家。

程霆笑了，点点头："到家说一声。"

"嗯！"

他目送她下楼，小小圆圆的身影藏在伞下，调皮地踩小水坑，不过瘾，再踩一个。

似乎能听见她咯咯的笑声，似乎看见了多年前那个在弄堂里穿粉红色雨鞋的小囡。也能知道她回家后，会抱着外婆的相片撒娇，说自己今天做了什么事，踩了几个小水坑，地铁人很多有点害怕，衣服湿了很冷，然后哭一场，明天将会进化成更勇敢的林葵。

第七章
谢谢你，抓住了奇怪的我

程霆抽空回了趟家。

恰巧程父工作的时候闪了腰，趴在沙发上抹药油。他本来还"哎哟哎哟"的，忽然就不喊疼了，有点不耐烦地问程霆："你怎么又回来？"

他这时候最不想见到程霆。

程霆："我还不能回来了？"

程父"哼"了声："又在外面闯祸了？"

父子之间，别苗头似的，都不愿意落了下乘。

程霆把小饼干交给程老太太，说是林葵自己做的。

程老太太朝程霆使眼色："我也有东西要给小葵，你跟我进来拿一下。"她生怕父子俩吵架。

结果程霆一屁股坐在程父那边，说："还是得服老。"

程父生气了，还没爬起来，程霆蓦地按了他的腰一下，手没撒开，就着上面的药油揉了揉。

程父和程老太太愣住了。

程霆说："我买个烤灯，你请个假，在家里烤两天，能舒服一点。"

程父很不习惯，一声声喊老婆，希望老婆拯救他于水火。

程霆适时收了手，难得没嫌药油味难闻，坐在那里，掐头去尾地

说了说自己接下来的打算，主要挑好的说。

全家人安静了下来，主要是程霆没有这样坐下来跟家里人商量过事情，长辈们有点不习惯。

程父听完，板着一张脸："你该怎么怎么。"

"好。"

程父瞅瞅他："只要是你想做的事，大不了卖房子支持你。"

程霆笑了。

"你笑什么？"程父瞪眼。

"这话林小葵也说过。"

"那不能！我们家可丢不起这个人！我们跟你奶奶都商量好的，房本你拿去，我们出去租房子，实在不行住桥底下，你小子自己要拎得清！"

程霆听完，没掉他爸，挺乖地说了声："晓得了。"

程父跟见鬼似的，一会儿后踢踢程霆："你怎么还不走？很闲吗？"

程霆："我再坐会儿。"

家里就这么大，说什么都能听见，程母一直没出来，最后躲在房间偷偷哭了。

程老太太对程母笑道："还是小葵有办法，小葵真是我们家的福星哦！"

程母抹掉眼泪，出去问儿子："你把小葵电话给我。"

程霆直接帮程母存好，程母在旁边叮嘱："名字你就输葵葵，前面标个 A，这样我方便找。"

于是，林葵入住程母电话簿第一位。

程母捧着手机："我来给囡囡打电话，明天回家吃饭，她上次说很爱糖醋小排。老程，你记得去菜市场买新鲜的哦！算了，还是先跟老李知会一声，免得卖完了。对了，桂花糖藕也别忘记。"

程父哼哧哼哧起来了，戴着老花镜翻电话簿，给在菜市场工作了几十年的朋友打电话，让人家留糖藕。

朋友问："婷婷回家吃饭啊？"

程父："才不管他，是我闺女！"

朋友："那就是婷婷嘛！"

"哎呀，你不懂！"

"算了算了，给你留最胖的一节哦！阳澄湖的藕，绝对一流！"

程老太太抱着小猫叮嘱："明朝姐姐来，你要好好表现，记得撒娇哦！奶奶给你煮小鱼！"

猫臭着脸，想表达的意思大概是：那个小胖子怎么又来？我要离家出走！

程霆出来的时候，家里还是闹哄哄的，程母埋怨程父腰扭得不是时候，程老太太警告程父糖醋小排要是出一点差错，就去睡天桥底下。

程霆在门口站了一会儿，听着听着笑了起来。

第二天，林葵大包小包登门，就显得程霆那个烤灯很不够看。

她进门先叫人，跑到厨房喊叔叔。

程父赶她："你外面坐，小姑娘不好弄一身油烟味的。"

人家乖乖听话要走，程父又喊住："车比鱼（鲳鱼）吃不吃？今次很新鲜，味道老嗲呃！"

林葵乖乖点头。

程父把锅铲舞得风生水起："珍珠米（玉米）吃不吃？哦哟，甜的嘞！"

林葵："吃的。"

程霆过来带人，看这架势是不好带走，就先把猫塞给林葵玩，大手拍拍猫脑袋，又拍拍她的脑袋。

猫收到警告，装模作样地对着小姑娘叫了两声，可把林葵高兴坏了，问程父借一点点厨房，把自己做的猫饭拿出来，喂猫吃饭，然后趁猫吃上头了，往人家脖子上系了个粉红色的围兜，猫已经放弃抵抗。

程霆看得好笑。

林葵拍手："我们咪咪好漂亮啊！"

程父也有点上头，开始扒拉冰箱："囡囡，叔叔再给你弄个水果沙拉好伐！"

程霆："她就这么点饭量。"

程父看着蹲在地上的女孩，再看看一旁杵着的大块头，"啧"了声："你拿我手机叫个外卖，给小葵买杯奶茶。"

程霆："她不爱喝。"

玩猫的林葵突然抬头："爱喝的。"

程霆危险地眯了眯眼，林葵勇敢看回去。

程霆扯了下她的辫子，程父伸手要拍他："没轻没重的。"

程霆凑过去小声说："我认识你这么久，就没见你喝过！"

"哎呀，你好烦。"林葵推开他的脑袋，抱着猫跑出去了。

程父摆起来了："以后机灵点，学学我！"

程霆跟出去，低语："不需要勉强。"

林葵："长辈赐不可辞，你没礼貌。"

程霆无可辩驳。

到了吃饭的时候，程霆本来想挨着林葵坐，被老太太一屁股顶开，和程母一起夹住了小姑娘。

林葵什么都吃，而且吃得很香，没一会儿，碗里就堆成小山。

长辈的爱就体现在这一点一滴的地方，并且为了让林葵吃得更加放松，大家开始一人一句说程霆坏话。

臭脾气的猫从厨房舔干净饭盆跑出来，在椅子边静静看了看。程霆朝它招手，它当没看到，一屁股蹲在林葵脚边，趁大家不注意，喵喵叫着贴住她的拖鞋，然后翻开肚皮，希望胖姑娘来摸摸它。

程霆反正没人搭理，正好折腾猫，把猫从林葵脚边抱开，再提醒一下大家林葵肚皮没多大，不要再给她喂饭了。

老太太："哦哟，你还说我们，你小时候喂小鸟，一天五顿饭，胖到飞不起来的事忘记了？"

林葵听了，筷子停住，油花花的小嘴微微张开，莫名觉得有点熟悉，然后想到了程霆买早餐煎饼喂她的样子。

程霆扭过头，但还是能依稀看见他唇角的笑意。

林葵后知后觉地捏了捏肚腩……

老太太："我们不胖的，匀称的嘞！快吃！"

程霆这下连眼角都藏不住笑了。

桌下，同样是被喂到油光发亮的猫又默默贴住了林葵。

林葵要走的时候，小猫一路送到了楼道口，十分谄媚地哼哼唧唧，希望下一次还能吃到猫饭。

程老太太塞过来一个红包："上次你们来得太急，我没准备，这次补上。乖囡，拿着，就当奶奶给你买糖吃。"

林葵懂的，这是见面礼。

她仰头看程霆，程霆说："收着。"

她便红着脸收了。

程老太太还要叮嘱几句："囡囡啊，事情我们都知道了，你外婆给你留个容身的地方不容易，你好好收着，不论什么情况都不要拿出来，其他的事我们会想办法。"

诚实的小姑娘想纠正一下老太太关于容身之所数量方面的错误，程霆在她背后拍了拍，示意她先不提。

"为什么？"回家的路上，林葵问程霆。

"会被吓到。"程霆实话实说。

这么个家世背景，都不是一句有钱能说得清的。小姑娘家里往上数三代做实业，结交的权势数都数不清，也就是后来才没落了，但就是这点手指头缝里抖出来的底子，都是一般人家想都不敢想的。

"给我点时间。"程霆牵住林葵的手。

她没听明白，眼睛瞪得大大的。

他低头笑了一下。

后来，程霆又和宇通的人开过几次会，在林葵的印象里，他那段时间特别忙，忙到基本住在公司。但打电话的时间还是有的，程霆会拉高衣领，遮住半张脸，皱着眉看法务过了不知道第几遍的合同，然后一边敲键盘，一边跟林葵聊最近的进展。

林葵在这头紧紧抱着房本，随时准备一旦谈不拢，就去中介所登记卖房。

消息不知道怎么传出去的，论坛上开始有人建楼，为程霆众筹。那些话看得林葵都热血沸腾，觉得那个叫道神的男人就是个小可怜，

一个有梦想的小可怜。

短短几天，数额就超过了六位数。

这事还是林葵告诉程霆的，她在视频里笑脸圆圆。

程霆停下正在忙的事，静静看了她好久，问："这么高兴？"

"嗯！因为大家都好喜欢你！"

"别人对我的看法不重要。"

"对我来说很重要。"

或者说，对受过诋毁、受过伤的人来说，很重要。

"林小葵。"程霆很久没讲大道理了，他在鬼片的背景音里告诉她，"人要保持钝感。"

林葵捧着脸犯愁："我觉得我一辈子都做不到。"

第二天，程兰告诉林葵，程霆为了磨炼她的钝感，反手把帖子举报了。

林葵把程兰订的生日蛋糕递过去，摇摇头："他才不会逼我。"

程兰摸摸她的头，笑着走了。

程霆掐着点打视频："程兰说我坏话了？"

她单膝跪在椅子上，脚一荡一荡的，没说话。阳光在她指甲盖上落了一枚光斑，把肉都照透了，泛出健康的红润。

程霆抬头看了一下，解释了句："再筹下去，我就成诈骗犯了。"

"我知道！"林葵不知道在骄傲什么，得意地又动了动脚趾，"我早就猜到啦！"

程霆笑了。

同样灿烂的阳光洒在他肩上，他又说："林小葵，你这个操心的性格别改了，挺好的。"

程霆与宇通基本敲定合作的那天，接到了在医院做麻醉师的婶婶，也就是程兰妈妈的电话。

婶婶问他："婷婷啊，你女朋友在我们医院做检查，你知道吗？"

程霆下意识反问："看错了吧？"

"你不知道啊？是不是叫林葵？我在奶奶的朋友圈看过的，小姑娘脸圆圆的。"

程霆猛地站了起来。

等林葵麻醉过了睁开眼，看见几乎要凑到她脸上的程霆，吓得差点再晕过去。

程霆见林葵醒了，那双墨潭一般的眼睛才有了些松动，转头跟婶婶说话。穿白袍的婶婶每多说一句，林葵就把被子往上拉一点，心里咚咚打鼓，最后整个躲了起来。

"哦哟，一进来我就认出来了，现在全家谁不知道你谈朋友，老太太在群里发红包，我抢到二十块嘞。

"我问她了，胃不舒服来看病，消化科开的肠胃镜。"

顿了顿，婶婶压低了声音："没有家属签字，跟我这里的小护士说没有亲人，我做担保同意的。你放心，没什么事，待会儿检查报告就能出来。"

见程霆脸色沉得很厉害，婶婶拍他一下："估计是怕你担心，我们这儿好多这样的，没事就好。"

程霆微微点头。这时，里头有人把报告送出来，他低头看了一遍。那么聪明的人，就薄薄一页纸，非要再看一遍。

等婶婶走了，程霆往床边一坐，周遭吵吵嚷嚷，唯有这一隅安静得令人害怕。林葵扒拉开一点被子，想说点什么，听见程霆鼻息很重地嗤了声，嗅到危险的林葵哆哆嗦嗦又藏了起来。

程霆背对着她，蓦地问："我有什么事是不是都告诉你？"
林葵不吭声。
"林小葵。"他拖长了音调。
林葵毛茸茸的脑袋动了动，抱着被子奄拉着嘴，老老实实地点点头。
"那你为什么瞒着我？"
她的眼睛红了。

"如果查出什么，你是不是还要一声不响，躲到我找不到的地方？"程霆越说越严厉。

有一说一，林葵虽然是姐姐，但虚长的这几岁，在某些时候实在不够用。比如现在，程霆不高兴且占据道德高地的时候，那股权威感会包裹住林葵，让她惭愧到抬不起头。

确实，她来之前就已经想好的计划，和程霆估计的一字不差。

她偷偷看他，他似乎累了，微微驼着背，手里还攥着那份检查报告。

他问："如果我也怕你担心，为你好，什么都不说，你会怎么样？"

林葵心里的答案亮闪闪：我会担心。

"我现在说话重了点，但将心比心，我没揍你就已经很不错了。"程霆站起来，"你自己好好想想，我去办住院手续。"

林葵乖乖点头，脸贴着枕头，担忧又害怕，怕程霆讨厌她了……

等等！住院？什么住院？

程霆远远站在人群中，没走，深深看着林葵，看了一会儿才去办手续。他回来的时候，推过来一辆轮椅，直接把林葵推去顶楼病房。也不叫她下地走路，两臂一拢就把人抱起来，然后轻轻放在床上。不过他盖被子的手劲不小，把林葵裹成蚕蛹，似乎看她不顺眼，修长的手指一拉，把那张圆脸也遮住了。

他坐在床边接了一个电话，背后，林葵冒出脑袋，再腾出手戳了戳他的腰。他举着电话一回头，她什么都不敢说了，又钻进被子里。

林葵从兜里翻出缴费单和一支圆珠笔，写完后塞给他。

程霆挂掉电话看了眼，是一只很丑的螃蟹，大小眼，蟹钳上还打着吊针，她问他是不是生气了。

程霆不说话，但愿意写字，那么大的手，捏着那支短短的笔写了个"嗯"。

他把笔和纸递过去的时候，林葵不按套路出招，抱住了他的手。

程霆扯了扯，她要赖皮："我头晕，别动。"

他不动了。

"程霆。"她甜甜地喊他，"你靠过来一点。"

他顺着压下去，林葵赶紧搂住他的脖子，贴在他的耳边哼哼唧唧："我知道错啦。"

他哑声问："还有没有下次？"

"没有没有！你不要凶我嘛，你这样好吓人。"

程霆干脆掐着腰把人带起来，放在腿上，正色看着她。

"你不要讨厌我，也不要打我。"林葵开始自我检讨，"在这方面，我没你做得好，以后我会向你学习，但是你不能因为我的一次错误，就对我失去信心……"

说到最后，她声音发颤，拉开他的外套，撒娇地贴着他。

程霆喉结滚了滚："林小葵。"

没有比林葵更乖的人了，她"嗯"了声。

"我们结婚吧。"

程霆说完，感觉腿上的林葵呼吸都停滞了。

程霆漫不经心地玩着林葵的辫子："和宇通的事成了，我们在正式签字前把证领了，这样我个人的份额有一半都是你的。"

林葵嗖一下从他身上弹起来，眼神炯炯的："我为什么要分走你一半的钱？我也有钞票的，你这个理由不成立。"

"你就当理由成立，合情合理，然后点头。"

"到底为什么？"

程霆低头看她，眼神很无奈："为了能给你签字。"他颠了颠腿，"给个身份，行不行？"

女孩感觉跟坐了一趟云霄飞车似的，吓得眼睛红彤彤的，一秒后开始啪嗒啪嗒掉眼泪，哭得可怜兮兮。程霆在她背后一按，把人重新抱好，贴了贴她湿漉漉的脸蛋。

她抽抽搭搭地问："结婚以后，我就不是一个人了对不对？"

"嗯。"

"我就有家人了对不对？"

"当然。"

林葵贴在他心窝里，怯怯地问："那你还生气吗？"

程霆无声笑了一下："你现在点头，我就不生气。"

她红了脸："我，我好愿意的。"

"钻石要几克拉？"

"不好干活的。"

"那怎么办？"

林葵想了想："我们买一对脚链好不好？"

两个明明都不穷的人又开始抠抠搜搜，商量脚链的材质和牌子。

趁程霆现在很好说话，林葵问："我们现在可以回家了吗？"

"给你预约了全套身体检查。"

"为什么？"

"检查一下我比较放心，乖一点。"

"抽血好可怕。"

"我抱着你。"

程霆说这话不是哄人的，护士进来抽血的时候，程霆真的是把林葵抱在身上的，接下来的一系列检查，也是程霆推着轮椅带她去做的。做完核磁共振出来，林葵顺口问了一句，那个机器里是不是真的有核，程霆默默记在心上。

检查结果出来挺快，除了有点胃溃疡，林葵算是健康。她闹着要出院，现在是真在屋子里待不住了，几天不出门就浑身痒痒。

她一下楼就高兴了，看到树梢的春花、枝头的绿芽、天空飞翔的麻雀，甚至路上行驶的小汽车，都会"哇"地惊叹，兴致高昂，一副没见过世面的可爱模样。

程霆说要去公司拿点东西，林葵给大家打包了咖啡。

程兰拉着程霆："来都来了，开个会吧！"

林葵乖得不得了："我可以玩手机。"

程霆把 iPad 拿出来塞给她，拍拍她脑袋："很快。"

"不要紧。"林葵说，"等会儿我还可以给大家点下午茶。"

程霆"嗯"了声，摸了摸她的脸，问："冷不冷？"

"不冷。"

程霆又倒回去拿了件外套，兜头盖在她身上，这才进去开会。

林葵偷偷看着他的背影，甜丝丝地抿嘴笑。

领证的日子是程奶奶找大师算过的，对此，林葵很高兴。她在视频里跟阿弟撒娇："外婆要是在，也要找人算一算的。"

她真是完完全全遵从了老人家的那一套。

程霆忽然想起她给米宝做开封仪式时的模样，语气软下来："明天要不要来找我？"

林葵一直都是很黏人的姑娘，习惯出门后，独自使用各种交通方式前往公司的过程成了她一个人的大冒险游戏。她开始习惯这座城市的拥挤，习惯那么高的大厦，习惯淮海路周末的人潮，习惯上下班时间挤地铁变身沙丁鱼罐头，甚至会在不下雨的时候背着小饼干和美式去人民公园晒太阳。

　　她从来没有拒绝过程霆的邀请，因为程霆有一次睡前对她说过，公司里有她在的时候，他会跟打鸡血了一样，脑子变成 16 核 CPU。

　　但是这一次，林葵笑眯眯地摇头："明天不行哦。"

　　程霆想了想："订单很多？"

　　视频里，林葵眼神闪烁地嘟囔了一句："会很忙。"

　　程霆没在意，反思了一秒自己是不是太黏人，然后做了一天不随便给老婆发消息打视频的懂事未婚夫。直到林葵发了个"我要累死"的表情包过来，他才笑着打视频过去。

　　林葵没接，哼哼唧唧地发语音："要睡啦。"

　　程霆问她："明天去接你？"

　　"嗯！"

　　事实上，程霆凌晨三点就从公司离开，回 301 收拾自己。他怕吵到林葵，洗完澡进卧室的时候没开灯，摸黑爬到床上，那么高大的人，只占了床边一点点位置。这一躺下去就难醒，依稀感觉到有人胆大包天摸了摸他的头。

　　程霆的眼皮动了动，挣扎着。

　　林葵蹲在床边，看着他消瘦的脸颊，凑过去亲了一下，又亲了亲他一直在动的眼皮。她不知道什么时候给他取了名字："婷婷宝，你再睡一会儿，到时候我叫你。"

　　什么乱七八糟的，程霆想笑，又说不出话，无意识地"嗯"了声。

　　他其实睡不踏实，担心去民政局会迟到，又担心证件没带，甚至担心没有停车位。耳边是浴室传来的水声，还有林葵心情很美的歌声，他在她荒腔走板的《甜蜜蜜》里缓缓睁开眼，唇角噙着笑，伸了个懒腰。

　　"林小葵……"他起来的第一件事就是找她，拉开门出去，眼前闪过一个奔跑的小动物。

别的都好说，头发怎么回事？

程霆靠在马女士卧室门外，很礼貌地敲了两下门。

门被拉开一条缝，露出一双带笑的眼，林葵软软地喊他："程霆。"然后从门里走了出来，亭亭玉立，站在他跟前。

天才的脑袋也有卡住的时候，程霆看着突然变成顺毛的林葵，有种老婆被换掉的错觉。

他不错眼地盯着林葵，盯到林葵怀疑人生："不好看吗？我屁股都要坐烂了！很辛苦的！"

程霆扪心自问，他不是个颜控。他对一切神明发誓，鬈发是很可爱的，但直男无法拒绝黑长直，并且是穿了粉色新裙子的黑长直。

程霆搂了林葵一下，两人拖鞋撞在一起。她没站稳，跌在他身上，扒拉着他的睡衣，很挫败。

程霆攥了一把头发在手里玩，感觉很新鲜，以前小弹簧似的鬈发能在他指头上挂很久，现在顺溜溜的，根本挂不住，瀑布似的往下掉。

他又捞起来闻了闻，特别香。

林葵瞅着程霆，觉得他有点喜欢，开启小老太婆唠叨模式："莉莉……就是伍超老婆带我去弄的。你不知道吧，她比我还小！要叫我姐姐的！她不肯，说你能打过她老公再说。阿弟，你能打得过肌肉大哥吗？嗯，你可以，我相信你！"

程霆觉得好笑："你到底对当姐姐有什么执念？"

林葵继续唠叨："那个理发师刚开始还夸我的脸就适合直发，做到一半他就改口了！叫我以后找别人弄，他的腰干废了。"她胸口起起伏伏，"怎么可以这样！头发多是我的错吗？我也很累的！但是我有梦想！我从小就想变成直头发！"

"为什么？"程霆收了收手臂，她几乎是半挂在他身上。

"直头发都是大美女！"林葵星星眼。

"你已经很漂亮了。"程霆又摸了摸她的头发，"不过这种惊喜我也很喜欢。"

出门前，程霆又刮了一遍胡子。

林葵发现他昨晚带回来一把新鲜的百合，已经修剪过，插在瓶子里。

程霆站在马女士的相片前，恭恭敬敬地鞠了个躬。

　　春光正好，他们在民政局领了个很吉利的号码牌，流程都是事先在网上查好的。明明都知道了，但自己真的一遍做下来，就感觉那个过程很漫长，漫长到一辈子都不会忘。

　　林葵忍了好久，上车的时候哭了，躲着程霆偷偷擦眼泪。

　　程霆凑过去逗她："这么委屈？"

　　林葵攥着他的手，很用力，生怕他飞走了一样："程霆，我们在一起那天，我跟做梦一样，今天也是，想都不敢想会有这一天。谢谢你，抓住了奇怪的我。"

　　"我从来没有觉得你奇怪，一开始我有点气你，因为我舍不得你，后来我决定尊重你，因为我喜欢你，再后来，我相信你，相信你会舍不得我。"程霆为她扣上安全带，"我同样想对你说声谢谢。"

　　林葵："婷婷，我能不能再哭一下？我忍不住。"

　　"哭吧。"程霆摸了摸她的脑袋，还是很新鲜，完全不同的手感，滑溜溜的。

　　林葵边哭边问："那我们现在回家和奶奶吃饭吗？"

　　程霆："还要先去见个人。"

　　车从民政局开到了医学院。

　　还有三个路口的时候，林葵就不哭了，程霆毫不惊讶她会认得这条路，就像她不需要对他解释自己为什么会认得。他降了点车速，她开始擦眼泪，检查自己的状态，到最后一个路口的时候，已经是元气满满的乖小囡了，下车的时候，脸上扬着很幸福的笑。

　　程霆牵着林葵，只走到了门口，没有进去。

　　他们静静看着那扇深蓝色的玻璃门，一会儿后，林葵仰头问程霆："等我再成熟一点，你陪我进去见外婆好吗？"她努力笑着，眼里却闪过悲伤，"现在还不行，我会哭，外婆会担心我。"

　　程霆点点头，并不想说安慰的话，进去也好，不进去也罢，林葵心里的这个伤口永远不会好。

　　安慰什么呢？轻飘飘说出来的话毫无意义，不如一直这样陪在她

身边。

林葵还是那样仰着头："到时候外婆如果怪我不守承诺，我就说是你带我去的。外婆喜欢你，不会骂你。"

程霆笑了："拿我当挡箭牌呢？"

"嗯！"她还真敢点头承认。

起风了，风吹过枝头，也扬起了女孩的长发和裙摆。两人就这样在外面站了会儿，说了几句话，走了。

隔着这对祖孙的，是生与死，不是那扇门。

走的时候，林葵问程霆："你说外婆看见我们了吗？"

程霆点点头。

之后回程家吃饭。

程老太太盼了这么多年，盼来这么好个孙媳妇，高兴得不知道怎么才好。程父更不用说，父爱爆棚。

吃完饭，老太太牵着林葵进房间，从柜子里拿出一个大锦盒，塞给她，说："前几天婷婷回来，跟我们说要结婚，也说了你家里的事，算起来，是我们高攀了。"

林葵赶紧摆手。

程老太太慈爱地笑了："囡囡啊，坏的都过去了，以后都会是好事，你是个好孩子，婷婷和你一起我很放心。这里就是你的家，你要记住。"

林葵红了眼："我知道的，我一直就是这么想的。"

程老太太把要说的说了，赶她去隔壁房间："婷婷妈也要找你。"

女人们说女人之间的贴心话，外头，父子俩对坐喝茶，试图聊了几句，话题相当匮乏，索性作罢，程父低头玩手机，程霆处理工作。

程霆带着林葵从家里出来的时候，她宝贝似的抱着一个老凤祥的大袋子，生怕一个不留神被人抢了，直到坐进车里才松了口气。

她问程霆："你知道奶奶和妈妈给我买这么多东西吗？"

程霆点头："前几天还打电话问你有没有耳洞。"他笑着牵她的手，"知道是什么吗？"

林葵红了脸。

"是聘礼。"程霆说。

"你要是钱不够，我就当掉给你用。"

"奶奶会把我吊起来打。"

"不会的。"

"收好。"程霆在红绿灯前停下，亲了亲女孩的手心。

听话的小图，抱着东西被程霆牵上301，她一到就踢掉鞋子往卧室钻，马女士的衣柜里有个特制的保险柜。

程霆靠在门边，看她一脸严肃地输密码，蓦地问："一起洗澡吗？"

林葵不说话，最后一个数字都戳错了。

程霆："都结婚了，怕什么？"

林葵："你不要说话！"

程霆抱臂往外走："浴室等你，老婆。"

林葵突然记不起密码是多少了，耳边只有水声。

她站起来关上门，咔嗒上锁。

程霆对此毫不意外，他洗了澡出来，对同样洗完澡出来的林葵吹口哨，眼神烫得仿佛有实质。

"林小葵，过来，今天我们来讲讲核磁共振的原理。"

她瞪大了眼，简直不敢相信。

程霆一脸"我很认真"的表情，眼神里都是渴望，拖着音调："过来啊。"

林葵磨磨蹭蹭，坐到了程霆身边。他把人往身上一带，低声笑着："做什么这么见外？"

小姑娘一屁股坐他身上，刚想动，就被拍了一下，男人的音调沉下来："老实点，让我说完。"

林葵简直无法相信他能这么赖皮："我我我……"

程霆亲了她一下，手还不老实地摸了摸。

"你你你……"

他又亲一下。

林葵咬着唇，不想说话了。

程霆拖着慵懒的语调，开始他的教学："你想知道的问题，要从

设备结构和核磁原理两方面了解，时间不太充裕，要看的东西很多，幸好我数学还可以。"

林葵有点愣。

程霆："今晚我们先讲讲成像原理。硬件部分，你自己先翻一下维修手册，全英文对你来说不难，看不懂再来问我。首先我要说的是，核磁共振从无到有，催生了 6 个诺贝尔奖。"

小姑娘瞪圆了眼。

程霆拍拍她的脑袋，表扬："你提了个好问题。"

林葵认真很多了，竖起耳朵准备好好学习。

那些复杂的公式和深奥的原理，在程霆脑子里一一排列，他选用最简单明了的话语阐述："1945 年布洛赫的论文里，提到了一个微弱的信号，来自水分子中的氢原子核。这个核，是整个核磁共振学科的起点。20 世纪初，物理学家泡利指出原子核中存在自旋。泡利原理高中化学有讲到，你化学怎么样？"

林葵的眼里飘过一句话：你为什么要攻击我！

程霆玩着她的头发："自旋类似自转，这个叫原子核的带电小球在自转，自转会让小球表面产生电流，电流会产生磁场，获得一个向上的磁矩。但自旋不是自转，严谨一点来说，是一个固有属性。氢的原子核仅由一个质子组成，因此，在核磁共振里，直接用质子指代它。由于质子的分布均匀随机，磁矩相互抵消，所以大脑并不存在磁性，除非给脑子施加一个主磁场。主磁场强度非常大，所以你进去的时候，医生让你摘掉金属配饰。"

林葵终于能参与到话题中，连连点头："对对！"

"在主磁场的作用下，质子保持本身自旋的同时，还会以主磁场为轴旋转。这个类似陀螺一样的运动叫作进动。主磁场旋转的角频率就是进动频率。整个磁共振的基石是质子密度决定信号强度，信号强度对应图像亮度。但大脑是三维立体，图像是平面，对吗？"

"嗯！"

程霆太喜欢给林葵讲课了，忍不住含住她的嘴唇吮了吮，心里越喜欢，力气越大。林葵躲闪，却躲不过"如来佛"的五指山，只能老老实实张开嘴，让他进来。

程霆低声道："这里，我们要使用到一个叫傅里叶变换的公式，用线性代数，画一个纵轴和一个横轴，大脑的 X 轴和 Y 轴的两个梯度磁场就能选层。"

"跳，跳过，你一讲公式我就晕乎乎的。"

因为林葵申请跳过，程霆又停下来，舒展地往后靠，继续说："接下来，我们要讲一讲正交基，基是一个单位量，高中学过，两个垂直向量相乘为 0，向量相乘有一个更高级的叫法，内积。在傅里叶级数里，任何一项和除自己外的其余项内积都为 0。但 cos（wt）和它自己的内积结果为 π。说明 sin、cos 和 1 正是这个数学空间里的一组正交基，这个性质可以用来求正交基的系数。"

林葵不轻不重扯了下他的耳朵："跳，跳过。"

"已经跳过欧拉公式了。"

"嘤。"

程霆把人抱在怀里，吻落在耳边，热气喷洒，他们用最亲密的姿势说最严谨的科学："傅里叶变换公式里，知道时域信号就能知道频域信号。任何一个复杂的周期信号都可以分解成一系列正弦波的叠加。

"那么，我大概说完了，现在梳理一遍，选层结束后，先让质子们转一转，接下来对薄层的磁共振信号进行采样，完成 256 次采样后，第二次激发射频脉冲，薄层释放第二个磁共振信号，进行第二轮 256 次采样，一共释放 256 次信号。不同方向的磁场扫描可以把大脑多层扫描，得到各处的质子密度，就能还原 256×256 磁共振图像。"

程霆提出本节课作业："那么，核磁共振有没有核辐射？"

"没有！"

"很好。"程霆笑了一下，抱着林葵站起来，问了一个毫不相关的问题，"我是谁？"

"婷婷宝。"林葵嘻嘻笑，被扔到卧室床上。

程霆纠正："叫老公。"

她红着脸转移话题："只能得到 256×256 的图像吗？"

"按照这个原理，你可以制作任何大小的图像。"程霆直起腰，

拉掉 T 恤。他瘦了很多，腹肌比之前更明显，人重新伏下来时，嗓音哑得几乎听不见。

他贴着林葵敏感的耳朵："核磁共振表面上可以用简单的公式描述，但实际上所有的解释都要用量子力学，旋转的角度或者 small flip（医学影像技术名词，可以叫作小角度频射激励或者小翻转角）都要用电磁波磁分量的哈密顿量求解。另外，数据采样点可以用 zero filling（是一种在计算和编程中用于初始化存储空间或内存位置的技术）这种方法来提高图像的分辨率，虽然不能增加信息量，但能在一定程度上提高图像的清晰度。"

他语速很快，不再体贴地把论文里的术语翻成中文，而是直接用他学习时的脑回路表述。

林葵咬着手背，虽然之前也在听天书，但现在真的一点都听不懂了，只能感觉到程霆的亢奋。

领完证的第二天，程霆和宇通把不知道你来我往过了多少遍的合同签了。

林葵坐在车里，看他在这种大日子穿一件很旧的帽衫，就像下车买瓶水似的轻轻松松进了宇通大楼。

林葵扒拉着留了一道缝的车窗，很担心程霆会被前台小姐拦下来，但一群人围住了他，那些人西装革履，与他握手。程霆虽然穿得不怎么样，为人处世倒是得体，半点不见谈判桌上凛冽狠绝的模样。

林葵咧嘴笑开，眼巴巴盯着宇通大楼，等程霆回来。

这一天，对许多人来说，是值得被铭记的一天，号称全国最有情怀的芯片研发公司与不少网友公认最有情怀的程霆成了合作伙伴，他似乎向资本低头了，但好像又不是那么回事。宇通答应了程霆部分软件模板在国内开源的条件，他们都想看看，摆脱了知识产权的掣肘，中国的 IC 行业究竟能有多辉煌。

新闻稿几乎是程霆一签完字，字迹都没干就发出来的。

论坛上开了新帖子，可爱的理工男们疯狂敲字：

——我再说一遍！道神就是最牛的！

——有点觉得道搞完EDA，可能会去做光刻机，真的觉得他很帅气！

——光刻机？根据他某乎账号两天前凌晨四点在线刷MRI成像原理和傅里叶，我合理怀疑他下一步要搞磁共振。

——别的不说，承包所有售后啊！三甲打八折！嘿嘿嘿，能把通用气死！

——说得这么简单，哪有那么容易。

——一个冷知识，IC食物链的顶端是CT。

——我一个直男现在心跳150，是不是恋爱了？

林葵坐在车里，捧着手机嘻嘻笑，丝毫不介意有人跟她抢老公。

程霆从里头出来了，捧着一束花，一上车就把林葵捞过来亲了一口，余光看到了那些网友的发言，并且在林葵扒拉他手上的花时，拍掉她的手。

林葵："怎么了？"

程霆："想要？"

林葵："不是正好有吗？"

程霆："一会儿给你买束更好的。"

在他这里，送给林葵的花，一定得是他亲手买的才行。

林葵："那这个怎么办？"

程霆无所谓地把花塞到后座："待会儿神经病要过来，给他好了。"然后他掏出手机一通操作，系上安全带，带林葵去公司。

新婚第一天，必须紧贴在一起，这是早晨出门前某人定的规矩。

林葵是在等红绿灯的时候才发现程霆做了什么，他特地回复了最后一个心跳加速的小哥。

——我有主了，你去喜欢别人吧。

"人家只是开玩笑。"林葵帮不知名网友解释了一句。

程霆挺认真的："我知道啊。已婚人士与除老婆外的高级生物保持距离，是一种值得表扬的素质。"

他瞥了她一眼。

林葵没给反应，他就不开车，于是慢半拍反应过来的另外一位已婚人士迫不得已摸了摸这个较劲的男人的脑袋。

程霆很容易就满足了，一路带着笑。到公司的时候，他从车上拎下来一袋喜糖，从门口保安大叔到保洁阿姨，人人有份。

　　疯人院今天是特地来蹭喜糖的，他拿着属于自己的那一份，蹲在林葵身边，问她："你们什么时候办酒席？我红包准备好了。"

　　林葵说："没那么快啦，他那么忙，正事要紧。"

　　疯人院的眼睛睁得好大："阿道说正事就是把自己顺利嫁出去。"

　　林葵有点害羞："他这么跟你说的？"

　　疯人院点点头："我觉得他说得很对，你这么可爱，要抓紧一点。"

　　这是毫无私心的赞美，林葵同样报以真诚："你想参加那种很隆重、很多人、耍猴戏一样的婚礼吗？可是我不太想。"

　　疯人院："噢噢，阿道说你会害怕。"

　　林葵强调："我现在已经好了！"

　　疯人院想了想："婚礼隆重一点不好吗？那样很热闹，我还没被邀请过。"

　　林葵从兜里翻出自己烤的小饼干，友好地塞给疯人院："你可以自己努力找老婆，办一场那样的婚礼。等疫情过去，程霆不太忙的时候，我们一起吃饭，我会做很多好吃的。那就是我的婚礼，只招待朋友和亲人。"

　　疯人院总是反光的超厚眼镜片忽然就不反光了，能清楚地看见他的眼里有很多快乐，因为林葵说他是朋友。

　　程霆是给了一些时间的，等两人谈话结束才过来把林葵拎走，顺便把花塞给疯人院。

　　疯人院很高兴："我要送给小敏。"

　　程霆"哟"了声。

　　林葵也很高兴："是你喜欢的女孩吗？"

　　疯人院点点头。

　　林葵："哇哦！"

　　程霆很欣慰地拍拍疯人院的肩膀："加油。"

　　疯人院腼腆地说："师妹也好可爱，她不会烤饼干，但是杀兔子超级厉害。"

程霆对他如此奇葩的心动完全不意外，眼看着林葵还想蹲下来聊两句，直接把人拉走，放在办公桌上，像放了什么镇宅神兽，然后开始专心致志工作。

林葵扭头一看，所有人都在看她，和她对上视线后立马转开，疯狂吃喜糖。她有点害羞地挪下来，挨着程霆坐，打开电脑，想把拖了好久的视频剪辑一下。

程霆忽然在桌下碰了碰她："看一下评论。"

林葵一看，大为震惊。在她不看评论、不更新的这段日子里，评论区可热闹了，一半的粉丝猜她失恋，一半的粉丝以程霆回的那句话为依据，笃定她没失恋。两方吵得林葵这个当事人都以为自己是哪位了不起的大明星。

程霆又碰了碰她："可以开始更新新婚日记了，老婆。"

于是领完结婚证的第二天，林葵的手机里有了这样一段素材——

程兰问程霆："你们着急要孩子吗？"

男人一脸无语："我疯了吗？"

程兰笑得很喜庆："那晚上住公司吧！别回去了！"

程霆："你疯了吗？"

不论如何，程霆是不可能答应的，但林葵觉得这个主意非常好！

她在关上门的独立办公室里，一屁股坐在阿弟腿上，捧着他的脸亲了两下，笑嘻嘻地说："我保证来看你，我来这里比你回去方便，你是要做大事的人呢！不要在路上浪费时间！"

程霆面无表情："下去。"

林葵笑着又凑过去亲他。

"林小葵，我新婚，按照中国的法律，我有婚假，你不能因为我在做的这些事意义有点重大，就剥夺我性生……"

程霆话还没说完，就被女孩软软的手掌捂住了嘴。

林葵拍他脑袋："你怎么满脑子都是这些，这些……"

"对啊。"程霆还挺骄傲地点了下头。

林葵嗖一下站起来，单方面做了决定。

程霆把她搂过来，脑袋埋进她怀里，妥协道："记得来看我。"

林葵坐进车里时还在笑，程兰给她扣上安全带，摸摸她的脑袋："他也就听你的。"

林葵乖乖"嗯"了声："我也好听话。"

程兰对林葵说："程霆从小按部就班，该做什么，怎么做，他心里都有数。老周的死是他第一次脱轨，我那时候想，这样也好，他也总该那样任性一次才有点火气。等我知道他在吃药，是真的打算永远不回来了，我才开始害怕。"

林葵伸手摸了摸姐姐。

"你不知道我们全家有多感谢你。"

"大家都疼我。"林葵软软笑着，"阿姐，我们都会越来越好的。"

程兰跟着笑了。

后来，林葵成了程霆公司非正式但非常重要的成员，她总是会带各种好吃的过去，只要她在，公司里的气氛就会相当和谐，程霆也非常好说话。

在"螃蟹大大"最新发布的视频里，程霆和程兰的那番对话成了这支新婚视频的开场白。

没有伴奏，办公室里忙碌的动静成了最好的白噪声——敲键盘的声音、小组讨论的窸窣声、打印机运转的声音，剩下的就是男人明显很无语的调子。

"你们着急要孩子吗？"

"我疯了吗？"

"那晚上住公司吧！别回去了！"

"你疯了吗？"

这段对话后，开始放舒缓的音乐，时间倒叙，林葵从程霆手机下载了她躺在病床上麻药没过的画面。人来人往的内镜室里，快要醒来的她话很多，总是喊外婆，说外婆我好爱你，外婆我好想你。

说完了她又唠叨程霆，一直念他的名字。

她声音越来越小，睫毛颤了颤，缓缓睁开了眼，就这么痴痴看着身边的男人，瘪着嘴，自己一个人就诊、检查、做麻醉时的害怕，无声地表达在了这个表情里。

有一只熟悉的手伸出来，摸了摸她的脸，男人在镜头外低声对她说："睡吧，我在。"

画面里的女孩安心地阖上眼，又晕了过去。

这里，能听见他无奈地叹气。

画面跳出一排小字。

——突然发现自己有把人气死的能力，还好找到了个脾气很好的男朋友。

进度条一点点往前，到了他们领证的前一天，林葵得到了一头浓密顺溜的直发。

接着，是她领证的那天。

一切素材都被放大过，只露一处五官，或者只是他们牵在一起的手，最多的，是程霆开车的样子。

她在宇通楼下，拍程霆一步步走向梦想的背影，拍他意气风发捧着花出来，拍他很旧的衣服，还有他喊她老婆时带笑的唇角。

她在自己的互联网树洞里宣告了她的幸福，并且不再隐瞒外婆的离世。

可能在很多人眼里，外婆走了，但林葵仍旧觉得外婆在身边。只是她已经变得勇敢和成熟，能面对这一切。

视频一发出来，评论区就炸锅了，有安慰她的，有祝福她的，也有闹着要打电话给单身狗保护协会的。但最多的，是表扬程霆。

——工具人终于出现！怪浪漫的！

——要被前十秒笑死，看看那家伙的眼珠子，真的是很想回家啊！

——我新粉，为什么不能回家？工具人不是大大请来当背景的吗？

——不知道啊，我本来以为他要跟螃蟹搞夫妻店自媒体，现在看来人家怪有钱的，那辆车不便宜。

——价格侠指路一下。

——就是我老公只敢在汽车之家过过眼瘾的那种……

——不是电工吗？这么有钱不科学吧？

——哦，你不提我都忘了，电工没错，车是租的吧？

——前段时间螃蟹好像说他不干了。

视频发出一小时，被推上了首页。

高层技术小哥：道神，嫂子这事不是我干的，您放心，公平公正公开。您在忙？有空来泡茶，或者我过去自带茶叶也行！

CT：来呗，我老婆刚刚送了凤梨酥。

高层技术小哥：没想到幸福来得这么突然！等我！

然后技术小哥在论坛上发了个帖。

——马上要去道神公司泡茶！激动！带点什么好呢？

瞬间很多人跟帖。

——带我最好。

——我博士，给你拎包，希望你不要不识好歹。

——要茶叶吗？武夷山老树上的，带我就送你。

——你问问他什么时候做光刻机啊！

——让他少谈恋爱多干活！人形电脑不需要恋爱！

与此同时，啃着老板娘亲手做的小点心的公司众人默默围观了她一百多万粉丝的美食账号，并且非常踊跃地发言。

——别看老板娘小小一枚，人畜无害，啧啧啧，百万UP主！

——工具人？好大的胆！我老大知道你们这么叫他吗？

——反正这是我第一次知道老大还有这种花名。

——本来觉得大佬挺牛的，现在慢慢觉得他配不上小葵，人家是大家闺秀千金小姐，他就是个刚创业什么都没有的小毛头，要是我，甩他支票，立刻离开我女儿！

——视频里大佬温柔得像被夺舍，别的不知道，他开会的时候要是能这么对我，我的战斗力能双倍上涨。

——什么大佬？哪个大佬？工具人很厉害吗？

外头的敲字声静了一瞬，然后姑娘小伙子们键盘敲得震天响。

——IC大佬，大大大佬那种。

——世界三巨头恨不得挖他当祖宗供着那种。

——他如果说一句要拿绿卡，分分钟绿卡摆他桌上。

——但人家爱国，就很有格局。

但是粉丝们并不买账，并且质疑。

——你们是工具人请的水军吗？这种情节都敢编，现在童话书都不这么写了！

说笑间，技术小哥到了，带了几个自己公司的定制毛绒玩具和一束花，并且很上道地问要不要把手机放门卫处。

程霆觉得这些宅男都有毛病，给别人老婆送花。

林葵倒是很高兴，把点心留在桌上，不打扰他们聊天，出去挨着小鸡坐，满眼冒星星地看她干活。

技术小哥伸头看了好几次，然后一屁股坐下来，感叹："你让我帮忙三连那天，我就觉得你们会结婚。"

程霆笑了，把凤梨酥往他手边推了推。

技术小哥有点舍不得，问能不能拍照，说刚刚来的时候在论坛上开了帖，得亮个证据，不然他们说他吹牛。

程霆很大方："拍。"然后摸走一个凤梨酥，撕开包装纸吃起来。

技术小哥正好拍到程霆伸手，画面有点模糊，但还是能看到他的小臂以及一片袖管。就这样，林葵的粉丝们在论坛上看到了这个帖子。

也不知道这些网络"福尔摩斯"们究竟是怎么办到的，愣是从这张照片得出结论，传说中神一样的男人就是螃蟹大大视频里的工具人。

接着，论坛飘上最新热帖。

——震惊！道神真的结婚了！

——据说是网恋，当年煽动一帮大佬给他老婆三连！

——所以他是怎么做到能搞 EDA，还有头发还有老婆的？

——我去围观一下大嫂！

一个小时后。

——朋友们，都去小破站看看吧，你们会回来谢我的。

于是，林葵的账号又迎来新一波围观者。

她最新一期视频的弹幕里，理工男们跟她的事业粉热聊。

——本来以为大佬不近女色，原来和我一样，啧啧。

——他真的很厉害吗？

——厉害。

——IC 是什么？

——芯片。二十年后我们要有自己的顶尖 EDA 了！

——搞错了吧？

——不会错！

——开眼了，嫂子敢跟大佬动手，大佬居然不敢还手。

——我对嫂子的武力值一无所知并大为震撼。

程霆对网络上的这些事并不感兴趣，他出来溜达一圈，把林葵从小鸡身边拎走，问："我晚上要回家吃饭，你对此有没有什么意见？有的话按没有处理。"

他心里打什么主意，全都明明白白写在脸上。

林葵几乎把照片盯出个洞，也没看出个所以然。

小鸡一脸理所当然："就很明显啊，手筋、腕骨、肤色都一样。"

林葵神色严肃地拉拉程霆的衣角："婷婷，你好像掉马了。"

程霆顺势低头，亲她："无所谓，我要回家。"

第八章
最巧的手，最干净的心

第二天，程霆一早就走了，早到鸡都还没打鸣。算起来，他也就睡了两小时。

走之前，他把林葵抱起来喂水。她一动就脸红，推他，推不动，责怪地看他。

程霆低头亲了亲挂着水珠的粉唇，好脾气地哄道："我走了，你再睡一会儿，下午门口阿婆会留花，记得出去拿一下。"

不知道从什么时候起，无论程霆再忙，马女士的花都是他在操心。

林葵乖乖"嗯"了声，在明暗交界时分抱了他一下，然后回被窝里把自己裹紧。

程霆走到楼下时，天已经全亮了。他停住脚步回身，望着 301 窗边的枝头，那里已经挂满稚嫩的叶子。忽然，窗边冒出一张圆圆的小脸，大大的眼睛在看他。

程霆笑了。他在一片寂静中缓缓开车出去，林葵的目光追随着他，紧紧贴在玻璃上，鼻子都被压扁了。

她想起程霆曾经说过的一句话，他很擅长一心二用，并且都做得很好。

林葵曾经觉得那些学霸都是随便学一学就能考高分，智商决定输赢，但认识程霆后，她知道，即使是天才也需要努力，或者需要付出

更多的努力，才能达到他们心中对自己的要求。

"天道酬勤"这四个字，放在谁身上都一样。

程霆和林葵开始了一种很新颖的婚姻模式，约定好一周回家几次，其余时间要么林葵自己过去，要么喊闪送小哥喂食。他们没有去外面约会过，很少共进晚餐，但必须说，程霆是一个好丈夫。他会在回家的日子里翻开那个工具箱，叮叮当当一通捣鼓，把这套老房子该修整的地方全都收拾一遍。单单这一条，他就赢了全小区的丈夫，得到了妻子们的一致夸奖。

他也是个好的领导者，项目第一期提前完成，林葵在朋友圈刷到了公司众人对神的赞美。但如果翻开他的某乎专栏，这一切都有迹可循。

程霆最新一篇动态是回复某个网友，一个IC工程师要具备哪些知识架构。

他说这个问题没有最终答案，一个合格的IC人，永远都需要学习更新的知识和技术。他列出了足足三十行的软件和书单，并且表示每年都会对这个列表进行一次更新。

这么忙的人，为什么还要分出一部分时间回答这样的问题？

大者思远，他想要的，是更多的人进入这个圈子，通过学习，成为这一行的中流砥柱。

一条路，走的人多了，路就宽了。

程霆的忙碌体现在他回家这件事上，在他默默把一周回家的次数缩减后，无须多言，林葵把剩下的次数也取消了。取消的方式，是她独自一人去了很远的地方。

她在订机票前跟程霆沟通过，说她有一直想去的城市，她保证会注意安全，也希望他能尽可能多睡一会儿。她本来以为程霆会不放心，但他听了挺高兴，笑着说："三岁的小朋友了，是时候出去见见世面。"

程霆送林葵去机场，林葵背着一个小包，像个要出征的勇士。

他们在那里拥抱，开始体验真正意义上的分别。

两个城市，空气和天气都不一样。

几天后，林葵发来照片，那是她辗转很多山路才抵达的终点，那里有 S 市轻易见不到的黄泥土地和小菜地。照片里有很多孩子，他们小脸青涩，眼神躲闪，即使这样也非要黏在林葵身边的样子，让程霆停下来看了好一会儿。

他预计林葵又要给他一些意想不到的惊喜。

山里的信号不太好，无法视频，她的文字隔了一会儿才传过来。

她说孩子们带她爬山，山高，才有信号。

程霆这时候才知道，曾经帮她拿上楼的那些信来自何方。

来自老太太生前捐赠的希望小学。

林葵的笔友，就是学校里的孩子。

他们一届届毕业，一批批走出大山，没有断了与马女士的联系。

林葵这次去，告知了马明娟女士已经过世的消息。她说她叫林葵，向日葵的葵，马女士做的事，她会一直做下去。

程霆的办公室能晒到太阳，他的背微微发烫。

谁能想到呢，那个寒冷的冬夜，敲开的那扇门里，有那么精彩的故事。

林葵在那里住了几个月，直到高考录取通知书下来，顺便带走了村里唯一一个考上 S 大的女孩。她已经是个能给小妹妹订机票安排行程，并且将人一路平安带到学校报名的成熟大人了。这在前一年，还是做梦都不敢想的事。

她做到了，由此面对世界的底气更足了许多。

走之前，林葵给孩子们讲了一个故事，故事里有一个大哥哥，他曾经失去了很多东西，他想做一些几乎没有希望的事。他的处境，几乎就是这些孩子们的处境。

但林葵说，行到水穷处，坐看云起时。

孩子们记住了这十个字。

林葵回来后，除了程霆，业主群里的女士们也很高兴。

有的人说冰箱库存赤字，有的人说想吃一块甜甜的奶油蛋糕。说着说着，大家兴致起来，要约着一块出去玩。

程兰罕见地有良心："小葵回来了？晚上给她洗尘，喊她出来吃

饭啊。"

程霆放下手机："她跟朋友一起玩。"

程兰："那你晚上还回家？"

程霆一脸无语："玩能玩到半夜？"

程兰："姐年轻的时候都半夜才出门玩。"

程霆很自信："你以为谁都跟你一样？我老婆很乖。"

公司的小年轻们很乖觉，知道老大今天肯定不住这里，提前把包收拾好，最后一个会开完，哗啦冲出去，泪流满面。

好久没有准时下班了！

倒是程霆很乖地加了个班，把明天的事情提前弄好，跟程兰说要休息一天。

他从公司出来的时候，星星都挂满天了，坐在车里给林葵打电话，估计她应该回家了，问她吃不吃夜宵，顺路买点烧鹅，开瓶好酒。

没想到那头乱糟糟的，三个女人能顶一群鹅。

程霆稍稍把手机拿开，默了默："还在外面？我去接你？"

林葵玩疯了，不要他接，让他该干什么干什么。

程霆干脆就没告诉她自己今天回家，难得她要玩，就玩得尽兴才好。

他刚停好车，就看见"奶嘴兽"爸爸抱着不肯睡觉的孩子在楼下遛弯。他本来没觉得累，老婆不在家，顿时周身疲惫，话都懒得说，稍稍抬了抬下巴，当作打招呼。

男人的友情真的很奇怪，也就是见过几次面，说过几次话，"奶嘴兽"爸爸和程霆已经是老相识了。

"奶嘴兽"爸爸笑着问："你家螃蟹也没回家？"

程霆面无表情地摸了下孩子的脸："不是你老婆带着一帮人出去的吗？"

"奶嘴兽"爸爸："跟我吵架撂挑子。劝你还是晚点要小孩，我们俩吵架每次都是因为小孩。"

程霆："吵什么？"

"奶嘴兽"爸爸："他不肯吃饭，我老婆非要喂，让我说，饿几顿就乖了。"

程霆深以为然。

这时，五楼传来婴儿的啼哭，响彻黑夜。

"奶嘴兽"爸爸："哦对了，莉莉好像也去了，干脆叫伍超下来，我们也聚聚。"

程霆"嗯"了声，跟着去了"奶嘴兽"家，顺手拿了小崽的积木一通操作，变成了城堡，瞬间吸引了孩子的注意力。

软乎乎一团围着他，口齿不清地喊"猪猪"。

程霆："叔叔。"

孩子："猪猪！"

程霆："叔——"

孩子："猪——"

程霆放弃了。

孩子露出童真笑容，呼啦一下推倒了城堡，还给自己鼓掌。

没过一会儿，肌肉大哥拎着一个硕大的妈咪包到了。

程霆没好气："去旅行？"

肌肉大哥："你不懂。"

"奶嘴兽"爸爸："是这样的，小孩子东西多，尿布奶瓶奶粉，缺一样都不行。"

肌肉大哥怀里的婴儿哭了，其实他也不是很懂，问前辈："是不是饿了？"

"奶嘴兽"爸爸："那你喂两口。"

程霆看伍超那么粗的胳膊笨拙地泡奶粉，还很用力地摇晃，有些无语："调鸡尾酒呢？有你这么摇的吗？"

程霆看过老太太给亲戚家的小崽泡奶粉，不能这么摇，太多泡，孩子喝了爱打嗝。他看不过眼，重新弄了一瓶奶。

肌肉大哥很顺手："要不你喂一下？这小子跟我八字不合，见着我就哭。"

程霆就试着抱了抱。孩子不哭了，抱着程霆的手喝奶，脚丫子还一蹬一蹬的，相当惬意。

与此同时，"奶嘴兽"挨过来，在他身边好奇地看小婴儿。

程霆身上同时挂了俩孩子，对面两个正牌爸爸大笑，笑够了开始翻冰箱，凑出点花生瓜子下酒。

　　肌肉大哥媳妇儿来电话查岗，问孩子睡没睡，哭没哭。伍超立刻变夹子音，把自己夸上天："我在你还能不放心？尽管玩！"

　　"奶嘴兽"的妈妈也来电话，男人就是幼稚到这种时候也要攀比，开始装贤惠："哦哟，我们在一起嘞。你不要担心家里，好好玩，我烧小菜招待他们。"

　　程霆看了眼桌子上的几道菜，只能捡花生米吃。

　　"奶嘴兽"爸爸试探："打算几点回啊？"

　　肌肉大哥粗声粗气："那么早？不好不好，再去坐坐，小酌一下，我有存酒。"

　　"奶嘴兽"爸爸立刻说："没关系的呀，莉莉请你就去，晚点我去接你。"

　　程霆看了看手机，他老婆没查岗。

　　对面两个男人挂了电话，继续攀比。

　　"哎哟，老夫老妻了，出去玩还想我。"

　　"我家莉莉哦，不要看她平时凶，心里还是有我。"

　　然后两人齐齐看着程霆，十分可怜他："你老婆都不给你打电话？"

　　程霆："这叫信任。"

　　"奶嘴兽"爸爸："你说是就是吧。"

　　肌肉大哥："哦。"

　　程霆手一松："把你们的儿子都领回去。"

　　"奶嘴兽"爸爸："帮帮忙，我都出酒出菜了，你陪他玩一下嘛！"

　　肌肉大哥："我搞不定你又不是不知道！哎，你别动，臭小子醒了爱哭！"

　　程霆猛地往前送，肌肉大哥扎马步准备接，但程霆把胳膊又收了回去。肌肉大哥的儿子在程霆臂弯里美滋滋地哼了哼，小手拉着程霆的袖子。

　　程霆抿了抿唇，拍拍小婴儿，又给"奶嘴兽"递玩具。

　　林葵回来的时候正好是微醺的状态，三个女人打车，三个男人下楼接。程霆管了一晚上的孩子，到头来被亲生父亲们抱走邀功。

程霆甩了甩发酸的手臂，看着朝他跑来的林葵。她在高原被晒得很黑，即使已经回来几天了，他还是没看习惯，但相比于常年躲在家里捂出来的苍白，他觉得这样也不错。

林葵像一只又黑又憨的小犬，跑到程霆跟前，冲他傻笑。

他牵起她的手，不跟其他人说再会，沉默地回家。

林葵进门话很多，说"奶嘴兽"妈妈带她去私人电影院看电影。她并不知道还有这样的电影院，她喜欢那个地方，着重强调那里的泡泡馄饨特别好吃。

她说一开始莉莉带她去复兴公园的便利店喝小酒，里面很多人。差不多晚上十点的时候，另两个人站在店里，争分夺秒把自己灌醉，她看不懂这种操作，跟着喝酒。

黑黝黝的小姑娘嘿嘿笑："莉莉说她们要去蹦野迪。婷婷，你跳舞好看吗？"

程霆靠在那里，没说话，但表情没有不耐烦。

林葵挨着他汇报："后来我们就去超哥说的地方喝他的存酒。莉莉好大方，我也不小气，我请大家吃果盘。"她扯了扯阿弟的耳朵，"你为什么不说话？"

程霆还没说话，林葵抢先道："我有朋友了！"她很正式地宣布，"除了你的朋友，婷婷，我有自己的朋友了！"

程霆安静地倾听。他的表情变得很柔软，在深夜里，守护了这个女孩心愿达成的时刻。

一个高中文凭的女孩，该怎么破茧成蝶？

首先，要认识到自己的价值。

其实，林葵一直在追求的，就是这个。她做视频、做慈善、撑起一个口碑很好的小店，自己意识不到，但有一天，她有了程霆，再有一天，她有了值得结交的朋友，那么，活这一世的意义就有了。

她与很多人建立了感情上的联系，她被需要着，被爱着，被保护着。她重建了为人处世的原则，大概仍是爱哭的，仍是容易受伤的，但不会躲起来，她懂得了取舍。

程霆认为这样的林葵有魅力极了，他为三十岁还会因为交到朋友而感到快乐的林葵心动不已。

程霆上前一步，把脑袋埋进她胸口。

女孩还在咯咯笑着，习惯性地抱着他的脑袋。

程霆深深嗅了嗅，张开手抱紧她。

林葵摸摸他，脑子昏沉沉的，辨出一点他不高兴的信息，小声问："你怎么啦？"

程霆的声音闷闷的，诉说今晚的委屈："我为什么要请假帮别人带孩子？老婆，我们自己生一个吧？"

林葵诧异地"啊"了声，花生一样的脚指头缩了缩。她只晒黑了脸，脚还是白生生的。

程霆继续抱怨："烦死他们了，以后不跟他们玩。"

林葵还没回过神来。

程霆："我们生女儿，一定要生女儿！"信誓旦旦要生女儿的男人撒娇地蹭了蹭老婆，不客气地亲了一下。

突然被委以重任的林葵心尖麻酥酥的，推开他的脑袋，满眼神奇："我以为你不喜欢小孩。"

这个"以为"是有十足依据的，看看吴帅帅小朋友就知道了。

"谁说我不喜欢？胡说，你看我爸多喜欢你，就知道我多喜欢小孩了。"

"这能画等号？"

程霆把她捧起来，目光沉沉："生吗？"

这样的眼神，林葵在程霆说要做 EDA 的时候看到过。她忽然克制不住汹涌的情绪，郑重地点点头，俯身亲亲他，说要生一个像他一样聪明勇敢的孩子。

程霆低喃："像你就足够了。"

他的话，裹挟在林葵悬空的尖叫中。她可能没听见，但二十多年来无神论的程霆，在那一刻向神明许了愿。

他们拥抱彼此，无尽缠绵。大概是想当妈妈了，林葵的接受度前所未有的高，配合度也令程霆意外，床单糟糕到自己都不好意思看。

程霆撒了一天野，第二天去上班前，在门口温情地拥抱林葵，完全没有了前一天恶霸的气势，看起来十足斯文。

林葵小声问程霆："真的会有宝宝吗？"

"当然，我已经感觉到了。"

S市的盛夏酷热难耐，程家人集体出动，抱着猫去宠物医院驱虫打针洗澡，并且剪掉了它的指甲。

同一时间，林葵的小程序停掉了面包链接，一天只接十个奶油蛋糕订单。

程霆跟程兰报备，以后要天天回家，晚上尽量不要开会。五个月后，程霆每天只上午到公司，其余时间居家办公。

林葵真正成了程霆的小尾巴，早晨一起出门，在小区门口买煎饼和热牛奶，她在车里解决掉早餐，到公司时，正好能打个秀气的饱嗝，然后被程霆扶下车。

程霆一只手里拎着餐包，里面装着她的加餐水果，另一只手牵着她，一起在办公室待到中午，然后驱车回程家吃饭。

程霆最近回家的次数比这十年里的都多。

程父变着花样喂小囡，小囡也乖，什么都吃，什么都爱吃。

猫一开始不敢靠近林葵，林葵一来就躲很远，后来胆子大了，在程霆的允许下，喜欢盘在林葵腿上摇尾巴。

吃完饭，程霆带林葵回家午睡。

再过两个月，程霆就不怎么去公司了，偶尔大家会过来开会，开完就走，轻手轻脚，怕打扰林葵睡觉。她越来越嗜睡，常常能睡一个下午，睡醒已是黄昏。

她的头发又长了很多，站在晚霞里，宽大的裙摆荡了荡，胸口的小熊变形到一个夸张的程度。

她胖了很多，连那张很能唬人的小脸也肉嘟嘟的，微微低头，下巴肉就挤出来了。

她没骨头似的依偎过来时，程霆笑着摸了摸她圆滚滚的肚子。

肚子里的小崽感应到了属于爸爸的温度，小脚丫踢了踢。

程霆很满意，夸他女儿有力气。

林葵不太确定，但也不太敢在这件事上惹他。

不久后，林葵在预产期那天生下了她与程霆的孩子，是个男孩。

护士把孩子抱出来，让爸爸抱一下，确认一下性别。程霆掀开被子，转手就交给程老太太了。

程老太太眉心一跳，二十几年前，程父也是这样，看完转手就给她了。

程老太太掀开被子瞧了瞧，不管是男是女，对老人家来说，孩子健康就好。程家有喜，程父打电话给菜市场的朋友，让人家留一百个鸡蛋，他要做红鸡蛋。

孩子的名字是林葵取的，叫程熙。

林葵是顺产，体格棒，力气大，助产护士都夸她厉害，所以她恢复得也快。能起来走动后，除了喂奶，更多时候她更关心程霆，没说什么别的，就是时不时摸摸他的脑袋，摸摸他的耳朵，喝牛奶要分他一半，奶奶削的苹果也要分他一块。

程霆兴致不怎么高："家里是穷到吃不起苹果了吗？"

林葵亲昵地挨着他说悄悄话："我跟你好，我们两个最好了。"

程霆低头叼走苹果。

林葵恨不得能立马出院回家，给阿弟烤个十寸大蛋糕，哄哄他。

所有人都很紧张，特别是程父，有点如临大敌的感觉，生怕程霆接受不了这个事实，毕竟程父当年也是这样的心路历程。

程兰甚至在病房楼下塞给程霆一包烟，可怜他走哪儿都把未出世的女儿挂在嘴边，整整期盼了十个月。

但在某天深夜，林葵迷迷糊糊间，看见程霆从陪护床起来，弯腰抱起程熙小朋友，贴在他娇嫩的脸上亲了亲，带着骄傲与微笑，与他打招呼："你好啊，臭小子。"

林葵的心情很难描述，想哭，也想笑，最终她选择跟着程霆一起微笑，爬起来，亲了下程霆。

孩子的到来让程霆完成了一次蜕变，他真正从一个二十末尾的大男孩成长为父亲的角色。

其中的细微变化，只有林葵知道。

从此，程霆公司的吉祥物从林葵变成了程熙。

程熙小朋友从七个月起就被程霆带去公司了，可以说，爸爸的办公室就是他的乐园。他性格方面继承了父母的优点，很爱撒娇，也很能静下来学习新东西。所有人都在期待程熙的智商测试，程霆倒是希望儿子有一个普通的童年，早慧虽不是坏事，但略有遗憾，他希望自己的孩子能慢一点长大，快乐一点。就像林葵，总会提起自己小时候的点滴，而程霆并不像她那样有许多值得回忆的东西。

程霆办公室有一辆很气派的玩具车，是他那辆车的迷你版，程熙小朋友能跌跌撞撞走路后，每天只要乖乖吃完饭，就能跟爸爸下去兜风。

程熙是园区最靓的仔，把着方向盘，向日葵似的扬起笑容。不会倒车，喊爸爸；害怕小水沟，喊爸爸；快乐地摁喇叭，也喊爸爸。

程霆在后面护着他，每次被喊到，都会淡淡回应"在呢"。

看着儿子被风吹起的头发，他继续淡淡地陈述事实："你这咋咋呼呼的性格，像你妈。"

小朋友回头，大眼珠子望着爸爸，不懂爸爸这个语气到底是怎么回事，是不是不喜欢妈妈。

他小脚丫踩踩刹车，停稳，伸手要抱抱，瘪着嘴巴："爸爸。"

真是黏人。

程霆弯腰把儿子抱起来，带儿子去午睡。小崽也乖，挨着爸爸很快就睡着了。程霆静静看着怀里的一小团肉，拍照发给当妈的。

程霆：动车能准点吗？去接你？

林葵原本张牙舞爪的小螃蟹头像如今换成了儿子奶呼呼的小脸蛋，她像业主群里每一个妈妈那样，不能免俗地觉得自己儿子天下第一可爱，还经常发个朋友圈让大家看看！

林葵：一会儿就到啦！我自己过去！我自己！

今年有个从希望小学走出来的孩子考上了隔壁市的研究生，林葵不放心，过去帮忙安排。

这几年，林葵走过的地方比程霆多，她虽然是个母亲，但没有被儿子拖慢脚步。程霆承担起了大部分男人都不会承担的抚养责任，并

且希望林葵能继续保持这样的节奏。

相比之下，除了必要的业内活动，程霆几乎可以说是两点一线，工作单纯而专注。

程熙小朋友睡醒的时候，听见了妈妈的声音。

妈妈笑嘻嘻地说："动车站太大了，找出租车乘车点找了好久。"

爸爸说："你儿子都会开小汽车了，林小葵，你到底什么时候去考驾照？"

被表扬的小小男子汉挺起胸脯，挨到门边，看着爸爸妈妈。

妈妈咋咋呼呼，眼睛好大："我不考的。你到底什么时候能放弃幻想？我连骑自行车都不会！"

爸爸看了妈妈好一会儿，忽然把妈妈拉过去亲了一下，淡淡地说："你还骄傲上了？"

"对啊！"

爸爸又亲妈妈，带着笑："晚上没约人吧？你走了好久。"

程熙小朋友转动他聪明的小脑袋，觉得爸爸不是不喜欢妈妈，因为爸爸只会对妈妈这样笑。但他聪明的小脑袋也有想不通的地方，不知道晚上爸爸要对走了好久的妈妈做什么，为什么妈妈让爸爸小声一点，不要被熙熙听见？

程霆给全公司的人做了个表率，是第一个带娃上班的。后来，小伙子小姑娘一个个结婚生子，也开始带娃上班，没娃的可以带宠物，如果有需要，可以申请居家办公。

娃多了，程兰辟出好大一块地方改造成游乐园，还请了保育员和营养师。说来也有意思，几年后，每一个来面试的人回答 HR "公司什么最吸引你"的问题时，都会提到已经占据了一层楼的亲子乐园。这份员工福利为程霆引入许多新鲜血液，他的队伍再次壮大。

程熙上幼儿园后，林葵对外面世界的热情稍稍减退了一些，开始专注于烘焙，并重新装修了 301 对面的房子，作为她的专属工作室。

设计稿是程霆最终拍板敲定的，他亲手画了水电图，详细到每一个插座。灯也是他买的，多少色温，怎么打光，作为给林小葵打过半年工的工具人，他一清二楚。

他的布局之合理，用料之讲究，让林葵的新工作室从开张起就彻底告别了多开个烤箱就跳闸的命运。邻居们纷纷过来参观，顺便复制走一份电路图的材料清单，作为自家以后装修的模板。

除了工作室，林葵生活的另一个重点是给程霆买衣服。

说来也奇怪，程霆这人跟别人反着来，刚认识他的时候，林葵觉得此人极有品位，但在一起之后，程霆好像有点嫁出去的人泼出去的水的意思，越来越随便，一件黑色T恤都快洗破了。

林葵抱怨过几句，程霆觉得这事很好解决，按照他的习惯，高档店扫货总没错，但林葵觉得这样不行。

作为一件睡裙能从高中穿到怀孕的人，一个从来不讲究衣服款式能穿就行的人，经过学习，点亮了穿搭技能，然后就有点停不下来了。

主要是程霆穿什么都好看，什么风格都撑得起来。

林葵怀揣一股豪情，觉得自己简直厉害死了，更铆着劲钻研，从面料到版型，从日韩风到商务风，只买对的不买贵。当然，皮带袖扣什么的，她还是乐意给程霆买贵。以至于后面几年程霆每次出席重要场合，都被程兰戏称为"百变婷婷"。

程霆很开得起玩笑，掀起眼皮看她："羡慕吧？"

那……确实是有点羡慕的。

疯人院是能诚实说羡慕的人，巴巴看着程霆有新衣服穿，有小饼干吃。他看了好一阵，冷不丁在微信上问师妹能不能结个婚。

程霆简直无语："你这么没诚意，人家能答应你才怪！"

但显然，很会杀兔子的师妹也不是凡人，她答应了。

程霆回家一边拆领带，一边跟老婆汇报这件事。林葵作为疯人院的好朋友，是和师妹一起吃过饭的，不算太意外。她踮起脚帮程霆拆领带，笑眯眯的："师妹好喜欢我们疯疯的！"

程霆："总算能把他嫁出去了。"

林葵："他们婚礼的蛋糕我来做，五层那种！"

程霆抱着她柔软的腰肢："今天有没有蛋糕吃？"

林葵："熙熙长蛀牙了，蛋糕要停一停。"

程霆皱眉："他长蛀牙关我什么事？我没蛀牙，我要吃蛋糕。"

生完孩子瘦了一点的林葵为难："可是他看到你吃，又要说我偏心。他现在好会说话，我都说不过他。"

程霆在这件事上没得商量，林葵只能答应他，等儿子睡了再给他做冰激凌舒芙蕾。

晚餐是黄鱼面，林葵下午出了二十个奶油蛋糕，闻味道都闻饱了，只做了父子俩的。程霆坐下，看着那碗面，喊了声"老婆"。

林葵抱着 iPad，乖乖在他身边坐下。

程霆吃了一口，她凑过去问："味道怎么样？今天黄鱼好新鲜，我把肉拆出来，一点骨头都没有。"

程霆说："好吃。"说完就喝了口汤。

林葵唠唠叨叨："多吃点啊！"

程霆："怎么有姜？"

林葵看着那条细得几乎透明的姜丝，无奈极了："去腥啊！"

程霆把筷子塞给她："敲了一天键盘，手好累。"

这可把林葵心疼坏了，她撇开姜丝，夹一筷子面条，放上鱼肉，喂到程霆嘴边。

中岛台的另一边，一直像空气一样透明，坐在儿童吃饭椅上的程熙小朋友瘪了瘪嘴，被筷子折磨得很娇气，"哇"一声哭出来："妈妈偏心，宝宝用筷筷也好辛苦。"

程霆笑着刮了刮儿子的脸，坐回来，在桌下碰了碰老婆的腿，让老婆再来一口，半点没有把老婆让出去的意思。

当然，这种事情，三岁半的孩子已经习以为常。他哭了一会儿，娇气够了，自己乖乖吃饭，只是很聪明地在碗里扒拉出妈妈费尽心机藏的青菜碎，闪着大眼睛问爸爸和妈妈："可以不吃青菜吗？"

林葵深夜在厨房给程霆做舒芙蕾的时候，气不打一处来，把硅胶刮刀一扔，叉腰冲等在一旁的男人发脾气："都怪你！"

程霆摸她的脸，笑得很招人："不吃就不吃吧，饿几顿就乖了。"

她搡开他越凑越近的胸膛："你怎么这样！"

程霆指指自己："你管好我就行。"

没多久，林葵的视频开了个新系列，做中餐，专治孩子挑食。她的视频在三年前多了一枚小小工具人，从新婚日记延续成了小小工具人成长日记，或者可以叫作新手妈妈日记。

视频里，她往面筋里塞肉，葱姜榨汁过滤，加芹菜末一起混在肉里，成功骗过小号工具人。不过大号工具人还是技高一筹，只吃了一口就停下来看她。

画面放大了程霆的眼睛，只见他那找人算账的眼神变了变，慢慢垂下眼皮，又吃了一口，很给面子地假装被她骗到，还夸了句好吃。

小号工具人听了，表现得更好，举手要再吃一个肉团子。

画面里没有的是，林葵耳尖红红地给儿子夹菜，同时揉了揉程霆的脑袋，在程熙小朋友认认真真吃饭的时候，小声许诺晚上要给程霆奖励。

程熙小朋友十岁那年，程霆完成了对公司股份的整合，成为具有决定权的最大股东。

他与持原始股的各位创业股东们关起门来开了个会，会议的议题并不好谈，例如在其他眼看就能上市的公司里光是扯皮都能扯半个月的事情，在这里，小鸡听完程霆的开场词，就把耳机戴上了。

会议结束时，她刚好听完某个情感小电台。

其他人大概也是这样的状态，打哈欠的打哈欠，摸鱼的摸鱼。

程霆说完要说的，开始投票。

大家全票通过了程霆的决定，就像十年前，他们从天南地北来到这里，决定追随他那样。

程兰弄了个简单的新闻稿，表示公司不会上市，也不会 C 轮融资。

业内哗然。拜托，谁不想去敲钟啊？谁不想融更多的钱来扩大版图啊？

程霆不。

然后，业内开始扒公司的财务报表，琢磨他接下来要怎么盈利。

事实上，在研发 EDA 的这十年里，除了 EDA，程霆还做了点别的。这种速度就让同行们很痛苦，他们熬光头发也无法像他一样两头开花。

具体来说，就是程霆拉了个队伍，自研了智能分压技术，简化了传统数字隔离器，使芯片面积更小，生产成本更低，为大规模取代光耦隔离器铺开了道路。他当年自己挑的人，这个队伍可以说是业内最强。

　　之后，程霆就此技术申请专利，开始为不同级市场服务，使公司从一个纯粹的研发公司转型成靠售后服务盈利支持研发的新模式公司。

　　可以说，经此，他彻底摆脱了资本市场。

　　试问问看，谁不想把话语权紧紧攥在手里呢？但不是谁都能做到。

　　一时间，业内对这个叫道神的男人佩服得五体投地，不知道还能怎么夸他。

　　程霆本人显得很淡定，他在十年前和宇通签约前，就开始谋划今天的局面，并没有大家传的那么一步登天。

　　新闻稿发布的第二天，官网上公开了这十年来程霆带领团队做出的另外十五项专利，并且公布了友好合作伙伴名单，几乎涵盖了国内顶尖的软件公司及工业公司。

　　公司里的人也很淡定，一早看了眼论坛里整夜没停过的讨论，再看看对面工位上一起战斗了十年的伙伴，微微一笑。

　　十年前，他们来的时候就有预感，他们会成功。

　　尽管并不容易，但一群人朝着共同的目标前行，不负青春和理想，可以说是人生最大的幸事。

　　程熙十七岁那年，程霆的梦想实现了。

　　中国有了属于自己的、完整的工业开发软件，程霆为它取名"天启"。

　　这是一套堪称完美的 EDA，拥有强大的 IP 以及各种辅助功能，最棒的是，它完全免费。

　　对 IC 行业感兴趣的学生，可以用它来设计自己的电路产品，想在 IC 行业做出点成绩的研发公司，可以用它来做前期设计。

　　使用它，没有门槛。

　　因为没有门槛，操作手册全中文，所以它能吸引越来越多的使用者和越来越多的关注。

　　所有人都在猜，程霆到底会不会将天启的相关 IP 也开源，这是一家非常低调的公司，创建至今没开过新闻发布会，最多就是在官网上扔稿子，老总本人也没接受过任何一家媒体的单独采访。大家只能在一些重要的官方场合欣赏一下英俊大叔，然后八卦一下大佬的私生活。

程兰在 301 和程霆一起挖一个十寸的大蛋糕，本来是八寸，林葵怕姐弟俩最后为了一口吃的打架，干脆做大一点。

程兰在桌下踢了踢阿弟："你老婆不是在给你控糖？"

程霆优雅地挖掉一大块，细细吃完了才回答："你还不知道她？操心，怕我心情不好。"

程兰抢了一块更大的："天启的事？"

程霆皱着眉琢磨怎么挖才能超过程兰，"嗯"了声。

"一转眼，他都走了这么多年了。"

"不负所托，等我到了那头，也能跟他吹吹牛。"

"这话你当着小葵的面少说，她这两年，每次给你数白头发都要偷偷哭。"

"知道。"

"所以你装可怜提条件？"

程霆干脆把整个托盘拉过来，笑了。

何止，天启正式上线那天，他是窝在林葵怀里睡的，她抱着他一整夜，把所有哄小孩的话都说了。

程兰今天来有正事："那我还像以前一样弄个公告？"

程霆咬着一颗糖渍樱桃，腮帮子鼓起来："开个发布会吧。"

程兰惊讶："什么？"

程霆："有点诚意。"

程兰吐槽："原来你也知道你这些年很没诚意啊？"

程霆趁她不注意，抢走了最后一口。

新闻发布会那天来了很多权威媒体，程霆这些年稳重了，不再是阴阳怪气别人抢他时间的小伙子，当然，如今也没人敢那样轻视他了。

他西装革履地站在那儿，不说话的时候很能镇场子，等最后排的那个摄影师把机器架好，他才不紧不慢拿起话筒。

"欢迎大家的到来，我是程霆。"

一时间，闪光灯几乎闪瞎人眼，大家都希望拍到张好图，回头放在头版特写。

程霆很放松，甚至说了一句："回去修修图再发。"

记者们哈哈笑起来，觉得大佬对自己的颜值一无所知。

接下来，程霆回答了关于"天启"的几个问题。记者们最关心IP是否收费，程霆思忖几秒，很正式地回答了这个问题，没有丝毫隐瞒。

"部分功能确实收费。虽然知道大家的想法，但今年，我们还没能力做到全部开源。IP的使用费将会成为接下来各项研发的经费，这是一个良性循环，所以我觉得这不是一个错的决定。"

有记者提问："您在十七年前的IC论坛上，预估对EDA的研发要用二十年，如今提前完成，能不能与我们分享一下现在的心情？"

程霆说："心情很好。"

那么，趁着他心情好，科技版块的记者肥着胆子借天时地利人和，向他提及他神秘的另一半："之前您公司推出的某款7代CPU叫葵花籽，据说您的夫人名字里也有个葵字？"

程霆淡淡笑了一下："你知道不少。"

气氛愈加轻松，记者说："您在业内的成就，我们是拍马追不上了，能否跟我们说说您的妻子？"

程霆看了看台下："其他记者还有什么问题？"

既然有人堵枪口，那么其他记者也不客气了，纷纷表示："除了这个，我们没有其他问题了。"

毕竟他的夫人之神秘，几乎快要成为世界第九大未解之谜了。

程霆小小满足了一下众人的好奇心。

"我的夫人有这世上最巧的手，最干净的心。"

他带着一丝很温柔的神情提起妻子的照片，成了各家媒体的头版头条。

对此，直男们纷纷表示创世之神也逃不开七情六欲，又强又浪漫，真给工科男长脸。

这场记者会的最后一个问题是这样的："您接下来还有什么新计划吗？"

在大家期盼这个神一样的男人去做光刻机时，他却懒散地笑了一下："要休息一阵，脑子僵住了。"

此刻，所有人都没有意识到，程霆说的休息一阵会是那么彻底的休息。

盛夏，知了挂在银杏树上撕心裂肺地叫喊，业主群里突然多了个新电工，他做自我介绍：

——大家好，我是电工小程，从今天起负责本楼的电力维护。

这些年，这栋楼的邻居有些搬走了，有些还在，老邻居一看"电工小程"四个字，立刻私戳程霆。

——搞啥？

程霆穿着深蓝色的制服，蹲在物业办公室门口回消息。

电工小程：回来换换脑子。

因为下蹲的姿势，裤腿处露出一截细长的跟腱，一串银色脚链在阳光下闪耀。

三楼的窗户上趴着一位脸圆的女士，笑眯眯朝他挥了挥手，努力做口型：回——来——吃——饭——

程霆点了点头，拍拍裤子站起来，问身边已经退休的老汪："有话就说。"

老汪已经老到不太清醒，但程霆一回来，他就站在了老位置，而且今天看起来是清醒的，对小年轻说："说起来，你应该给我媒人红包，我不是谁都放上去的。"

程霆一愣，从没听过如此离奇的诈骗手段。

老汪塞给他一个小本，很是得意。

程霆翻了翻，好家伙，整整一本都是这老头保媒拉纤的存档名单。

程霆在中间位置翻到了他与林葵的名字，然后笑着给老头发了个大红包："早点戒烟。"

老汪美滋滋揣着手机，朝三楼的小囡挥挥手，回家藏小金库。

程霆站在蝉鸣中望着林葵，依稀记得她三十岁的模样，记得她那时对他说的话——

"二十年也不算太久，那时你才四十七岁呢。"

三年后的平安夜，四十七岁的程霆牵着五十岁的林葵逛菜市场。明明他才是年纪小的那个，可他的白头发太多了，比林葵显老。他仍旧是挑食的，手里牵着的人仍旧是费尽心思为他做饭的。

这一天饭后，程霆挖掉了专属于他的生日蛋糕。

林葵在一旁唠唠叨叨要注意血糖，跟程兰抱怨这家伙太能吃甜了。

——正文完——

番外一
儿子

　　程熙小朋友在爸爸办公室长到三岁，然后去上幼儿园，之后三年里，他每天最期盼的，是放学后爸爸公司的叔叔阿姨、姐姐哥哥们轮班来接他，把他接到爸爸身边。至于为什么会是叔叔阿姨、姐姐哥哥们来接他……据说是经过了一番战斗的。

　　战斗两方，一方是亲生父母，一方是公司未婚未育的"闲散人员"。

　　这年头，毫无成本的云养娃实在不要太开心！小崽软软的，甜甜的，谁能不喜欢呢？

　　尤其是程熙小朋友的嘴十分能哄人，兜里揣两块妈妈烤的小饼干，能一点不碎地保存到放学，送给来接他的人一块，搂着人家的脖子哼哼唧唧："来接我辛苦啦！宝宝喜欢你。"

　　来接人的各位夜里默默后悔没好好经营上一段感情，不然孩子也差不多能打酱油了！

　　到了公司，程熙小朋友会乖乖坐在爸爸腿上，抠手指、啃指甲、摸爸爸的衣服、亲爸爸一下、跟爸爸贴贴蹭蹭，小脚丫一荡一荡，兀自咯咯笑起来。他虽然好像跟谁都特别好，但终究有所不同，外头一帮人咬手帕看着父子俩，都有点想不起来当年某人信誓旦旦要生女儿这件事了。

　　到了程熙小朋友十万个为什么的阶段，他就开始戳着爸爸的笔或

者电脑，散发无尽的好奇。

程霆没什么表情，语气也很少有起伏，用词非常"大人"，但有问必答。

于是，程熙小朋友知道了爸爸是干什么的，爸爸在做的东西是什么，有什么意义，有多难。

儿子上小学后，林葵在被窝里跟程霆商量智商测试的事。程霆其实已经观察一阵子了，抱着软绵绵的老婆低声说："不用测了，他应该没到那种程度。"

当妈的皱眉头，不肯承认："怎么没有？我们熙熙好聪明的！他可是你儿子！"

程霆笑了："也是你儿子。"

林葵一愣。

程霆："是谁上次古汉语考试不及格来着？"

说到底，林葵还是对校园有向往，对自己的学历有遗憾。去年，她报名了成人自考，拉了一张表，跟程霆商量考完自考想考研究生，正儿八经去大学上学。

程霆是很支持的，于是，家里的学习气氛十分好，他每天下班回家都能在书房看到一大一小凑在一块儿学习的画面。他会加入他们，看一些资料，补充一下知识库。

他们家是严父慈母的组合，程熙小朋友在爸爸跟前撒娇归撒娇，有些时候挺像个小男子汉，但在妈妈跟前就不一样了，非常娇气。林葵一度觉得自己生了个天使宝宝，骄傲得不得了。

程霆提前预警："男孩麻烦得很。"

林葵并不赞同，但现实的确如此。

她第一次尝到对孩子失望的滋味是在程熙小学五年级的时候，那天，她知道了她心尖上的天使宝宝和同学打架，并且教唆其他同学一起孤立别人的事。

林葵领着程熙回家的那一路，什么都没说，她拿捏不好自己的情绪。程熙也不敢说话，因为这样的妈妈实在太陌生了。

母子俩垂头丧气地进了家门，林葵把自己关在卧室里，反思自己的教育是不是出了什么问题，为什么她的孩子会做出这么可怕的事情。

程霆是被程熙一通电话叫回家的。程熙大概体会到自己这次闯了大祸，爸爸一进门就老实交代问题，说明打架的原因、经过、后续。

其实就是孩子之间的小摩擦，程熙被林葵喂得比同龄人高大很多，自然是打赢了，赢了以后，班里其他孩子立刻归拢到他这边，平时很少有人跟打输了的那个同学说话。上体育课或者小组活动，程熙都会自然而然说一句话——"我们别跟他玩！"

还不到程霆胸口的孩子眼泪汪汪："我不是故意的……"

"我老婆呢？"

程熙绷不住了，嗷嗷哭："妈妈不要我了。"

程霆："哭小声一点。"

程熙抽抽噎噎的。

程霆："再小声一点，别让我老婆听见，她会更难过。"

程熙捂住了嘴，但眼泪跟自来水似的。他的哭包属性也来自林葵，只是平日里没什么机会发挥，现在遇到事了，那双湿漉漉的葡萄眼简直跟林葵的一模一样。

程霆很严肃地喊了儿子的名字："程熙。"

程熙立刻知道，爸爸可能也不想要他了，便哭得更伤心，因为在这一刻，没有人能依靠。

程霆没有心软，纠正了老师还算客气的用词。

孤立？不，这是霸凌。

"你在霸凌你的同学，这件事的性质极其恶劣。"

"我向他道歉，爸爸你不要生气。"

"这不是道歉就能解决的事。"

"为什么？"

"你在别人心里造成的伤口，可能一辈子都好不了。"

程熙小心翼翼地拉住了爸爸的手，想让爸爸帮帮他。

程霆告诉他："妈妈心里也有这样一个伤口，你的所作所为让这个伤口变得更加糟糕。伤口不会消失，所以你犯的错也不会消失。程熙，我和妈妈对你没有别的要求，你可以成绩不好，可以撒娇爱哭，我们

唯一希望你能是个正直善良的孩子。"程霆反握住儿子冰凉的手，"你该为自己的行为负责，至于怎么做，我无法告诉你，只有受害者才知道答案。"

然后，程霆把儿子送去爷爷奶奶家，让他自己处理好了再说。

程霆送完儿子回来，坐在车里，看见了三楼窗户上露出的小圆脸。林葵趴在那里，朝他露出一个比哭还难看的笑。

程霆几步跑上楼，裹挟着寒霜，将她抱紧，亲亲她："都听到了？"

林葵在他怀里蹭了蹭。

程霆过了三十五岁之后，已经在外人面前修炼得十分到位，不动声色，不喜不怒，唯独在林葵这里还是从前那样，跟老婆抱怨："真想狠狠揍他一顿。"说完他又要哄老婆，"我知道你舍不得揍他，这样好了，你打我也一样。"

说着，他真攥着她的手砸自己胸口。

林葵不肯，嘴上说没事，但这一整晚，她都挂在程霆身上，用他来抵御心口刮过的冷风。

不要说林葵，就连程霆听到儿子做的事后都会怀疑是不是他们的教育出了什么问题，为什么会教出这样的孩子。多可怕啊，霸凌事件受害者的孩子学会了霸凌。

程霆这一整晚都抱着林葵，去上厕所也背着，洗澡就干脆把她也洗了，然后开了一瓶红酒，陪老婆喝到微醺，搂着她哄睡。

程熙是在半个月后回家的，回来跟爸爸妈妈汇报自己的处理结果。

他在早读课上很郑重地道歉，送给同学一封自己写的道歉信，并附上妈妈做的糖果。

他没有立刻得到原谅，这在他的预料之内，但他没有着急，脚踏实地，向老师申请了调整座位，成了那个同学的同桌。然后，他经过努力，用尽真诚，和人家成了要好的朋友，一起学习，一起踢球，分享零食。

但程熙觉得自己所做的还不够多不够好，对朋友说："我妈妈也有一个伤口，我希望你不要留下伤口。"

他还成了班里的和平小卫士，只要有同学闹矛盾，他就把爸爸的话搬出来，这招很有用。老师给林葵打电话，着重表扬，还向家长讨教教育方法。

于是程熙小朋友顺利回家，回家那天，得到了妈妈做的一块奶油小蛋糕。

不是每个人都有勇气承认错误和付诸行动，林葵觉得这一点是值得肯定的。

晚上，程霆过来陪儿子说话。程熙躺在被窝里，露出两枚黑眼珠子，问妈妈伤口的由来。程霆详细地与他说了一次，也就只有那么一次。

那些人依然每年圣诞节在林葵的小程序订蛋糕，他们是她的忠实客户，他们永远都不会知道这个小程序背后的主人是谁，他们也不会反省自己曾经做过的事，这对别人来说是一辈子的灾难。很多人，需要用一辈子修复创伤。

程熙并不是特别早慧的孩子，也并不特别心细体贴，程霆不确定他究竟是不是真的明白林葵心里的伤口有多大，就这么看着儿子哭了三天。

整整三天里，程熙只要一看见妈妈就掉眼泪。林葵摸摸他的小脑袋瓜，说没有生气了，他还是这样。

三天后，小男子汉找爸爸，要学武术。

程霆逗他："用来打架吗？"

"保护妈妈！"孩子的眼里灼灼燃烧着全世界我最爱妈妈的火焰。

程霆二话不说，给他报了班，从童子功扎马步练起。练功很累，但程熙从来没有抱怨过放弃过。

就这么练着，从武术到跆拳道，最后是巴西柔术，程熙越学越有兴趣，技术也越来越好，初中时参加了两场比赛，立刻有省队教练来找家长，说想带他走专业路线。

程熙的学习偏科得很厉害，理科垫底，文科还行，综合一下只有中游水平。程霆就这件事开了个家庭小会，除了走专业运动员这条路容易受伤，他没什么担心的。

倒是程熙自己不愿意，他摇摇头，说想在学校和朋友们一起，然后他就一直保持着中游水平，升入高中。

高一，学校摸底考试，老师给林葵打电话，说照这个情况，程熙

可能考不上大学。

林葵和程霆并没有声张，做好了一定的心理准备，但不知道怎么回事，程熙从高一下学期起，每一次考试都能进步几十名，到了高二下学期，稳定保持在年级前五。

老师再次给林葵打电话，让家长不要给孩子太大压力，照这个成绩，清华北大不是梦！

一天，程霆深夜开完会回家，推开书房，看着伏案学习的程熙，问了一句："难不难？"

个头已经很高的男孩正在变声期，话不多，但愿意与爸爸交流："还行，弄懂原理就不难了。"

程霆看过他的试卷和作业，试卷倒是用心写，作业大部分都不写步骤，就一个正确答案。

程霆在睡前跟老婆讲这个，笑了，有点得意："这小子开窍了。"

虽然有点晚，但从小被爸爸抱在腿上学到的数学思维和辩证能力刻在了骨子里，这让程熙在高二学完了高三课程，跟着高三学生一起做了一份三模试卷。难度系数很高，最后一道大题甚至暗藏了高数公式，全校能做出来的只有三个人，程熙就在其中。总成绩出来，他排在全市第三。

校长给林葵打电话，想请家长来学校谈一谈。

这三年是程霆最忙的三年，程熙的家长会都是林葵去的，联系方式也填的是林葵的号码，所以夫妻俩这是头一次一起去学校，把校长和物理老师镇住了，或者可以说是吓到了。

他们认识程霆，是从新闻和论坛上认识的。

物理老师试着喊了声："道神？"

程霆笑得谦和："还是叫程熙爸爸吧。"

物理老师伸出手，和偶像握了握。眼看着程熙这孩子坐火箭似的往上蹿分数，老师心中默默想道：哦，那不奇怪。

龙生龙凤生凤，老鼠的儿子会打洞。程熙同学考全市第三，可能应该说是没发挥好。

校长询问程霆夫妻，有没有想法把孩子提前送去高考试试水。程霆事先并不知道程熙考第三的事，从林葵全面接手儿子的学习起居后，他几乎是住公司的。所以此刻，他低头看老婆，老婆的意见就是他的意见。

林葵表现得很谦虚："还是要回去问问孩子自己的意思。"最后加了句，"我们都不怎么管他的。"

在场众人内心：当然当然，道神的儿子嘛，随便学学就够了！考试嘛，随便考考好了！

这年夏天，程熙和长他一岁的学长学姐们一起参加高考，考完，程霆打电话给他。他着急出门训练，说全国前十的学校，随便选一个得了。

程霆没表现得太吃惊，很端得住，问他选什么专业。

到这时程熙才停下来，站在老树下，忽然说："爸，要不我跟你一起好了。"

从小跟爸爸好的孩子，知道爸爸好厉害，也知道爸爸多辛苦。他想得很简单，以后有我，爸爸肩上的担子我担一点，爸爸就能轻松一点。

程霆一直忍到挂电话，挂了电话两分钟后，他停下手里的事，咧嘴笑起来，笑得褶子都出来了。

他蓦地想起程熙小时候写命题作文《我的爸爸》，那张纸的最后有这么一句话——

我的爸爸有这世上最巧的手，最干净的心。

那时，他折起这页，与儿子交谈："是妈妈教会爸爸的。"

"妈妈也会教我吗？"

"当然。"

"我也要有最巧的手，最干净的心。我要做光刻机！"

"好样的。"

很多年后，这个男孩也成了和父亲一样有名的存在，人们提起他，会说他是程霆的儿子。再过了一些年，这个说法发生了一点变化，人们提起程霆，会说他是程熙的爸爸。

这个家，唯有林葵从未被公开过，她是人们口中神秘的未知存在，是父子俩的依靠，是归途。

番外二
女儿

　　儿子出生以后，于程霆来说，一切尘埃落定，他再也没提过要生女儿的事。

　　程父安慰他："儿子也挺好。"

　　这相当于是夸了程霆。

　　程霆一再表示："我真没事。"

　　没人信。

　　再生一个孩子这件事是林葵提出来的。

　　那时程熙三岁半，幼儿园小班生，每天在学校消耗完精力回来倒头就睡，所以林葵觉得她有时间也有能力再照顾一个孩子。

　　她跟程霆说这个事的时候，阿弟正从抽屉里拿东西。

　　当妈妈的人了，每次还是会不好意思，藏在被子里，露出半张红彤彤的脸，声音又轻又娇。

　　程霆听完以后，手搭在抽屉上顿了顿，低头静静看了她一会儿，把人连被子一起抱起来，哑声说："我其实没有遗憾。"

　　"我知道，我知道。"林葵捧着他的脸，好认真地说。

　　程霆对儿子是用了一百分的心思的。

　　林葵的手指在他后背划拉："那如果真的是女儿，你不想要吗？"

　　这个反问就很绝。正面问，程霆会觉得没必要，反着来，程霆扣心自问，那还是想要的。

"那就要一个吧！"他笑着把老婆摁在床上，手摸进被子里。

经过夫妻俩的持续努力，程欣小朋友顺利瓜熟蒂落。时隔近五年，程霆再一次站在了产房外，接过还没他小臂长的包被，掀开来看了看。

程老太太十分紧张，程父快要呼吸不过来，程母已经在想要怎么安慰儿子。但程霆抱着那个孩子，没再转手交给奶奶，而是小心地把被子裹好，笑了。

程霆连续几天心情都很好，于是公司的人组团来看小婴儿。在看见小床上乖乖睡觉的小囡后，众人心想，可不得高兴嘛，这也太漂亮了！眼睛像妈妈，脸型像爸爸，等头发长长一点，大家发现，哦，这也是个卷毛。

林葵有点抓狂，没人的时候挂在程霆身上，摸着他的头发哼哼唧唧："她怎么就不遗传你呢？"

程霆觉得自己家孩子怎么都好，多好啊！谁不夸他闺女可爱啊？

程欣小朋友顶着一头鬈发慢慢长大，再大一点，能摇摇晃晃遍地跑的时候，那头小鬈发在阳光下弹跳，看得人心都软了。

林葵趴在 301 的窗口，看女儿撅着屁股捡石头，蓬蓬裙下面是一条白色针织裤袜，走光了都不知道。捡到一颗漂亮的石头，她要仰起小脸蛋喊妈妈，给妈妈看她的宝贝。

林葵忽然湿了眼，她仿佛看见了自己，那时候，外婆也是站在这里陪着她。

微风拂过，林葵扭头看马女士的照片。马女士身边那个穿旗袍的小囡囡，与楼下尖叫着喊帅帅哥哥的小鬈发重合在一起，血脉与时间，就是如此神奇。

晚上，林葵把小皮猴扔浴缸里洗澡，顺便洗干净了她捡的那些石头。

小囡宝贝极了，放在床边，唠唠叨叨跟妈妈讲哪些是帅帅哥哥送给她的，哪些是她自己找的，然后指着枕头边的照片，跟妈妈说："那个穿旗袍的鬈发女孩是我。"

林葵："是妈妈。"她笑着亲女儿花瓣似的脸蛋，孩子咯咯笑起来，要睡着的时候，还惦记着和太婆说晚安。

林葵曾问过程霆这个问题："儿子和女儿你最喜欢谁？"

程霆说："都喜欢，没区别。"

但众人默默旁观，那还是有区别的。女儿天生占优势，天生就是爸爸的小棉袄。

程霆会带着程欣去公司，程欣也是在爸爸办公室长大的，只不过那辆拉风的小汽车变成了一组仿真过家家厨具，会客厅沙发上也堆满了各式各样的布娃娃。

每天中午，如果小鬈发肯乖乖吃饭，程霆就会卷起袖子陪她玩一场医生看病的游戏。

小姑娘把玩具针筒扎在他小臂上，嘟起小嘴呼呼吹一吹，经验老到，跟爸爸说："你不要动哦，打针不痛，我吹吹，快快好！"

如果程霆比较忙，那么公司一帮人会排队陪囡囡玩这个游戏，每人进去挨一针，还要假哭，因为假哭能得到欣欣医生的一枚亲吻。

程欣的嘴也像爸爸，很能哄人，轻松拿下这些叔叔阿姨、哥哥姐姐。玩累了，她揉揉眼睛找爸爸，在爸爸怀里呼呼睡得像小猪。

程欣从小到大的疫苗都是程霆带去打的，明明哄别人的时候很厉害，转头轮到自己了，嗷地就哭了，哭得那叫一个凄惨。

程霆抱着小小一团肉，沉默着，针头扎进去的时候，觉得自己的心也被扎穿了。打完针，他把委屈的小囡捂怀里，颠着腿哄她，要带她回阿爷家玩小猫。

那只和林葵要好的金渐层生了一窝小猫崽，正是可爱的时候。

小囡抽抽噎噎，哼哼唧唧，在爸爸的外套里躲着，哭够了仰起脸，要亲亲爸爸。

程霆心都化了。他很感谢林葵，感谢她愿意给他这么个娇气又黏人的女儿。

对此，程家人也是一个意思，感谢林葵。

程欣出生那天，程父偷偷躲在角落里哭了一场，多少年了，这个家总算有囡囡了！

他与程霆多年塑料父子情，终于因为一团软肉变得心意相通。

程霆说要带囡囡回家看猫，程父一个鲤鱼打挺，张罗着要给小囡做好吃的，老太太则逮着刚睁眼的小猫崽叮嘱："姐姐来你要老实一点，别挠她。"程母下楼买葱油饼，一张给小囡，一张要留给林葵。

程欣小朋友到阿爷家的时候，还挂着眼泪，小胳膊伸出来，给大家看她打针的地方，皱着苦瓜脸说痛，还说自己好勇敢，哭一下下就不哭了，然后两手放在圆滚滚的肚皮上，细声细气地给大家唱儿歌。

她唱高兴了，扭着屁股要再来一首。

等到程熙放学回来，她就开始黏程熙，哥哥哥哥叫着，吃饭都要坐在哥哥腿上。

到了夏天，林葵给程欣换上了她小时候穿过的旗袍。

小囡在镜子前转圈圈，更加确信与太婆一起照相的那个鬈发是她自己。

傍晚，林葵牵着这个小囡囡在下楼纳凉，楼上的窗一扇扇开了，大家都探头看 301 家的小姑娘。

业主群里，不断有人发出咆哮。

——可爱！又骗我生女儿！

没一会儿，林葵身边聚集了一群小男孩，高高矮矮胖胖瘦瘦，围着程欣七嘴八舌。

"你这么可爱，跟我回家吧！给我当妹妹！"

夜里，林葵拿这个当笑话讲给程霆听。彼时劳模正准备拉抽屉，听了顿时显露杀气，不说话，就这么盘腿一坐，严肃得仿佛天要塌了。

林葵用脚蹭了蹭他的腿，他捏住作乱的脚丫子，颓然地倒在她身上，抱怨："好气！一想到以后囡囡要嫁人，我饭都吃不下。"

林葵眨巴眨巴眼，"扑哧"笑了："留她做老姑娘，好像也不太好。"

程霆瞪眼："有什么不好，我养她一辈子！"

"那囡囡也要长大的。"

"不需要。"

"她可能也想谈恋爱。"

"哪个臭小子？剁了他！"

林葵把程霆的脑袋搂在自己柔软的怀中，哄道："以后囡囡会喜欢的男生，肯定是和你一样好的人。"

程霆在这件事上很不好哄："不可能，没人比我爱她，男人都是坏东西！会伤害她！我不能让这样的事情发生！"

　　就此，程霆彻底推翻了自己说过的生男生女都一样的说法，完全没有了养程熙的淡定和放松，开始以老父亲的姿态提前二十年打开防御系统，提防任何一个靠近他女儿的雄性生物。

　　林葵实在觉得没必要。程霆旧事重提："你那时候才多大，就有一帮男同学组团送你回家。女儿像你，招人喜欢，以后我肯定要全程接送的，以防那些小赤佬有机可乘！"

　　"哎呀！"林葵娇嗔地看他一眼。

　　程霆面无表情地说："心情不好，快乐一下吧，老婆。"

　　林葵推他一下，他顺势把人抵在墙上，埋在她耳边沉吟："快点哄哄我。"

　　她跟哄小崽似的摸他的头，他一点不含糊地把人按在床上，从后面压着她，手指勾着白色背心往下拉，吻了吻后心处。

老粉们见证了林葵的恋爱、结婚、生子，虽然时光是不可逆的，但当她笑眯眯地宣布自己怀上二胎时，所有人都有些恍惚，好像回到了她第一次宣布怀孕那天。

林葵信誓旦旦要生女儿，那么大家同样抱着如此美好的期望，看着她的肚皮一点点变大，十个月后，瓜熟蒂落。

虽然程熙当年有很多阿姨粉，但公平地说，他的粉丝数量比不过妹妹。林葵的粉丝成了程欣小朋友的妈妈粉，亲切地唤程欣为"小弹簧"。

程欣接过接力棒，成了林葵视频里的新工具人。

按照林葵出生九斤、成年后四个箱子的基因，以及程霆无论养猫养鸟养人的那个宠劲，程欣小朋友毫无悬念成了一枚圆嘟嘟的奶团子。令人无比欣慰的是，她半点没沾染到爸爸和哥哥挑食的毛病。

林葵第一次往辅食里加小香葱的那天，是个阴天，囡囡坐在儿童餐椅里，荡着小脚丫，闻了闻粉色小碗里的味道后，小脚丫停了，小汤圆一样的脚指头蜷缩起来。

林葵当下预感很糟糕，想起儿子第一次吃到小香葱时的评价——"妈妈，这个味道怪怪的，我不要吃。"

林葵正准备把这碗辅食换掉，只见乖囡笨拙地握着勺子，主动喂了自己一口。

这一刻，毫不夸张，林葵的呼吸都停了，然后她看见糯米团子仰起脸，眯眼笑，奶声奶气地说："好吃！"

这一刻，林葵觉得自己看见了光。

至此，被父子俩折磨了好几年的林葵停掉了那个瞒天过海的辅食专栏，开始更新《无所畏惧，好好吃饭》。

《无所畏惧，好好吃饭》这个新专栏，从名字到内容都散发着一股扬眉吐气的气质，食材百无禁忌，烹饪方式也随心所欲，主打一个我闺女什么都能吃，吃什么都香。

程霆偶尔得闲，会在林葵的拍摄日专程回家一趟。这种能与妻女在一起的时光，于他来说是效率极高的放松。

程欣小朋友作为家里老幺，与所有二胎家庭的老幺一样，十分懂得察言观色，与爸爸头凑头说小话，眼睛偷瞄妈妈装零食的抽屉。

那个抽屉好高，欣欣够不到呢。

程霆看看时间，快到饭点了。他在卧室里能对林葵为所欲为，但吃饭这种事一般不敢惹太太，跟女儿嘀咕："爸爸不敢。"

奶团子不肯相信，并且情商极高，捧着爸爸的脸吧唧亲一口，嘴很甜："爸爸最厉害了！"

程霆就有点飘飘然。

"欣欣宝最喜欢爸爸！"

程霆站了起来，当着正在讲解的林葵的面，入镜半边身体，拉开那个抽屉，拿走了一袋山楂条。

林葵一愣。

所有人都知道，程霆对年过三十才得到的宝贝闺女说好听点是毫无保留，换个词就是毫无原则。

林葵无奈极了，训人也是软的："你不要给我添乱呀。"

程霆个高，入镜也拍不到脸，走过去搂住老婆，拿一夜没刮的胡楂扎她脸颊，是讨饶的意思。"螃蟹大大"的脸不争气地红了，用力把他推开，清清嗓子，继续手里的动作。

这一期的视频是程霆亲手操刀的，他的个人风格很鲜明，第一个镜头是宝贝小囡的脚指头特写，没别的，就是让广大网友看看女儿有多可爱。然后是"螃蟹大大"老妈子似的细心讲解，其间穿插他入镜的半个身影，还有拿走山楂条时太太瞪圆的眼珠子。但他实际想展现的，是程太太眉目流转间裹挟的爱意与纵容。

程霆这些年修炼得不动如山，这种少年气十足的得意，也只有在林葵的频道才能窥见一二。

视频最后，他拿唇边那点胡楂又去逗小囡，摊开女儿的手心，用胡楂轻轻磨，把囡囡逗得咯咯笑，求饶地喊爸爸。

程霆停下来，囡囡又不肯，小手举高，要摸摸爸爸。

程霆把她从儿童座椅里抱出来，掂一掂，很满意这个体重。

同样满意的还有程父，孙女被喂养得好，什么都能吃，那么程父就有了很大的施展空间。囡囡像小葵，嘴巴好甜，一碗蒸蛋羹都能被她夸上天，吃一口就要跟爷爷贴贴，表白一遍："爷爷给宝宝蒸蛋辛苦啦，欣宝最爱爷爷！"

老爷子很飘，夏天里带孙女去菜市场买菜，全程抱在手里不肯放，婴儿车用来放妈咪包，热了给囡囡举风扇，渴了喂温水，就是拉了也不要紧，程家上到程父下到程熙，单手给囡囡换纸尿裤是基本技能。

小乖囡这点也遗传了妈妈，相比起公园，她更喜欢逛菜市场。她穿着小纱裙坐在爷爷怀里荡脚丫，看见番茄要嘟起嘴"嗷"一声，看见小青菜要用小手指一指，头上的鬈发被风吹起，是菜市场最漂亮的小明星。

每个摊主都要老程留步，送一堆搭头。

每次的保留节目是去相熟的糖藕铺子。

卖糖藕的阿叔隔老远"哦哟"一声："老程，你这人太坏了！"

卖糖藕的阿叔有两个儿子，两个儿子都生的儿子，他只能逗逗别人家的囡囡过过瘾。

小乖囡常吃这家糖藕，张嘴就喊糖藕爷爷。人家要抱她，她一点不小气，把圆圆的胳膊伸过去，笑眯眯地坐在糖藕爷爷怀里，每次都能得一兜小零食，走的时候还抱着一节最粗最甜的糖藕。

小囡鬼精鬼精的，从糖藕铺子出来就和爷爷说悄悄话："宝宝还是跟爷爷最要好。"

程父回家与程母笑着说起，程母见怪不怪了："上次你不在家，我问她，她说最喜欢我。"

程老太太抱着小猫："那张嘴哦，抹了蜜，昨天我带她去买冰棍，抱着我不撒手哦，说全家最喜欢太婆。"

程父、程母与程老太太躲在厨房轻声笑，卧室里，小乖囡翻了个身，屁股朝天睡得香喷喷，梦见了妈妈做的葱烧鸡翅。

关于女儿的智商，夫妻俩深夜谈话也说到几次。林葵默默观察很久了，有些看不透，直到程欣在幼儿园的画图课交了白卷。

林葵扶额："完了，我们囡囡这是遗传了我的智商。"

程霆却觉得林葵是全天下最聪明的人。

林葵很沮丧："你不要油腔滑调。"

程霆抱着她哄，贴耳说悄悄话："囡囡聪明得很。"

林葵："她连画图都不会。"

程霆笑了："我今天问她了，她跟我说不想画小兔子才交白卷。"

林葵立马撇清："我小时候可乖了。"

程霆好脾气："是是是，随了我。"

林葵想了想："她不想画小兔子？她可爱吃红烧兔了！那她到底想怎么样？"

程霆突然就想到老爷子拍的视频，视频里，程欣蹲在菜市场卖兔子的摊位，程父满心柔情，决定要买下全菜市场的兔子不叫囡囡伤心，谁知小丫头一张口就是："兔兔那么可爱，一定很好吃，对不对啊，爷爷？"

林葵也同时想起了那个画面，哭笑不得，摇晃阿弟睡衣领口。

程霆展开一张小纸片，塞给林葵："她想画这个。"

林葵看清了纸上的画，那是一个电路图。她狠狠愣住了。

程霆有点得意："我就教了她一次，她自己画了个更复杂的，你说，阿拉囡囡聪不聪明？"

林葵："我一点都没看出来……她到现在英语课都不肯出声！"

程霆笑着亲林葵："估计早就会了，不耐烦学。"

林葵被程霆按在床上，这是个很熟悉的开场，预示着程霆毫不遮掩的心思。她挣扎着："你，你等等……"

程霆不满意被打断，林葵的大脑还在处理这个巨大信息，顾不上其他。

程霆只好一点点摆事实："她小时候爬都不愿意爬，过了一岁还不肯说话，那时候我就看出来了。"

林葵喘息："我以为她是太胖了懒得爬！"

程霆说："她这个智商，估计是觉得爬行和口齿不清学说话很蠢，就像我小时候答试卷，没有过程只给结果，属于正常操作。"

等程欣升入中学，程霆口中的正常操作到她这里"更上一层楼"了，直接交白卷，问就是太简单了，不想写。

那时程熙正处于高中三年蜕变冲刺阶段，成绩好到学校请家长，甚至提前一年参加了高考。林葵拿哥哥当榜样鼓励小囡，程欣左耳朵进右耳朵出，手边一摞情书，拆都拆不完。

是的，小肉团抽条了，掉了一身肉，出落得亭亭玉立。

程霆最担心的事到底还是发生了，他前天下班回家，看见了一队护送女儿放学的"护卫队"。

程霆忧心忡忡找程兰，让她帮忙请个司机，专程接囡囡。

程欣正处于爱自由阶段，跟妈妈讲："能不能让爸爸别天天来接我呀？"

其他都好商量，林葵唯独在这件事上不敢惹程霆，很没出息地嘟囔："你自己跟爸爸说。"

程欣压根儿没张口，因为知道结果会是什么。

这事没完，程霆把程熙叫到公司，父子俩开了个小会，程熙转头就到妹妹的班级露了个脸，临走前秀了秀二头肌。护卫队原地解散，不知道多少小毛头夜里流泪。

林葵考虑的点与程霆完全不同，她就怕程欣再这么随心所欲下去，考不上大学。

程欣以自己的高考成绩给了妈妈定心丸。

她在高一参加了这场考试，成绩出来前一天，林葵的电话被打爆了。

程霆早有预料，叮嘱林葵不要接电话。没过几小时，程霆的母校

派人到了门口。

与此同时，疯人院也笑眯眯地到了他们门口，与林葵打招呼："嗨，葵葵。"

程霆的母校打怀旧牌，拉着程霆聊当年。

疯人院身上带着任务，在数院这么多年，头一回担了招生的担子，拉着林葵蹲在角落嘀嘀咕咕。

送走客人后，夫妻俩坐在沙发上灌了一壶水，谁也没说话，他们会将选择权交给程欣。

程欣最终选择与父亲和哥哥成为校友。提前完成本科的学习后，她简单与哥哥讨论了一下研究生到底好不好玩这件事。

值得一提的是，林葵在完成自考后，考上了本地一所大学的研究生，并以优异的成绩拿到了硕士文凭。

程熙的想法也很简单："我们家都是研究生，一家人整整齐齐，挺好的。"

这个角度很独特，程欣是在爱中长大的孩子，突然就没有了犹豫，上了本校研究生。就在所有人都以为她会继续读博时，她却婉拒了前来堵人的各位教授，话说得有理有据："妈妈不是博士，这次就不用保持队形了吧。"

程霆对小女儿学业方面向来是很松弛的，唯独这次要多问问："你对妈妈不是博士这件事有什么想法？"

程欣完全不需要思考就开口："妈妈是世界上最聪明的人！学历和聪明不画等号。所以我觉得，我不需要通过考博来证明我的能力。"

程欣有着极其自由的灵魂，出社会后，她的第一份工作不是在爸爸公司当打工仔，而是在街头收了星探的名片，凭借美貌当了带货主播。干了没两个月，拿到了黄金时间段，流量开始噌噌往上跑，每日的流水也十分惊人。

那段时间，每天晚上八点，程霆办公室的巨大电视会暂停黑白鬼片的播放，转到程欣的直播间。她有足够的学识储备，介绍商品时，常常会顺口带上一些相关典故趣闻，别具一格。

即将博士毕业的程熙正在爸爸的公司当打工仔，父子俩常常讨论到一半停下来，分别打开手机，下单程欣直播间里有趣的东西。

几个月后，程欣拍了个小广告，单纯凭借美貌被选上拍某个享誉全国牛奶品牌的"小广告"。

接下来的这一年，程霆公司的各种节日礼品、员工福利，都是这个牌子的牛奶。

小道消息不断，各种知情人士透露，程欣即将进军娱乐圈，第一部作品会拍去年爆火的现言 IP。

她的路实在是太顺了，消息一出，引起了网友们的好奇，都在扒她的"金主爸爸"。

程兰甚至找程霆探口风："你给囡囡的剧投多少钞票？够不够？我那里还有点。"

程霆："一毛钱都没投。"

程兰骂他："银样镴枪头！"

程霆八风不动："你不懂。"

到底是从小在自己怀里长大的，程霆预判了小女儿的动向，几天后，程欣在直播间里表示自己没有演戏的打算，说与她大学学的专业不对口，不会贸然进入演艺圈，她还说对每个行业都应抱有敬畏心。

网友们已经扒出她的学历，对于这种有点谦虚又有点"凡尔赛"的言论，心情复杂。

大美女不进娱乐圈，好像有点可惜，但全国最高学府年级第一毕业进娱乐圈，好像也有点可惜。

程欣接着说出了自己即将结束直播生涯的决定。

这是一个一出生就拥有了一切、不愿被世俗羁绊的女孩，她尽可能加快脚步，完成自己需要完成的事，剩下的人生只为了找寻自己真正想做的事情。

林葵举双手支持，掏出自己的小金库："启动资金妈妈给你，你太婆在外滩还有一栋楼。"

在林葵看来，能找到自己真心喜欢的事业，人生才能完整。她很幸运，从一开始就被外婆定下了将来的路，但她不如外婆有前瞻性，不能为女儿指路。

程欣扑在妈妈怀里撒娇，与爸爸和哥哥一样，就是不肯动马明娟女士的小洋楼。

　　她去了很多地方，交了很多朋友，学了很多东西，突然回到 S 市拜了个老师傅，开始从学徒做起，踩缝纫机。

　　301 的边儿上依旧放着马明娟女士牵着小囡囡的旗袍照，程欣做的第一件旗袍，送给了那个长大的小囡囡。

　　林葵有很严重的职业病，肩背腰椎都有问题，日常靠普拉提放松。女儿送旗袍时，她已经练普拉提很多年，能穿下马明娟女士留下的那些旗袍了。那些旗袍有着岁月的美，与程欣送上的旗袍风格不同，唯一的相同点，是穿在林葵身上时，总会叫 IC 食物链顶端的那个男人挪不开眼。

　　林葵头一回知道程霆喜欢看她穿旗袍，是程欣三岁那年，他去拜访一位很有名的教授，教授夫人有个舞会，邀请他们一家参加。

　　那是林葵第一次以程夫人的身份在公开场合与程霆站在一起。

　　她做足了功夫，让莉莉帮忙卷了头发化了妆，给程欣换上小旗袍，母女俩手拉手去与程霆会合。

　　那天有人拍了照，也是唯一一次有人拍到林葵的正面。

　　关于道神神秘另一半的讨论本就不少，国内某网站半夜开会蓄力，想把这条新闻拱到首页，顺便提起一些关于国内芯片的讨论。

　　主编泪目，觉得自己爱国得可怕。

　　程霆唯一一次霸道总裁上身也是在这天，他亲自打电话到网站总部，很客气，问砸多少钱能买相片底片，尽管开口，他这里预算很足。

　　对面反反复复确认了程霆的身份后，赶紧把稿子撤了。

　　另外还有两个八卦博主手上有相片，程霆以程兰今年换的那辆新车的价格拿到了底片。

　　照片里，穿暗紫色丝绒旗袍的林葵手里牵着一个穿红色旗袍和小皮鞋的囡囡，母女俩有一模一样的鬓发，不知在说什么，一齐回头笑着。

　　照片的角落里，站着西装革履的程霆，他的眼神叫人觉得滚烫。

　　那天程霆惊艳的眼神，同样印在了程欣心里。

　　这是一个很有趣的课题，旗袍的魅力令人着迷。

程欣三十岁时，将自己的服装品牌做到市值第一，在国外办过几场大秀，给政界人士定制过接见外宾的礼服。

做什么都能成功的女孩在外从不提家人，有一次接受媒体采访，谈及父亲，她说："爸爸有这世界上最巧的手和最干净的心。"

记者问："妈妈呢？"

程欣："爸爸说，是妈妈教会他的。"

—全文完—